LA NAISSANCE DE L'ART

Philippe Chemineau

Editions de La Cantharide

L'image de couverture est un extrait du panneau central du triptyque
"Le Jardin des Délices" de Jérôme Bosch.
Le tableau est visible au Musée du Prado à Madrid,
ainsi que plusieurs autres œuvres du grand maître.
Il a été réalisé entre 1480 et 1500.

ISBN-13 : 979-8304019316 (version brochée)
ISBN-13 : 979-8304305464 (version reliée)

Manuscrit déposé à la Société des Gens de Lettres, Hôtel de Massa - Service des dépôts 38 rue du Faubourg Saint-Jacques - 75014 PARIS

Remerciements
Mes remerciements vont à ceux qui ont critiqué ce manuscrit et, en particulier Bernard, Léonard, Augustin, Sylvie et Dominique.

Voir la liste des oeuvres citées dans le texte et
leur localisation en fin de volume.

CONTENTS

LA NAISSANCE DE L'ART

Philippe Chemineau

Roman

CHAPITRE 1. QUI A PEINT LASCAUX ?

La matinée est belle ce jour-là et elle est sortie de l'abri sans faire de bruit, alors que tout le monde dort encore. Elle est bien décidée à profiter des plantes et des animaux qu'elle va rencontrer sur son chemin. Les membres de la tribu, pris par les préparatifs de la première grande chasse de printemps, ne s'inquiètent pas outre mesure de son absence. Elle est coutumière du fait. Des grands animaux ont été repérés la veille dans la plaine surplombant la vallée.

C'est l'occasion de se remplumer et de faire des provisions pour l'hiver prochain en tuant le plus possible de proies de grande taille. La survie de la tribu dépend de la réussite de ces chasses pendant les beaux jours, cela justifie que tout le monde soit mis à contribution pour les préparer et/ou y participer. Mais, avec sa petite taille et sa constitution chétive, elle n'est pas vraiment utile pour la chasse. Elle n'a qu'un goût modéré pour la préparer. Surtout parce qu'elle fait l'objet de moqueries permanentes de la part de tous. Lorsqu'elle fait l'effort de se joindre au groupe, en plus des quolibets permanents, elle se voit affecter les tâches les plus ingrates comme le nettoyage des récipients pour faire cuire la viande ou tanner les peaux. Elle préfèrerait s'occuper de la préparation des arcs, des flèches ou des lances pour les chasseurs. Ou de préparer les pinceaux et les peintures que ces derniers se peignent sur le corps avant la chasse.

En prenant soin d'emporter quelques morceaux de charbon

de bois issus des feux de ces derniers jours, elle prend la direction de la colline qui surplombe l'abri afin d'avoir une vue générale du plateau situé au-dessus de celui-ci. Avançant à pas lents et sans bruit, elle parvient rapidement sur le monticule où elle a l'habitude d'observer la vaste plaine dégagée située au nord de l'abri. Le spectacle est magnifique. La plaine verte est parsemée de groupes d'animaux en train de pâturer la jeune herbe poussée suite aux pluies des derniers jours. Nul doute que la chasse sera bonne. Habituée à les fréquenter lors de ses explorations solitaires, elle approche silencieusement le premier groupe et observe, tout près, une troupe de grands chevaux paissant paisiblement au bord du plateau. Avec leurs crinières noires et leur robe ocre ils se différencient assez facilement des chevaux plus petits aux robes multicolores, un peu plus loin sur sa gauche. L'élégance des chevaux la fascine, la finesse de leurs pattes, la perfection de leur encolure, la rondeur de leur croupe est un spectacle sans cesse renouvelé. Il la ravit à chaque fois qu'elle les observe. Tous ont la tête baissée pour manger. Elle voit parfaitement les femelles suivies de leurs jeunes poulains et les deux mâles, plus grands et au poitrail plus imposant, surmonté d'une crinière plus fournie. Elle emmagasine ces images dans sa tête, essayant de se rappeler avec précision non seulement la forme de ces animaux élégants, mais aussi leurs couleurs, individu par individu.

Un peu plus éloignés sur sa droite des grands cerfs aux bois élancés encore duveteux forment un groupe resserré, à proximité d'un troupeau de bisons aux dos bien arrondis et aux poils soyeux. Les grands cerfs sont seuls, en groupe de mâles. Elle cherche, en vain, les biches et leurs jeunes faons absents de son champ de vision. Chez les bisons, en revanche, elle voit parfaitement les mâles au dos puissant et à l'encolure épaisse. Ils sont mélangés aux femelles suivies de leurs petits, sans doute nés il y a peu également.

Tout au loin, un grand groupe d'aurochs mâles et femelles, reconnaissables à leur grande taille et à leurs cornes tournées vers le ciel, profitent aussi de la prairie pour reconstituer leurs réserves. Aujourd'hui aucun bouquetin n'est visible et encore moins de grands fauves. Ces derniers auraient certainement dispersé depuis longtemps tous ces mangeurs d'herbe.

Elle connait tous ces animaux et sait les différencier. Elle connait leurs formes, la façon dont ils portent leurs bois ou leurs cornes, ce qui distingue les mâles des femelles, quelles sont leurs couleurs les plus fréquentes. Elle les a très souvent approchés en cachette de la tribu en se dissimulant de telle façon qu'elle s'est trouvée plus d'une fois à moins d'une longueur de lance de la plupart d'entre eux. A chaque fois, elle est sous le charme de ces grands animaux qu'elle voit si parfaitement faits. Ils se déplacent avec aisance, rapidité et précision pour échapper, la plupart du temps, aux chasseurs ou aux grands fauves qui les poursuivent. Elle admire aussi beaucoup non seulement leurs postures, mais également leurs couleurs, celle de leur peau, de leur crinière ou de leurs poils, la finesse de leurs pattes, la façon dont ils se tiennent dans le vent de la prairie et la façon dont ils se déplacent en utilisant aussi gracieusement leurs membres.

Une fois morts, après la chasse, elle aime aussi beaucoup aller les voir de très près pour essayer de mieux savoir de quoi ils sont réellement faits. Comment la peau s'attache-t-elle à la viande ? De quoi les cornes et les bois sont-ils faits ? Une fois écorchés, quels sont les morceaux de viande attachés aux os ? Comment les morceaux de viande sont-ils disposés les uns par rapport aux autres ? Comment les os sont-ils attachés les uns aux autres ? Comment tous ces morceaux se mettent-ils en route pour aboutir à des mouvements si précis et si gracieux chez les animaux vivants ? Une fois morts, ils sont morts. Rien ne peut jamais les remettre sur pied et les inciter à courir de nouveau. Une force intérieure les anime. Mais laquelle et comment s'y prend-elle pour transformer ces morceaux en des êtres aussi vivants et aussi élégants ? Autant de questions qu'elle garde pour elle car elle voit bien que les autres membres de la tribu ne les partagent pas. Risquer de les poser pourrait engendrer un surcroît de moqueries, ce dont elle n'a pas réellement envie ni besoin. Ces questions tournent dans sa tête en permanence. Elles occupent ses pensées plus que toutes les autres dans la journée et dans la nuit, quand elle ne dort pas. Apparemment, elle est la seule à se poser toutes ces questions, ce qui n'est pas sans la soucier quelque peu.

Elle se dirige ensuite vers la rivière en descendant les falaises qui l'encadrent pour se rendre dans un de ses endroits préférés qu'elle conserve secret pour le reste de la tribu. Après avoir traversé la rivière, elle remonte sur la falaise d'en face en se faufilant dans un étroit passage permis par sa petite taille, pour se retrouver, après quelques dizaines de mètres d'un boyau minuscule, sur un petit aplat dominant la rivière en contrebas. Ce qui l'a séduite dans ce petit coin caché, c'est la succession de parois rocheuses presque verticales sur lesquelles elle a entrepris de dessiner.

Très tôt lorsqu'elle était enfant, elle a ressenti ce besoin de représenter les objets et personnages humains et animaux qui l'entourent. Elle a commencé par utiliser un simple bâton pour tracer des traits sur le sol alors qu'elle n'avait que quelques étés. La tribu l'a laissée faire et s'en est amusée tant c'était inhabituel. Elle se contentait de tracer des traits ne représentant rien de particulièrement reconnaissable. Mais tout avait brutalement changé lorsqu'elle a entrepris de faire des traits qui, assemblés, représentaient les habitants de l'abri. Sa mère s'en était violemment prise à elle, lui arrachant des mains ses bâtons et la frappant pour bien lui faire comprendre qu'elle avait franchi un interdit très puissant. Ses tentatives ultérieures de représentation des animaux de la prairie ont conduit aux mêmes reproches, sa mère lui interdisant formellement toute reproduction d'êtres vivants sur le sol. Sa mise à l'écart a réellement commencé, elle s'en rend compte maintenant, à ce moment-là, conduisant à son isolement du reste de l'abri.

Poussée par cet irrésistible désir de représenter avec le plus de réalisme possible les individus qui l'entourent, elle s'est vite habituée à se cacher pour le faire. Elle ne représente plus que des animaux et non de ces hommes qui la repoussent. Cette obligation d'une représentation animale plutôt qu'humaine lui convient plutôt pour deux raisons. Elle est séduite par la beauté et la perfection des grands animaux de la prairie et sa mise à l'écart de la tribu ne l'encourage pas vraiment à se sentir comme l'un de ses membres. Elle s'est aussi habituée à effacer rapidement ses dessins une fois réalisés sur le sable de la rivière ou dans la poussière des falaises. Mais ce dernier point la révolte particulièrement parce qu'il l'empêche de progresser dans la façon dont elle réalise ses croquis. Elle a beau les repasser dans sa tête, une fois effacés ce n'est pas pareil que de pouvoir les reprendre d'une fois sur l'autre et d'aboutir à des représentations parfaites en les perfectionnant au fur et à mesure. De la même façon, elle ne peut pas utiliser d'autres outils que des bâtons pour tracer les traits alors qu'elle a remarqué depuis longtemps, lors des longues soirées d'hiver, que des morceaux de bois calcinés sont capables de laisser une trace permanente sur les parois rocheuses de l'abri.

Sur son aplat rocheux elle est isolée du reste de la tribu. Elle peut enfin utiliser les morceaux de bois calcinés subtilisés aux petites heures du matin lorsque le feu s'éteint, pour dessiner sur les parois verticales. Elle s'en donne à cœur joie depuis qu'elle a investi cet endroit. Elle seule y a accès et elle se sent enfin à même de faire sortir d'elle-même, de ses souvenirs et de ses pensées, les meilleures représentations des animaux de la prairie. Soucieuse de ne pas gâcher d'un seul coup toutes les parois verticales de pierre claire, elle commence toujours par une représentation à plat. Puis une fois satisfaite elle la reprend alors sur les murailles. Elle a commencé par les chevaux tant ces animaux lui semblent représenter la perfection et l'élégance. Elle arrive maintenant à dessiner les grands chevaux à la crinière foncée aussi bien que les petits tachetés, avec rapidité et exactitude. Elle s'est aussi exercée à représenter les grands cerfs en groupe, avec leurs bois dépassant fièrement de la ligne brisée de leurs dos et comme entremêlés une fois à plat sur la paroi. Elle dessine aussi les aurochs, plus massifs mais puissants avec leurs cornes élégantes dressées vers le ciel. Malgré ses précautions elle a rapidement couvert les parois de l'aplat et a eu assez vite du mal à reprendre ses dessins pour les perfectionner. Heureusement, l'hiver avec ses vents et ses pluies a quasiment complètement effacés les dessins de l'été précédent. Elle peut désormais reprendre une nouvelle série qu'elle espère plus belle encore tant elle s'est repassée dans sa tête ce qu'elle compte dessiner sur ces parois.

Elle est souvent prise d'une certaine frénésie dans ses croquis. Recherchant inlassablement la perfection, elle reprend les premières ébauches en effaçant les premières traces à l'eau tiède de la rivière. Puis elle dessine encore et encore jusqu'à ce que l'esquisse la satisfasse pleinement. Elle a aussi découvert, en utilisant des restes de peau de renne, qu'elle peut étaler les particules de bois brûlé laissés par le tracé et, ainsi, obtenir une atténuation de la couleur du dessin à certains endroits. Le rendu est superbe. Cela donne aux animaux une impression de mouvement qui lui paraît très convaincante, même si ceux-ci restent désespérément immobiles sur la paroi.

De la même façon, elle a fait sur les parois de son aplat secret, de nombreux essais pour colorier ses dessins une fois faits au bois brûlé. Le charbon de bois lui permet de retranscrire avec fidélité l'aspect de ses modèles et ce qu'elle souhaite leur donner comme volume et comme relief. Mais elle n'a pas réussi à trouver le moyen de les colorier de manière satisfaisante. Il lui reste de grands progrès à faire de ce côté là.

Pendant trois étés consécutifs, elle perfectionne ses dessins, améliore ses techniques en représentant de nombreux animaux sur les parois de l'aplat. Quand revient la mauvaise saison et que la pluie d'automne frappe brutalement les animaux qu'elle a créés, un sentiment de frustration l'envahit irrémédiablement. Elle sait qu'elle aura à tout recommencer au printemps suivant sans pouvoir s'appuyer complètement sur les dessins de l'année précédente. Lorsque vient le quatrième été, sans doute parce que certains membres de sa famille ont percé à jour une partie de son secret, son aplat caché est découvert. Cela déclenche de la part de la tribu une réaction de violence très marquée, associée à une mise à l'écart douloureuse. Celle-ci combinée à la perte de son atelier si bien protégé jusqu'alors, ainsi que le désir qu'elle a de pouvoir réaliser des dessins qui ne seront pas détruits chaque année, la conduit à un isolement encore plus prononcé. Elle se met alors à rechercher un lieu où elle sera certaine de n'être pas découverte et où ses dessins seront protégés des intempéries afin qu'elle puisse les contempler et les améliorer sans cesse. Au début de l'été, elle met à profit son isolement pour explorer de manière systématique toutes les anfractuosités des falaises calcaires qui dominent la rivière. Elle veut trouver un nouvel endroit secret qui lui permette de s'exprimer sans contraintes et sans risquer à nouveau d'être découverte par la tribu.

C'est au milieu de cet été-là également qu'elle a la révélation de sa courte existence en participant, à contrecœur, à un des évènements majeurs de la vie de la tribu, un grand rassemblement d'été qui regroupe plusieurs tribus en un même lieu. Il leur faut dix jours de marche pour se joindre aux autres tribus. La grande fête se tient, cette fois-ci, à proximité d'une rivière passant sous un grand pont de pierre qui l'enjambe. Sa petite taille et sa curiosité insatiable lui permettent de se faufiler partout sans être gênante et c'est ainsi qu'elle remarque que les chamanes des différentes tribus se regroupent quotidiennement puis disparaissent soudain dans l'anfractuosité d'une des falaises proches du pont. Le troisième jour elle les suit discrètement et se retrouve dans une grotte ornée des plus belles peintures qu'elle a jamais imaginées. Il y a des ours rouges, des chevaux, des lions, des bisons et encore bien d'autres qu'elle met plusieurs jours à regarder et mémoriser. Elle sait désormais que c'est là sa voie. C'est ce qu'elle veut faire de sa vie une fois rentrée au pied de sa falaise après la grande réunion d'été.

Elle voit bien que les chamanes des différentes tribus ne sont pas les auteurs de ces peintures ; ils les vénèrent, ils s'en inspirent, ils conservent le secret de leur existence aux yeux des membres ordinaires de leurs tribus. Mais ils ne savent pas les réaliser ni même les copier. Sans doute y puisent-ils une partie de la puissance intellectuelle à laquelle ils font appel pour guider, une fois dehors, les membres de leurs tribus, mais c'est tout. Elle ne dispose pas de la puissance des chamans mais elle sait qu'en elle réside la force qui lui permettra de peindre des œuvres identiques. Elle met à profit les semaines qui restent sur place pour examiner les plus beaux dessins. Ce n'est pas si facile car elle doit subtiliser une torche puis disparaître quelques heures dans la grotte sans se faire voir. Mais au bout de deux semaines elle pense avoir mémorisé la plupart d'entre eux pour s'en inspirer ultérieurement. Quand elle n'est pas dans la grotte ornée, elle essaie de savoir comment les auteurs de ces dessins s'y sont pris pour faire apparaître des nuances de rouge aussi magnifiques sur les parois. La vue successive des dessins de la grotte puis des préparatifs des chasses est soudain ce qui lui apporte la solution. Les mêmes couleurs sont utilisées par les chasseurs sur leur peau pour se préparer à la chasse et par les peintres de la grotte ornée. Ils dessinent en couleurs le contour de leurs mains, peignent les grands ours majestueux, les magnifiques rhinocéros unicornes et les différents points qui l'ont tant émue ces dernières semaines. Elle sait comment préparer ces peintures. Elle se maudit de ne pas y avoir pensé avant ce voyage, car elle avait tout sous la main chez elle pour le faire et s'en servir sur ses parois.

Il ne lui manque plus désormais qu'un endroit secret du même type que la grotte du pont de pierre, ce qui ne doit pas être si difficile que cela à trouver tant les deux paysages se ressemblent. Elle s'en veut de ne pas avoir pensé plus tôt à se réfugier dans une grotte profonde qui la préserverait ainsi de la trop grande curiosité des membres de sa tribu. Pour aller dans ces grottes, il faut disposer de lumière pour s'orienter. Elle doit être stable et de longue durée pour pouvoir réaliser les dessins avec soin, sur lesquels il faut pouvoir revenir régulièrement. C'est certainement un inconvénient mais qui est largement compensé par la protection que lui apporte une grotte profonde. Une fois de retour de la réunion des tribus, elle se remet à chercher une grotte du même type que celle du pont de pierre. Ce n'est qu'au bout de quelques semaines qu'elle trouve ce qui lui convient. L'entrée est invisible des sentiers proches, il faut grimper dans la broussaille pour y parvenir. Seul un individu ou un animal de petite taille peuvent s'y engager. Après quelques mètres, le passage s'élargit pour laisser apparaître ce que la nature a créé, une grotte assez longue, dotée de plusieurs bras, assez haute pour disposer de parois d'une surface suffisante et dont les murs sont à la fois lisses et pourvus d'irrégularités. Elle imagine tout de suite qu'elle pourra les utiliser pour donner vie à ses représentations.

Elle se lance alors au cours des deux hivers suivants dans une frénétique activité de dessins et de peintures dans « sa » grotte ornée. Elle ne revient à la tribu que pour se nourrir frugalement et subtiliser les morceaux de charbon de bois et les torches enduites de graisse d'ours nécessaires à l'éclairage de son atelier. Elle devient parfaitement invisible pour les membres de sa famille. Elle ne fait plus qu'une avec son œuvre. Elle est dans ses dessins, elle les habite, comme s'il y avait une parfaite continuité entre son cerveau, ses yeux, ses bras, ses mains et ses doigts. C'était comme si les traits qu'elle trace sur les parois pour représenter les cornes des aurochs, les bois des cerfs, les cornes des rhinocéros, venaient d'au-delà d'elle-même. C'était comme si elle était habitée par une puissance supérieure qui guide ses mouvements et aboutit à ces dessins, parfaits intermédiaires entre la réalité avec laquelle elle les a vus dans la prairie et l'imaginaire avec lequel elle se représente leur puissance intérieure. Ce ne sont plus seulement des dessins à plat sur une paroi. Ce sont des êtres mi-vivants mi-morts dont la figuration les rend vivants dans un monde parallèle. Celui de l'esprit pur, celui où tout est grâce et légèreté, celui où ces animaux sont doués d'une élégance extrême et où ils flottent dans un éther imaginaire. Oublié leur intérêt pour nourrir les hommes, pour les vêtir et leur procurer des outils nombreux. Ils sont là, dans sa grotte, pour l'aider à accéder à un au-delà inconnu, irréel mais bien présent et dans lequel elle se sent pleinement heureuse. C'est son monde animal, bien loin de celui d'où elle a été exclue brutalement et qui lui procure si peu de joie.

Cette frénésie ne l'empêche pas d'apporter un soin tout particulier à ses représentations. Elle prend plaisir à dessiner son grand et beau cerf noir à l'image du plus beau vu sur le plateau au dessus de la vallée. Elle aime tracer les contours puis peindre les plus beaux chevaux à crinière noire et au ventre rebondi ainsi que les adorables bisons massifs qui se distinguent si bien sur le vert de la prairie. Elle jubile en dessinant les bouquetins, plus rarement observés, mais toujours combattant entre eux. Elle a à cœur de n'oublier aucun des animaux qu'elle a vus, même peu de temps. Elle pense que leur ensemble peuple ce monde imaginaire et que si un seul y manque, celui-ci ne serait ni complet ni vivant. Au bout de deux ans de ce travail acharné, les parois à sa hauteur sont remplies de ses œuvres. Elle doit confectionner une échelle puis des échafaudages sommaires pour pouvoir exploiter les parties hautes de la grotte ainsi que les plafonds. Cette activité la comble parfaitement tant elle se sait alors entourée de tous côtés par ses animaux favoris.

Malgré sa répulsion vis à vis de ses semblables et toujours marquée par l'interdiction maternelle de son enfance proche, elle se risque aussi à une et une seule représentation humaine. Au contraire des animaux, elle ne parvient pas à y insuffler une partie de son énergie vitale et elle trouve le résultat bien médiocre. Au lieu d'un corps élancé et gracieux, elle se représente elle-même dans ce monde merveilleux. Elle dessine un être chétif, renversé et presque percé par la corne d'un gros bison poilu démesurément plus gros que ce petit humain malingre. Sans doute le déséquilibre entre son monde animal dont elle se sent pleinement faire partie et qu'elle aime profondément, et le monde humain dont elle est exclue, a-t-il guidé son bras pour se représenter ainsi, seule de son espèce dans la grotte.

Après deux hivers de cette intense activité qui lui apporte sérénité et joie intense, la tribu revient avec violence au premier plan au début de l'été. Bien que restée petite et malingre, elle a atteint la maturité désormais. Elle attire le regard des hommes. Ce qui doit arriver arrive. Elle est violée brutalement par un des habitants de l'abri sans que personne, sauf elle, n'y trouve à redire. La violence de l'assaut et sa conclusion rapide ne font que renforcer le dégoût qu'elle a de sa propre espèce. Bientôt quand il faut reconnaître que cet accouplement a porté ses fruits et qu'elle est grosse, le désespoir succède au dépit. Elle décide alors de rejoindre le monde des animaux qui sauront l'accueillir aussi bien qu'elle les dessine avec amour sur les parois de sa grotte, en absorbant une des plantes médicinales dont elle sait qu'elle provoque une mort rapide. Elle s'enfouit au plus profond de la caverne, là où elle a gravé au tout début de son installation dans les lieux, les corps graciles des lionnes dont elle admire tant la souplesse et la beauté. Elle attend la mort, qui ne tarde pas à venir, puis rejoint avec bonheur son Paradis Animal.

CHAPITRE 2. OÙ SONT LES RESTES DE LÉONARD DE VINCI ?

Je n'aurais pas pu imaginer une offre de doctorat plus attrayante pour une férue d'Histoire de France. Réaliser une recherche d'ADN sur un corps exhumé je l'ai déjà fait plusieurs fois dans le cadre de mon mastère à l'école normale supérieure de Lyon après mon agrégation. Mais, là, c'est carrément autre chose. Jamais je n'aurais imaginé pouvoir un jour être entraînée dans une telle aventure. Lorsque mon professeur m'a proposé de rencontrer le fameux spécialiste de génétique humaine ancienne du Max Planck Institute for the Science of Human History de Leipzig, Svante Dabôô, j'ai d'abord cru à une plaisanterie. Lorsque cette proposition s'est avérée vraie, j'ai vraiment cru que le ciel me tombait sur la tête !

Une amie de Milan avec qui j'ai publié mon premier article scientifique m'a dit : « extraire de l'ADN sur la dépouille de Léonard de Vinci !! Jamais je n'aurais imaginé cela possible dans mes rêves les plus fous ! Si c'est vrai, je veux en être, je veux en être ! » avait-elle alors trépigné. « Je suis une admiratrice sans bornes de Vinci et de son œuvre à Milan et ailleurs. C'est le plus grand artiste de tous les temps, c'est un génie reconnu comme tel par la terre entière, à plus de cinq siècles de distance ! Même s'il est florentin d'origine, c'est un milanais de cœur ! ».

C'est un projet européen, évidemment très soutenu par la Commission car emblématique de l'identité et de l'esprit européen. Il est porté par des chercheurs prestigieux et a passé sans difficulté les différentes étapes d'expertise pour financement.

La mécanique s'est donc déjà mise en marche et j'ai écouté Svante Dabôô avec une grande attention m'expliquer quel pourrait être ce projet de thèse européenne. Une équipe de chercheurs italiens avait depuis longtemps proposé de procéder à une exhumation du corps de Léonard de Vinci. Il s'agissait d'élucider la question, agitée depuis longtemps, de son autoreprésentation dans son tableau le plus célèbre, *La Joconde*. Cette interrogation se doublait de l'attribution possible à Léonard de plusieurs tableaux restés de paternité incertaine. Svante me propose dans le projet de réaliser une extraction de son ADN afin de pouvoir le comparer à celui trouvé sur les tableaux qui lui ont été attribués sans certitude absolue. Il s'agit donc, pour moi, de réaliser ces extractions et séquençages à partir du matériel prélevé sur le corps exhumé et sur les toiles. Comment refuser une telle offre qui est la chance de ma vie ! J'ai immédiatement accepté et commencé les travaux bibliographiques nécessaires à la mise en place des protocoles, notamment sur les tableaux, que je connais moins bien. Le service de police scientifique du 36 quai des Orfèvres à Paris m'a bien renseignée sur les méthodes utilisées sur les scènes de crime à partie de très petits échantillons. Avec l'accord de Svante, je leur ai proposé de nous rejoindre sur le projet pour y apporter leurs compétences sur l'ADN ancien.

Si la mise au point de la méthodologie de laboratoire s'est avérée rapide et assez facile, il n'en va pas de même des prélèvements sur la dépouille et sur les tableaux. En effet, compte tenu de l'importance historique du personnage, Svante Dabôô a dû solliciter pas moins que le Président du Parlement européen, le Président du Conseil italien et le Président de la République française, pour obtenir les autorisations nécessaires. Il a fallu ensuite convaincre la Famille Royale d'Orléans, propriétaire du Château d'Amboise, d'autoriser l'ouverture de la tombe dans la Chapelle Saint Hubert où reposent les restes présumés du grand homme. Il a fallu aussi convaincre les directeurs de musées détenteurs des œuvres de Vinci, de laisser Svante et notre équipe effectuer des prélèvements sur des toiles d'une valeur inestimable.

La renommée de Svante est mondiale. Il a publié dans des revues internationales prestigieuses des articles relatant l'identifications de l'ADN des Hommes de Néandertal remontant à environ 35 000 ans. Il a reçu le Prix Nobel de Médecine pour ces travaux. Cela a bien facilité toutes ces démarches. Mais Léonard de Vinci fait partie des patrimoines historiques italien et français. Il a fallu des trésors de diplomatie pour monter le dossier.

D'autres difficultés surgissent néanmoins. En premier lieu, il s'agit d'avoir une certitude sur le lieu exact d'inhumation de Léonard de Vinci. Les chroniques de son temps la relatent avec une bonne précision. Ils la placent en 1519 dans la collégiale Saint-Florentin d'Amboise, conformément à ses dernières volontés. Cet édifice fut détruit en 1807 et les restes de cette collégiale furent fouillés à partir de 1863. Les supposés ossements de Léonard de Vinci alors retrouvés furent placés en 1874 dans la chapelle Saint-Hubert, qui fait partie du château.

Le 12 septembre, la dalle de marbre protégée par une simple grille en fer, rayonne à mes yeux et à ceux de Svante. Nous sommes là pour l'ouverture de la sépulture. Le Prince d'Orléans, héritier du trône de France, est présent pour l'occasion. Une forte délégation italienne est aussi là avec des représentants du même niveau que du côté français et deux scientifiques. Deux huissiers et une équipe télévisée témoigneront de l'importance et de la véracité de l'événement aux yeux du monde entier. L'ouverture est retransmise en direct sur Arte en France et sur la RAI en Italie. Autant dire qu'il ne reste que peu de place pour le palan électrique nécessaire à l'élévation de la dalle et pour les spécialistes marbriers qui doivent effectuer le travail. De nombreuses autres personnalités sont présentes à l'extérieur de la chapelle royale, faute de place. Elles suivent le déroulement du processus sur des écrans disposés dans des tentes sur l'esplanade du château. Pour cette exhumation, l'ensemble de la ville d'Amboise est en ébullition. Elle est quadrillée par un service de sécurité important pour maintenir à distance les « anti-exhumation ».

La dalle est soulevée puis déplacée sur le côté afin de remonter puis d'ouvrir le cercueil contenant les restes présumés du grand peintre. Dans les minutes retrouvées à la bibliothèque de France relatant leur exhumation en 1869, l'auteur indique ne pas avoir pu conserver le cercueil d'origine très dégradé. Il a alors placé les restes humains dans un cercueil réalisé pour cette occasion. Celui-ci a été vissé avec des vis de cuivre, puis scellé avec le sceau impérial par un mandataire délégué pour l'occasion par Napoléon III. Les photos prises à l'appui de ces dires semblent confirmer cette démarche.

Ce jour-là l'émotion est à son comble lorsque les ouvriers remontent le cercueil. Il est en parfait état et semble avoir été descendu quelques jours auparavant dans le tombeau. Avec d'infinies précautions et une lenteur toute calculée, le sceau, encore intact, est brisé, puis les 18 vis dévissées et le couvercle soulevé avec d'infinies précautions.

Le corps ne se présente pas dans le même état de conservation qu'aurait pu le présager le cercueil. Il ne reste plus que des ossements secs dépourvus de toute chair ou peau. Les différents os ont été rangés avec ordre mais pas dans celui d'origine. Manifestement, ils ont été récupérés dans le cercueil précédent puis rangés avec respect. Ils ont certainement été manipulés par des ouvriers sans gants et donc avec une très probable contamination des restes. Le crâne est tout à fait propre, ne laissant que peu de chances de prélever des restes d'ADN dessus. Très vite avec Svante nous comprenons qu'il faut aller plus loin si l'on veut effectuer des prélèvements et avoir une chance de produire des résultats probants. Aussitôt Svante s'approche des deux ministres présents et ils lui accordent tout de suite l'autorisation de forer un des deux fémurs pour prélever un échantillon de ce qui reste de la moelle osseuse. Nous avions prévu cette éventualité car elle permet aussi d'éviter les contaminations lors des manipulations du dix-neuvième siècle.

Avec un luxe infini de précautions, en essayant de maîtriser nos tremblements et sous l'œil attentif de millions de téléspectateurs, nous réalisons cette opération commentée en direct par Svante. Trois prélèvements indépendants sont faits afin de pouvoir en analyser un dans le laboratoire de Svante au Max Planck à Leipzig, en stocker un à Lyon à l'ENS et conserver le troisième dans le laboratoire de génétique ancienne de l'université de Milan. Il est prévu que l'extraction, opération très délicate du fait de la dégradation partielle probable de l'ADN après 500 ans de séjour dans la sépulture, puis le séquençage de l'ADN soit fait à Leipzig. C'est moi qui superviserai ces opérations et réaliserai cette analyse avec les techniciens du laboratoire. Cette partie constitue un des deux éléments centraux de ma thèse de doctorat. Une fois ces prélèvements effectués, les photographes scientifiques du laboratoire de morphométrie de la Préfecture de Police de Paris, mandatés pour l'occasion, prennent des images du crâne du squelette. Ils espèrent ainsi reconstituer le visage de Léonard de Vinci en y ajoutant virtuellement des muscles et de la peau.

La tombe est refermée, bénie par l'Archevêque de Tours, puis scellée. Les protagonistes peuvent aller répondre aux questions des journalistes lors de la conférence de presse. Puis Svante et moi repartons vers Leipzig, avec nos précieux échantillons, accompagnés par des agents de sécurité tant la prise est d'importance. J'ai du mal à contenir mon excitation à l'idée que je transporte avec moi l'ADN d'un des plus grands artistes que l'humanité ait connu et que c'est moi qui vais maintenant œuvrer pour faire le lien entre ces échantillons et les tableaux du Maître. Une fois arrivés à Leipzig, les opérations d'extraction puis de séquençage sont lancées. Nous pouvons, Svante et moi, commencer à consacrer une partie de notre temps à la seconde partie du projet, celle concernant la récupération des échantillons sur les tableaux.

Le challenge n'est pas facile non plus. Le monde de l'Art, notamment les conservateurs des musées du Louvre et de Milan et les nombreux experts de Léonard de Vinci, n'ont pas été faciles à convaincre. La tâche s'est avérée plus complexe, paradoxalement, que celle de l'exhumation. Ils considèrent que les tableaux sont un bien plus précieux pour l'humanité que la dépouille de Léonard elle-même. Les tableaux sont vus chaque année par des millions de visiteurs à travers le monde, surtout en Europe. Il est absolument impossible de donner une quelconque autorisation de prélèvement sans avoir la certitude absolue qu'aucun dommage ne sera occasionné aux œuvres.

J'ai dû m'associer étroitement avec le service d'identité criminelle de la Police Judiciaire parisienne, spécialisé dans la recherche de traces d'ADN sur les scènes de crime, pour mettre au point la technique. Jusqu'à présent, en effet, une telle approche n'a jamais été faite sur des tableaux, surtout de cette inestimable valeur. Le prélèvement doit tenir compte des couches successives de vernis, rajoutées du vivant de l'artiste et bien après, au fur et à mesure des longues années de conservation, mais également d'une possible contamination venant des nombreuses manipulations à mains nues des tableaux pendant cette longue période.

Plusieurs chroniqueurs de l'époque de Vinci et proches de lui, ont relaté que Léonard caressait souvent ses tableaux de la paume de sa main droite, tandis qu'il peignait de la main gauche. Après discussion au sein du laboratoire de Svante et après un colloque entier sur le sujet pour recueillir les avis des meilleurs spécialistes mondiaux des scènes de crime et ceux des tableaux anciens, inhabituellement rassemblés à cette occasion, une stratégie est mise au point. Une série de tableaux nouveaux sont peints, caressés de la paume de la main, puis je les manipule ainsi que plusieurs membres du laboratoire. Ils sont enfin vernis, en utilisant des produits les plus proches possibles de ceux utilisés par Léonard aux quinzième et seizième siècles. Après séchage, le vernis est alors enlevé et l'ADN recherché sur le tableau, surtout sur les parties de la toile proches du cadre, mais aussi là où nous avons apposé nos paumes. Dans une seconde étape, nous travaillons sur des tableaux du dix-neuvième siècle, peu onéreux à l'achat et qui ne nécessitent pas de précautions particulières mais qui permettent d'appréhender les dégâts potentiels faits aux œuvres. Les résultats finaux sont à la hauteur de nos espérances. Les quantités d'ADN extraites sont très faibles, mais l'amplification permet à coup sûr de reconnaître mon ADN ainsi que celui des autres manipulateurs. Toutes ces manipulations n'occasionnent aucun dommage, ainsi que cela peut être vérifié par les spécialistes de Léonard de Vinci au Louvre et à la Pinacothèque de Milan.

Le processus de prélèvement réel sur les tableaux authentiques démarre au Louvre et à Milan. Les deux premiers tableaux sont les portraits de *La belle Ferronnière* et de Cécilia Gallenari- *La Dame à l'hermine*-. Nous avons la certitude qu'ils sont de la main de Vinci. Il les avait conservés avec lui jusqu'à sa mort à Amboise. En revanche, le conservateur du Louvre s'oppose formellement et farouchement à un quelconque prélèvement sur *La Joconde*, trésor national. Aucune des démarches de Svante auprès des plus hautes autorités françaises ne peuvent les faire fléchir. Moins médiatisés que l'exhumation de la supposée dépouille de Léonard, ces prélèvements sont effectués dans l'atelier du Louvre avec un luxe infini de précautions, sous l'œil critique des deux conservateurs parisien et milanais. Après que les experts du Louvre ont retiré les couches de vernis avec soin et délicatesse, comme s'ils le faisaient sur les modèles elles-mêmes, j'indique moi-même au spécialiste de l'identité judiciaire où prélever les échantillons. Malgré la déconvenue de n'avoir pas pu prélever La Joconde, Svante et moi, ainsi que les experts et conservateurs, sommes très satisfaits de cette première série de prélèvements sur tableaux. Ceux-ci n'ont subi aucun dommage et le labo de Leipzig identifie bien des traces d'ADN utilisables et le séquencent. Ils acquièrent la certitude que les comparaisons de séquences permettront de travailler, notamment en les comparant avec celles du cadavre exhumé à Amboise. Un ADN est dominant et on peut supposer que c'est celui du maître.

Le second groupe de tableaux prélevés ont été peints lorsque le Maître était plus âgé. Il subsiste, pour certains, une incertitude sur le fait que Léonard en est bien l'auteur. C'est *La Vierge à l'enfant avec Sainte Anne*, le très fameux *Saint Jean Baptiste* sans doute le dernier tableau du Maître, et *Léda et le cygne* sous deux versions à la paternité contestée. Une surprise de taille nous attend lorsque les résultats des prélèvements correspondants sortent du laboratoire. A côté d'ADN bi-allélique *[provenant de cellules somatiques ; note de l'auteur]* dans les mêmes quantités que sur les deux tableaux de la vague précédente, les résultats montrent une quantité beaucoup plus importante d'ADN mono-allélique *[provenant de gamètes, spermatozoïdes ou ovules ; note de l'auteur]* provenant de deux individus différents ! Une seule explication est possible. Ni Svante ni moi n'avons encore eu le courage ni l'audace de la présenter à notre laboratoire, tant la nouvelle est surprenante. L'ADN mono-allélique provient du sperme de deux individus différents. Les quantités découvertes et la localisation des endroits prélevés, le centre de la toile plutôt que les bords de celle-ci, suggèrent que les dépôts ont été volontaires, plutôt que de résulter d'une manipulation de la toile avec des mains contaminées.

Svante ajoute des prélèvements effectués sur les fameux carnets de Léonard où il notait et dessinait en permanence. Ils sont conservés à Milan. Des prélèvements dans différents endroits du Manoir du Clos Lucé, appelé Manoir du Cloux lorsque Léonard y séjournait sont aussi réalisés. Une fois connus, l'ensemble des résultats de séquençage, qu'ils soient bi ou mono-allélique, issus des prélèvements réalisés sur les tableaux, les carnets et le dernier lieu de vie de Léonard sont parfaitement clairs et cohérents. A côté de plusieurs ADN différents d'un tableau à l'autre, ou d'un site à l'autre au Clos Lucé, on retrouve à chaque fois la même séquence, que l'on peut raisonnablement attribuer à Léonard de Vinci. Un des deux ADN mono-alléliques des tableaux de la deuxième série coïncide parfaitement avec le bi-allélique retrouvé sur toutes les toiles, sur les carnets et au Clos Lucé. Il est clair que Léonard de Vinci a travaillé sur ces tableaux et en est l'auteur, tout au moins principal sinon unique. Il est désormais possible d'affirmer avec certitude que les deux tableaux *Léda et le cygne*, jusqu'ici contestés, ont fait l'objet d'une forte participation du Maître, voire qu'il en est le seul auteur. La découverte d'échantillons mono-alléliques provenant systématiquement des deux mêmes hommes, dont très probablement Léonard, sur la deuxième série de tableaux peints à Milan entre 1506 et 1510 d'après les chroniques, suggère que c'était le résultat de jeux sexuels. Léonard et, peut-être Salaï, son fidèle assistant, amant et modèle pendant cette période, en sont sans doute les auteurs.

Lorsque les résultats du séquençage de la moelle osseuse prélevée à Amboise sortent et sont comparés avec ceux des tableaux, la déception de tous est grande. Ce n'est pas du tout le même ADN que celui retrouvé sur les tableaux. La seule explication plausible pour l'instant est que le corps exhumé dans la Chapelle Saint Hubert n'est pas celui de Léonard de Vinci. Les minutes de sa cérémonie d'inhumation dans la Collégiale Saint Florentin en présence de François Premier sont particulièrement détaillées et ne souffrent d'aucune sorte de contestation. Il est très probable que lors des fouilles réalisées au dix-neuvième siècle une confusion a été faite. En recherchant dans les bases de données internationales, qui permettent désormais d'identifier des parentés même lointaines, quelle n'est pas la surprise de Svante de s'apercevoir que la dépouille de la Chapelle Saint Hubert inhumée sous la dalle de Léonard de Vinci, est apparentée à la famille royale de France ! Cela ne peut donc pas être Léonard de Vinci. En remontant dans les bases de données et en comparant la séquence de cet ADN avec celui du roi Louis XII mort à Paris en 1515 et dont le cœur est conservé à la Sainte Chapelle, Svante s'aperçoit que cette dépouille est très probablement celle de Charles VIII mort à Amboise en 1498. Lors des fouilles de la Collégiale Saint Florentin détruite en 1807 et où étaient enterrés les deux hommes on a sans doute fait une confusion et confondu les dépouilles mortelles.

Il va falloir expliquer ce résultat surprenant aux autorités, mais ce n'est plus notre problème et, malgré cette forte déconvenue, nous sommes certains avec les analyses réalisées sur les tableaux, de disposer de la séquence complète de l'ADN de Léonard de Vinci. Il va aussi falloir expliquer les hypothèses justifiant la présence de deux ADN mono-alléliques qui indiquent la présence de sperme sur les tableaux réalisés à Milan vers la fin de sa vie. Mais ce n'est pas non plus ni notre problème ni la préoccupation de Svante malgré l'intérêt et la valeur de ces découvertes pour les historiens.

J'ai désormais largement de quoi soutenir ma thèse et publier avec Svante plusieurs articles dans les revues scientifiques les plus prestigieuses.

Je sais que Svante, quant à lui, franchit une étape importante de son grand projet général dont je soupçonne qu'il est, pour l'instant le seul concepteur et pour lequel l'exploration de l'ADN de Léonard ne constitue qu'un élément parmi d'autres du vaste ensemble auquel il a consacré sa vie.

CHAPITRE 3. JÉRÔME BOSCH ET SES DÉMONS

Aussi loin qu'il s'en souvienne son terrain de jeux favori a toujours été un atelier de peintre. Son père Anthonius van Haken lui a toujours dit qu'il a été élevé dans l'atelier familial *In Sint Thoenis*, sur le côté de la Grand Place de Bois-le Duc. C'était au milieu des pinceaux, des pigments et des peintures, saisissant dès son plus jeune âge et avant de savoir marcher, des crayons pour dessiner. Il a donc toujours attribué son désir irrépressible de saisir un crayon pour dessiner les personnages farfelus et grimaçant qu'il avait en tête, à l'apprentissage imposé par son père et par les assistants du maître présents dans l'atelier. Celui-ci a dû être très puissant pour le transformer ainsi, pour faire que son cerveau ne pense plus, jour et nuit, dimanches, jours de fête et jours de travail, qu'à ce qui peuple ses tableaux. Les monstres de ses œuvres seraient le résultat de l'apprentissage paternel ? Il voudrait bien le croire.

Mais il est plutôt enclin à penser que c'est Dieu, ou le Diable, qui l'ont doté spontanément de telles pensées. Son imaginaire est toujours peuplé de créatures hybrides entre homme et animaux, entre plantes et animaux et même entre plantes et homme, sans qu'il les ait construites de manière raisonnée et rationnelle. Ces monstres ne sont pas issus de ses pensées d'enfant puis d'homme éveillé. Ils viennent le hanter sous forme de visions nocturnes, de rêves précis et vivement colorés. Ils s'imposent à lui. Surtout la nuit mais aussi quand il lui arrive de s'assoupir dans la journée. C'est au petit matin, au réveil, qu'il se jette sur le papier pour les représenter fébrilement. Ces monstres sont présents en lui depuis tellement longtemps qu'il les a apprivoisés et qu'ils ne lui occasionnent aucune peur. Il ne les repousse pas. Au contraire, ils font tellement partie de lui qu'il en a fait plus que des amis, des morceaux de lui-même, des membres de sa famille proche.

Aujourd'hui, notable bien établi de la société de Bois-le-Duc *[actuellement Hertogenbosch aux Pays Bas ; note de l'auteur]*, il a rejoint la Confrérie de Notre Dame. Il se dit que Dieu, ou le Diable, auraient pu réduire un peu la pression incessante qu'il subit de la part de ses rêves nocturnes. Mais ses visions n'ont pas cessé pour autant. Elles sont toujours aussi présentes et inventent sans cesse de nouveaux personnages plus étranges, plus diaboliques. Comme si le bestiaire mi-animal mi-Homme de Jheronimus était infini. Le plus étrange est que l'apparition de nouveaux monstres n'efface pas pour autant les précédents. C'est un bestiaire où il y a sans cesse des nouveaux personnages, les anciens ne meurent pas. Au contraire, ils demeurent dans ses méandres cérébraux et resurgissent par çi par là au fil du temps.

Les représentations qu'il en fait au matin, à la mine de plomb sur papier, sont étonnantes de précision et chaque jour où il les dessine, c'est à dire presque tous les jours que Dieu fait, il est stupéfait de leur réalisme malgré leur inexistence, et de leur exactitude par rapport à ses souvenirs de la nuit passée. Les dessins s'accumulent dans son atelier dont il est désormais le Maître. C'est avec une certaine gêne qu'il doit se justifier et inventer pour expliquer à ses assistants d'où ils viennent lorsqu'il les utilise pour la confection d'un tableau.

A personne, pas même à sa femme, pas même à son confesseur, il dit qu'il est assailli par ces créatures nocturnes. C'est un secret enfoui au plus profond de lui-même. Il ne le partagerait avec personne en ces temps où les accusations de possession démoniaque sont fréquentes et conduisent irrémédiablement au bûcher. Tous les deux, ainsi que tous les autres croient qu'il les invente au fur et à mesure des commandes qui lui sont faites. Mais non, il puise dans son bestiaire imaginaire et secret pour réaliser les illustrations les plus folles de ses tableaux. Il détient le plus formidable belluaire qui soit. Il l'assemble en fonction du message reçu dans sa commande ou que lui-même souhaite passer aux futurs contemplateurs de l'œuvre.

Le dessin et la peinture sont pour Jheronimus un exutoire obligatoire sans lequel il ne pourrait pas vivre. Non pas que cela lui manque particulièrement, mais il est absolument nécessaire qu'il les utilise quotidiennement pour expurger tout ce qui est en lui, tout ce qui le tourmente et le remplit. Sa main droite prolongée du crayon ou du pinceau est le robinet par lequel s'écoule le trop plein de son âme. Sans lui, il deviendrait fou, s'il ne l'est pas déjà certains jours. Le tracé sur le papier de ses créatures nocturnes est un soulagement incroyable. Plus il s'applique à représenter dans le détail ce qu'il a vu, plus il s'apaise. Plus ses créatures sont complexes et hybrides entre espèces et entres règnes, plus vite il retrouve sa tranquillité d'esprit. Est-il vraiment normal ? N'est-il pas à la limite de la folie voire même au-delà ? Il sent bien qu'il est le seul parmi tous ceux qu'il a rencontrés dans sa longue vie à subir cette pression intérieure infernale ou divine, tout à la fois infernale et divine sans doute.

Il cache l'originalité de sa personne du mieux qu'il peut. Il sait bien qu'il n'est pas tout à fait un Homme parmi les autres, comme les autres, que quelque chose le distingue, l'empêche d'être un individu normal. Le dessin et la peinture sont ses esclaves maintenant qu'il en maîtrise tous les aspects. Il est aussi leur esclave car il ne pourrait vivre sans eux pas même un seul jour, pas même une seule minute.

Son appartenance à la Confrérie de Notre Dame lui permet d'asseoir sa réputation de peintre et de recevoir des commandes de la Cour des Habsbourg, mais également de résister aux assauts du clergé qui lui reprochent sa trop grande liberté d'esprit par rapport aux peintures religieuses classiques. Cet équilibre difficile est sans doute ce qui fait son succès. Il est suffisamment original et audacieux pour attirer l'attention et la reconnaissance des princes qui le font vivre. Mais il rend hommage à la Sainte Vierge grâce à la Confrérie, ce qui lui assure une relative impunité. Le dessin et la peinture sont sa vie. En fait rien d'autre ne compte vraiment lorsqu'il a un crayon ou un pinceau entre les mains. Il pourrait oublier les limites à ne pas dépasser dans la représentation de ses personnages. Il pourrait braver les interdits religieux, mais il ne le fait pas, il reste toujours en deçà et sauve ainsi sa peau, à défaut de son âme.

Il dirige maintenant l'atelier après la mort de son père, puis de son frère en 1497. Tous les assistants sont aux pieds du maître depuis que Philippe le Beau, fils de Maximilien de Habsbourg, dont la cour est installée à Bruxelles, lui commande des œuvres. Les productions sont collectives. La signature est plutôt celle de l'atelier que celle du Maître. Son nom est apposé au bas des tableaux. Beaucoup de commandes viennent aussi de Bois-le-Duc et sont destinées à orner les maître-autels des nombreuses églises de la ville dont une bonne partie est administrée par la Confrérie de Notre Dame. La confection des triptyques et polyptyques alterne avec celle d'œuvres plus populaires visant à illustrer la morale publique puisque peu de personnes savent lire dans la population.

C'est l'image qui porte le message plutôt que le texte. C'est elle qui allie morale et religion pour que le peuple comprenne le message et adapte sa conduite. Ainsi, Jheronimus et son atelier sont très fiers de la confection de *La Pierre de Folie* qui illustre un dicton populaire décrivant la folie et incitant au raisonnable, ou des *Sept Péchés Capitaux* qui portent le message de tempérance et de modération à la fois des religieux et des dirigeants politiques vers le bas peuple ignare et analphabète.

Sa première grande œuvre il la dédie à un thème classique, maintes fois représenté qui fait l'objet de lectures assidues de la part de la bonne société, du clergé et de tous les gens instruits. C'est *La Tentation de Saint Antoine*, dont la vie est le sujet de nombreuses chroniques réservées aux lettrés et inaccessibles au peuple. La Confrérie de Notre Dame lui en passe commande sous forme de peinture destinée à être installée sur le maître autel de la cathédrale de Bois-le-Duc. Jhéronimus a, depuis, effectué son grand voyage à Venise où il a rencontré un des peintres qu'il admire le plus dans la chrétienté, Léonard de Vinci. Grâce à Léonard, grâce à sa liberté de pensée, grâce à son audace picturale et sous son influence directe, Jhéronimus s'est vu confirmer dans la dynamique qui a été sa vie : il ose presque tout. Il sait qu'il peut mettre en scène ses démons nocturnes en les mettant au service d'une cause défendue par tous : la force de Saint Antoine face aux nombreuses tentations qui lui sont offertes. Mais le défi n'est pas facile.

A partir d'un récit linéaire textuel qui narre les situations successives de tentation dans lesquelles il est placé, il faut qu'il représente sur un seul et même plan, la force de caractère de Saint Antoine face à chacune d'elles. D'un récit de texte il faut qu'il fasse une succession de dessins reliés les uns aux autres et compréhensibles sans aucun texte associé. Après plusieurs essais de petits dessins successifs représentant chaque scène de la vie du Saint, mis sous la forme d'une bande, il décide finalement de tout représenter sur le même tableau en séparant les scènes et en leur donnant une indépendance les unes par rapport aux autres. Il choisit un triptyque qui permettra de générer la curiosité dans l'attente de l'ouverture des volets gauche et droit, à des moments choisis par la Confrérie.

Sur ce triptyque le Maître et son atelier se déchaînent. Ils représentent Saint Antoine au centre du tableau, entouré de nombreuses scénettes illustrant la vie du Saint Homme. Très aimé il constitue un modèle de vertu à suivre pour l'ensemble de la société. Les personnages imaginés par Jhéronimus, issus de son imagination débordante et de ses songes nocturnes couchés sur le papier tous les jours, sont vifs, colorés et, pour certains, hybrides entres les animaux et l'Homme, entre les plantes et l'Homme. Ce foisonnement de personnages irréels, étranges autant qu'inquiétants, est un pari pour Bosch. Il est protégé par son statut de membre de la Confrérie et certain de sa puissance de peintre désormais reconnu au-delà de Bois-le-Duc. Il craint néanmoins sinon la fureur divine au moins celle du clergé et de la bonne société qui vont l'accuser d'avoir eu l'incroyable prétention de créer des êtres nouveaux à la place de Dieu. Suivant l'esprit de son ami Léonard de Vinci, il ose franchir les barrières et dessiner puis peindre ce qui ne l'avait jamais été auparavant ! Le triptyque une fois terminé est d'une telle force, d'une telle puissance évocatrice de la vie de Saint Antoine, d'une telle beauté malgré l'étrangeté des personnages et la violence de certaines scènes, d'un tel contraste de couleurs vives, qu'il est accueilli avec enthousiasme. Le commanditaire, le Grand Recteur de la Confrérie, puis les membres de celle-ci, défilent devant l'œuvre installée sur le maître autel de la cathédrale. Puis des bourgeois et les gens du peuple la contemplent bouche bée et des étoiles dans les yeux avant de faire éclater leur ravissement. Jhéronimus est soulagé puis comblé, il a travaillé des centaines, des milliers d'heures sur son tableau et reçoit ces compliments avec bonheur et contentement.

Sa grande œuvre suivante va lui demander plus de travail encore. Avec *Le Jardin des Délices* il noue une relation très particulière. C'est LE tableau de sa vie. Il le sent dès la commande par Engelbert II de Nassau comme cadeau de mariage pour son neveu Henry et sa future nièce Louise de Savoie. L'œuvre doit illustrer le lien existant entre les deux époux, mais aussi une leçon des actes à faire et ne pas faire dans leur vie de couple. Jhéronimus a bien vu et bien senti que c'était aussi une sorte de volonté d'Engelbert de préparer sa propre vie dans l'Au-delà. Il veut dénoncer les démons qui l'ont conduit à ses fautes passées ! Même s'il ne l'a pas dit lors de la commande, tout le monde le sait. Engelbert est un fêtard et un noceur impénitent. Client assidû des nombreux bordels qui parsèment la ville de Bois-le-Duc, il y a contracté la grande vérole. Elle va sans doute l'emporter malgré les soins des médecins.

En passant commande à Jhéronimus, Engelbert a forcé le trait. Il a bien insisté pour que ce triptyque soit non seulement l'occasion de donner aux deux époux la conduite à tenir et les erreurs à ne pas commettre, mais également l'occasion d'instruire les autres habitants de Bois-le-Duc et d'ailleurs, là où le tableau sera exposé. Engelbert souhaite que le tableau soit largement exposé pour encore asseoir sa réputation morale, en fait la corriger, auprès des membres de l'aristocratie et du peuple. Soucieux d'instruire ce peuple illettré par des illustrations frappantes, il sait que Jhéronimus, maintenant reconnu à Bois-le-Duc et bien au-delà dans toute la Chrétienté, saura mobiliser son imagination pour la mettre au service de ses objectifs.

Jhéronimus, de son côté, a bien l'intention de répondre à cette commande associée à la vertu et aux louanges du Créateur. C'est d'abord en tant que membre de la Confrérie Notre Dame qu'il le fera. Celle-ci défend cette nouvelle institution du mariage qui ne peut que contribuer à la tranquillité de la ville et des âmes qui l'habitent. Résister aux tentations démoniaques venues de l'attrait pour le sexe, pour la boisson, pour le jeu, pour la musique profane, n'est pas chose facile pour les pauvres pêcheurs que nous sommes tous. Il faut encourager le peuple à suivre ces commandements sinon divins, au moins donnés par l'Eglise et les Princes de Nassau. Jhéronimus pressent également que cette commande sera sans doute son œuvre majeure, le chef d'œuvre de toute sa vie. C'est une occasion à ne pas manquer pour s'exprimer sans contrainte, pour donner libre cours à son imagination débordante, pour laisser s'exprimer au travers des dessins et de la peinture, tous les personnages qu'il porte en lui depuis si longtemps.

S'inspirant des préceptes religieux et de l'histoire de la création du monde, il a imaginé ce triptyque avec une vision holistique de l'humanité, pauvre regroupement de pêcheurs soumis à la fois à l'influence de Dieu et du Démon. Pour un homme ou une femme, s'échapper de son enveloppe charnelle n'est pas possible sur cette Terre. Chacun d'entre nous est enfermé dans la ronde incessante de ses désirs inassouvis, de ses péchés et de ses rédemptions temporaires. L'Homme et la Femme sont faits pour vivre ensemble dans le péché. Seul l'amour peut les sauver, mais il faut qu'ils acceptent les sacrifices et les douleurs inhérents à leur vie terrestre. Il va peindre cet ensemble dans *Le Jardin des Délices*.

La tâche n'est pas facile. Ce qu'il a en tête est d'une effroyable complexité. Il sait qu'il doit préparer avec un soin tout particulier l'organisation générale de son œuvre, en élaborer les scènes successives, en articuler les différents éléments. Tout son atelier sera mobilisé sur cette grande fresque de l'Humanité.

C'est un triptyque pour lequel il décide de mettre à profit ses ouvrages précédents en imaginant un contraste saisissant de couleurs entre l'extérieur de celui-ci, les deux faces visibles des panneaux latéraux lorsque le triptyque est replié, et l'intérieur quand il est déplié et que les trois faces sont visibles. L'extérieur sera gris et sombre et l'intérieur sera lumineux et coloré. Aucun personnage humain ne sera visible à l'extérieur mais un très grand nombre d'humains et de créatures diverses, réelles et imaginaires, seront représentés à l'intérieur.

Sur le triptyque ouvert, Le Paradis Terrestre sera sur le panneau de gauche et ne fera figurer que le Créateur en compagnie d'Adam et Eve ainsi que des animaux de la Création. Le panneau central, le plus important, illustrera l'humanité avant le Déluge, avec un grand nombre de personnages humains. Jhéronimus sait qu'il devra passer un temps considérable sur ce panneau central. Il sera jugé sur lui dès la livraison du tableau et sans doute au-delà pour les années et, peut-être, les siècles à venir. Il imagine avec beaucoup de soin l'organisation générale de ce panneau central. Pour illustrer l'intérêt spirituel mais aussi charnel de la Femme et l'attirance de l'Homme pour celle-ci, élément central dans la réussite d'un mariage, il décide de représenter un puits au centre du tableau dans lequel se baigneront des femmes. De par leurs couleurs de peau, leurs attitudes, elles représenteront les différentes facettes de la séduction féminine. Autour d'elles, une joyeuse sarabande d'Hommes, pour la plupart chevauchant des quadrupèdes de différentes origines, tournera dans une ronde sans fin illustrant le désir permanent de l'Homme pour la gent féminine.

Il choisit de représenter trente femmes et cent hommes, deux chiffres symboliques pour la chrétienté. Trente représente l'équilibre parfait dans l'organisation cosmique. Jésus commença son ministère public à cet âge. Jean-Baptiste et Ezéchiel commencèrent à prêcher à trente ans. Saint Grégoire a reçu la révélation de l'utilité des Trente Messes Gégoriennes. Le chiffre cent porte également une forte symbolique. Dans la littérature chrétienne c'est le symbole de la béatitude céleste. Jésus fut accompagné par cent soldats romains lors de la traversée de la ville. Selon Saint Barnabé, Adam et Eve pleurèrent durant cent ans leur péché après leur chute.

Il représente ses personnages un par un avec une minutie et un soin extrême. Il est soucieux de les faire apparaître comme des individus différents faisant partie d'un tout et non comme des êtres tous identiques sans âme ni personnalité. L'Humanité est un ensemble composé d'individualités. La tâche est incroyablement difficile et Jhéronimus y consacre des mois et des mois, soutenu par ses apprentis qui lui préparent les pigments en suivant les recettes familiales de l'atelier Bosch. Il travaille avec des petits pinceaux, sous la loupe. Le résultat de ce travail minutieux est à la hauteur de l'effort. Jhiéronimus dessine, puis peint, un par un, ces cent trente personnages du centre du panneau central.

Une fois cette tâche terminée, il passe à la réalisation de la partie basse du panneau. Elle est censée mettre en avant, par des scénettes placées les unes à côté des autres, des dictons et devises populaires et religieux porteurs de messages puissants pour les contemplateurs du tableau et qui seront immédiatement en face et très proches de cette partie de l'œuvre. L'objectif du Maître est qu'ils se perdent dans l'observation attentive de la toile, qu'ils passent d'une scénette à une autre en imaginant sa signification, tout en laissant errer leur regard au hasard de l'une à l'autre. Il a imaginé une série de devinettes sur lesquelles le contemplateur aura à s'interroger, puis passer à une autre, puis revenir à la précédente sans cesse tant leur nombre et leur variété sont importants. Il sait que la plupart de ses contemporains sont illettrés mais qu'ils sont tout à fait habitués à interpréter la vie des Saints d'après leur représentation picturale ou sculpturale dans les églises. Il n'a pas de doute qu'ils sauront décoder les nombreuses situations peintes par Jhéronimus pour en saisir le sens caché. Il leur faudra de la patience et du temps. Ils y reviendront plusieurs fois, en parleront entre eux, feront des erreurs d'interprétation, échangeront sur leurs significations cachées. C'est bien son objectif !

Soucieux de la puissance cachée des chiffres symboliques, il sait qu'il doit représenter un nombre fini de personnages sur ce panneau central. Il choisit six cent, résultant de la multiplication des âges des deux mariés Henry et Louise au moment de la cérémonie. C'est également un chiffre porteur de nombreux symboles, notamment ceux de la fécondité intérieure, aussi présent dans la Bible à de nombreux endroits. Il doute que quiconque soit assez fou pour les compter tous sur le tableau achevé. Mais il croit à la symbolique des nombres et à leur force cachée pour exalter la puissance de l'œuvre. Les côtés de ce panneau central à gauche et à droite de la ronde des Hommes et la partie supérieure illustrent les incroyables bonheurs et joies de la vie terrestre avant le Déluge, de l'amour terrestre tel que Jhéronimus l'imagine et les connaît à partir des écrits en sa possession. Il y insère les personnages issus de ses délires nocturnes jetés sur le papier au matin.

Sur le panneau droit du triptyque, en continuité des deux autres panneaux, Jhéronimus représente l'Enfer sous la forme de l'Humanité dans un « bordel infernal » ! Soucieux de suivre au plus près la commande d'Engelbert, il décide de forcer le trait afin de bien marquer les esprits, ceux des jeunes mariés en premier mais aussi ceux de tous les contemplateurs de son œuvre. De la même façon que pour le panneau central, il est composé d'un rassemblement, a priori très hétéroclite, de petites scènes chargées chacune d'elles d'un message fort : si vous succombez à vos péchés pendant votre vie terrestre, voici ce qui vous attend dans l'Au-delà.

Pour bien faire comprendre au peuple, mais aussi aux seigneurs, que la menace est réelle, les représentations sont fortes et vives. Le haut du panneau rappelle le formidable incendie qui a ravagé les trois quarts de Bois-le-Duc, toujours très présent dans la mémoire de Jhéronimus. Les « auberges du Diable » où l'on pratique la fornication, où l'on boit plus que de raison et où l'on joue aux dés ou aux cartes en écoutant de la musique profane sont représentés de manière explicite. Tous les contemplateurs les identifient facilement. Ils y associent l'Enfer et ses tourments. Cette vision de l'Enfer, très proche de celle de la Divine Comédie de l'italien Dante Alighieri est très répandue à Bois-le-Duc du fait de la réimpression de « La Vision de Tondale » qui a beaucoup marquée l'aristocratie locale et les membres de la Confrérie de Notre Dame, Jhéronimus en premier. Comme pour les autres panneaux, si les lettrés ont eu l'occasion d'en connaître la teneur, ce n'est pas le cas du peuple à qui il faut la traduire en images.

Une fois achevé, *Le Jardin des Délices* fait le ravissement de son commanditaire qui l'expose publiquement dans son palais à la plus grande joie de tous et des jeunes mariés qui le reçoivent en cadeau de noces. La renommée de Jhéronimus n'en fait que grandir à travers le monde chrétien. Il reçoit de nombreuses invitations de souverains, ce qui ne manque pas de flatter sa fierté et son orgueil et le conforte dans l'idée de sa place originale, de son extrême rareté parmi les nombreux artisans et artistes qui, comme lui vivent de leur activité. Il ne répond généralement pas à ces invitations qui l'obligeraient sans doute à accepter des commandes n'allant pas forcément dans le sens qu'il souhaite donner à sa peinture. Elles l'empêcheraient de satisfaire la nécessité de l'évacuation de son trop-plein nocturne.

Il est néanmoins très fier d'avoir pu séjourner à Venise. La Sérénissime république lui a commandé un polyptyque qu'il débute à Bois-le Duc mais termine sur place là-bas. La partie de celui-ci dont il est le plus fier est la représentation des *Visions de l'Au-delà* que Jhéronimus a faite après avoir entendu le récit troublant d'un jeune garçon tombé dans une mare glacée et qui a navigué plusieurs jours entre la vie et la mort, avant de revenir parmi les vivants. Ce séjour vénitien est aussi l'occasion de rencontrer Léonard de Vinci, lui aussi peintre renommé auprès des princes d'Europe. Il regrette de ne pas avoir pu poursuivre la relation avec ce peintre, pourtant prétentieux et sûr de lui et qui a participé de sa main à une des œuvres dont Jhéronimus est le plus fier, *Le Chariot de Foin*.

Celle-ci qui, pour une fois représente plutôt des hommes et des femmes tels que Dieu les a faits et non tels que Bosch les rêve, se veut une illustration de la vie terrestre qui s'écoule vers son destin final, tout le monde, grands et petits, prélats et bas peuple suivent ce chariot de la vie avec espoir.

CHAPITRE 4. SUIS-JE LA FILLE DE PABLO PICASSO ?

A la mort de ma mère fin 2013, j'ai ressenti une douleur intense et un vide immense. Ils ont mis des années à s'atténuer. Mes parents ont été les meilleurs parents du monde. C'est mon modèle de couple uni, aimant la petite fille puis la jeune fille et enfin la femme que je suis. Jamais je n'aurais pu imaginer qu'un jour je sois capable de penser autrement leur couple et leur amour réciproque. La découverte dans une malle du grenier, de la courte correspondance que ma mère avait entretenue avec le plus grand peintre du vingtième siècle ainsi que de son journal intime, en a décidé autrement. A soixante-cinq ans, s'apercevoir que ma mère n'est pas le modèle de vertu dans lequel j'ai toujours cru et suspecter de ne pas être, de ne plus être, la fille de mon père est un choc particulièrement violent. Mes parents sont désormais disparus. Je ne peux pas les interroger comme je l'aurais souhaité pour en savoir plus. Jacqueline a-t-elle aimé Pablo ? Mon Père, a-t-il su que sa fille chérie n'est peut-être pas de son sang ? Ces deux questions m'ont taraudé pendant de nombreuses semaines au point de me faire perdre le sommeil et l'appétit. Au point d'inquiéter mes proches, mon mari et nos deux enfants.

Mais la correspondance entre ma mère, et Pablo Picasso est sans équivoque. Ils se rencontrent fin août 1948 au Congrès des Intellectuels à Wroclaw en Pologne et il s'est certainement passé quelque chose entre eux. Les échanges sont brefs mais suffisamment clairs pour que j'en sois convaincue. Maman a conservé son secret bien gardé, sa sœur étant déjà en couple avec le peintre. Même sous l'emprise de l'alcool, elle a plutôt mauvaise conscience d'avoir cédé à ses avances ce soir du 26 août où la Pologne étouffe sous l'orage. Il a été tellement insistant, il a tellement déployé son charme, il était tellement rayonnant et tellement célèbre que, malgré la différence d'âge, elle a accepté de le suivre dans une chambre.

Les mots sont à peine cachés dans ses deux lettres à Pablo. Son journal est très clair, ils ont passé une nuit d'amour d'une incroyable intensité à Wroclaw. Même si la Vodka consommée en excès rend floues les conditions dans lesquelles cette rencontre s'est déroulée, la réalité de leurs échanges physiques intenses est plus qu'apparente. Elle découvre l'amour physique entre ses bras et cette découverte est sans doute le plus beau jour, la plus belle nuit, de sa vie. Le retour à Paris et les semaines qui suivent sont moins plaisants, une fois l'ivresse passée et lorsqu'elle se rend compte qu'elle est probablement enceinte à la suite de cette nuit de débauche. Le premier courrier envoyé à Pablo ne reçoit aucune réponse. Il faut qu'elle insiste particulièrement pour, enfin, recevoir un premier mot, puis un second. Elle réalise alors que le grand homme n'a aucunement l'intention de faire quoi que ce soit pour poursuivre cette relation.

Le journal de Maman se transforme alors en un confident, recueillant la tristesse et la honte pour une jeune fille de bonne famille de cette époque. Puis apparaît la porte de sortie en acceptant d'épouser Pierre, mon Papa, qui la courtise depuis plusieurs mois déjà. Sait-il que Maman est enceinte ? Rien n'est moins sûr et elle ne dit rien du tout à ce sujet, ce qui contribue à augmenter mon malaise au plus haut point. Mon père chéri a-t-il été trompé par sa femme ? Ou bien est-il complice et a-t-il, au contraire, sauvé la réputation de sa femme en l'épousant ? Je me remémore des épisodes de ma jeunesse qui peuvent me laisser penser qu'il sait que je ne suis pas sa fille, mais qu'il m'aime de la même façon que mon frère et ma sœur plus jeunes. Ma ressemblance avec Maman est évidente sauf mon côté plutôt méditerranéen alors que le reste de la famille est plutôt d'un blond nordique. Mon père l'a toujours attribué au hasard de la génétique avec le pouvoir de conviction farouche d'un professeur d'université. La rapide analyse des dates de rencontre puis de mariage de mes parents et leur confrontation avec la correspondance et le journal intime de Maman, puis avec ma date de naissance le 30 mai 1949, ne laissent pas place au doute. Je ne suis pas la fille de mon père et j'ai été conçue aux alentours de la fin août 1948.

Cette confrontation des faits et leur cruauté me torturent l'esprit et la conscience. Elles m'empêchent de vivre depuis plusieurs mois alors que j'espérais entamer une paisible carrière de retraitée. Il faut que je me confie pour diminuer mon angoisse, pour réduire mon stress et pour que mes proches comprennent la raison de mon désarroi visible par tous. Le premier à qui je me confie est mon mari, puis à mes deux enfants. C'est là que tout part en vrille et que je me montre incapable de maîtriser quoi que ce soit. Mes proches réalisent immédiatement que cette situation peut se révéler extrêmement profitable pour l'ensemble de la famille. Une rapide visite à quelques sites Web nous indique que le patrimoine de Pablo Picasso à sa mort en 1973 était estimé à la somme fabuleuse de 700 millions d'Euros. Une bonne partie des œuvres du Maître sont entre les mains de musées et de collectionneurs privés, mais il reste une partie considérable entre les mains des héritiers, les descendants de Jacqueline Roque et des quatre enfants du peintre, sur laquelle il est envisageable de réclamer des droits. Compte tenu de l'évolution de sa cote sur le marché de l'art, ce patrimoine est désormais estimé à plus de deux milliards d'Euros ! Une somme impossible à imaginer, mais dont il est absolument certain que récupérer ne seraient-ce que quelques miettes serait hautement profitable à tous.

Devant l'insistance de ma famille, je contacte donc un avocat déjà connu pour avoir fait procéder à l'exhumation d'Yves Montand, un notaire spécialiste des affaires d'héritage, et un avocat spécialisé dans le marché de l'art. Ce dernier juriste s'est illustré dans une succession qui a défrayé récemment les chroniques judiciaire et mondaine. Lorsqu'il s'agit de montants financiers très importants, la pugnacité des prétendus héritiers est à la hauteur de l'effort à mettre en œuvre juridiquement et du montant des honoraires. Il y a de nombreux exemples récents d'exhumations, très médiatisées comme celles d'Yves Montand au Père Lachaise ou de Salvador Dali à Figueiras, où la justice a ordonné une recherche de paternité à la demande des descendants présomptifs. A condition qu'il existe des témoignages solides et/ou des preuves de contacts entre le défunt et la mère du plaignant ou de la plaignante, la jurisprudence est assez simple même si l'affaire est, en général, très compliquée. Si la famille du défunt n'accepte pas une exhumation du corps puis une recherche d'ADN, alors la Justice estime que le plaignant est en droit de réclamer une partie de l'héritage du défunt. Une telle jurisprudence entraîne de bien nombreux abus dont l'intensité est proportionnelle au montant de l'héritage espéré. Mais le résultat est toujours le même, c'est une exhumation.

L'examen des courriers et du journal intime de ma mère par les avocats conduit à une conclusion très claire : tous les éléments sont rassemblés pour entamer une procédure judiciaire qui conduira certainement à une exhumation. Mes avocats sont formels et me certifient que celle-ci prendra sans doute du temps et nécessitera des efforts de tous ordres. Mais, *in fine*, l'exhumation aura lieu et pourra permettre la recherche de paternité requise pour remettre en cause l'héritage de Pablo Picasso. La première étape de ce long et douloureux processus est franchie par l'envoi d'une demande d'exhumation, preuves à l'appui, auprès de la famille via l'exécuteur testamentaire et fils du Maître, Claude Picasso. Il a été désigné en 1989 par le Tribunal de grande instance de Paris pour régler l'indivision de la succession de son père.

La réaction de Claude Picasso est violente puisque, comme attendu, la famille n'est pas prête à rétrocéder une partie du formidable héritage laissé par le grand-père. Mais Claude est le fils de la sœur de Maman. Nous sommes donc cousins, et potentiellement demi-frère et demi-sœur… Malgré les preuves présentes dans le dossier, Claude a beaucoup de mal à admettre qu'il a été trahi, dans cette affaire, par sa tante. Il l'avait bien connue pendant de nombreuses années après que sa mère se sépare de Pablo. Mais il n'a jamais soupçonné qu'il avait pu y avoir quelque chose entre son père et elle, alors que sa mère vivait avec lui. Il n'accepte tout simplement pas cette trahison.

Devant ce refus, nous entamons alors le long processus devant la justice : Tribunal d'instance puis recours de la société « Picasso Administration » qui gère les droits des héritiers liés à l'œuvre, au nom et à l'image du peintre et présidée par Claude, puis Tribunal de Grande Instance, puis recours, puis Cour d'Appel d'Aix-en-Provence qui statue, *in fine*, en ordonnant l'exhumation. Si la justice suit son cours comme elle sait le faire, il n'en est pas de même des sociétés civiles française et espagnole pour qui la profanation d'un tombeau représente toujours un événement d'une violence inouïe pour le défunt.

Pendant toute cette période, tous les grands médias reviennent régulièrement sur la bataille judiciaire en cours en prenant partie qui pour moi, qui pour Claude et le reste de la famille Picasso. Ces presque trois années rythmées par les rebondissements judiciaires et les prises de positions de toutes sortes sont un véritable calvaire. Je ne dois mon salut qu'au soutien et à la pugnacité de mon mari et de mes enfants. Ce qui m'attriste le plus, est que presque personne n'aborde la question de ce qui a pu exister, ou pas, entre Maman et Picasso. Toutes les polémiques reprennent la question de l'héritage ou la violation de la sépulture du Maître et de sa dernière épouse Jacqueline Roque, inhumée auprès de lui sur la terrasse du Château de Vauvenargues en Provence.

Lorsque tombe la décision de la Cour d'Appel d'Aix en Provence et que plus aucun recours n'est désormais possible, des amoureux de Picasso envahissent le petit village provençal pour empêcher que l'on profane la tombe du peintre franco-espagnol.

Le château étant propriété de la fille de Jacqueline Roque, celle-ci s'oppose farouchement et publiquement à une quelconque entrée des « fossoyeurs et de leurs affidés » dans sa propriété. Il faut une ordonnance complémentaire de la Cour d'Appel pour que la justice et les techniciens aient le droit de pénétrer de force sur la propriété privée afin d'y procéder à l'exhumation et aux prélèvements.

Disposer de toutes les autorisations judiciaires est une chose mais réaliser l'opération en est une autre. Il faut requérir auprès du Préfet l'appui de la force publique. Deux compagnies de gendarmes mobiles accompagnent le service scientifique de la police judiciaire de Marseille, toutes deux placées sous l'autorité d'un commissaire de police habitué à la mise en œuvre d'une diplomatie musclée. Protégés par les gendarmes mobiles, l'ensemble des véhicules et la vingtaine d'experts et d'ouvriers pénètrent sur le domaine au petit matin de ce jour d'hiver froid. Ne souhaitant pas ajouter aux difficultés rencontrées avec les enfants de Jacqueline Roque, je ne participe pas à cette exhumation. Mon mari est présent aux côtés de notre avocat.

La tombe avait été creusée dans le roc sur le tertre de la terrasse du château, devant le grand escalier, du côté du soleil couchant. Depuis 1973 Pablo Picasso repose au côté de sa dernière épouse, sous un petit monticule de terre gazonnée sans stèle, ni inscription. Seul le bronze de « La femme au vase », une statue dont la version originale ponctuait à Paris en mai 1937 l'entrée du Pavillon Espagnol de l'Exposition Universelle, avait été scellé sur le tombeau et veille sur le couple. Pour éviter que toute image soit prise même à distance ou par voie aérienne, des tentures noires sont dressées autour du monticule et une interdiction de survol a été prise pour éviter l'incursion de drones.

Les nombreux journalistes dépêchés pour couvrir l'événement n'ont pas pu pénétrer sur le site mais sont maintenus à l'extérieur du château. En l'absence d'indications précises, que la propriétaire du château ne souhaite pas donner, il faut sonder la pelouse pour essayer de délimiter avec précision le tombeau, puis enlever la couche superficielle de terre avant d'identifier quelle est la tombe de Picasso. En début d'après-midi le cercueil d'acajou est hissé en dehors de la tombe, les scellés encore intacts sont brisés et le couvercle dévissé par les fossoyeurs. L'émotion est à son comble lorsque le couvercle est soulevé et que tous peuvent voir le visage du peintre. Celui-ci ne semble pas altéré outrageusement par le temps. Il est parfaitement reconnaissable. Le tombeau dans le roc l'a sans doute préservé d'une dégradation trop mutilante.

C'est tout d'un coup comme s'il était revenu d'entre les morts. Comme si son génie l'avait préservé de toute souillure, de toute attaque bassement terrestre parce qu'il est parmi les plus grands artistes que l'Humanité ait enfantés. Cette vision est très impressionnante même pour les plus habitués des exhumations. Une partie d'entre eux sont paralysés devant ce qu'il reste à faire subir au corps du Maître.

Même Hélène Lucaux, de la Police Scientifique de Marseille, devenue une amie depuis ces évènements et qui me les a rapportés dans le détail, m'a confiée ensuite être aussi fortement impressionnée par l'ouverture du cercueil. Spécialisée dans les prélèvements de tissus anciens elle avait assisté Svante Dabôô lors de l'exhumation du corps de Léonard de Vinci à Amboise. Son trouble s'ajoute au fait qu'Hélène est secrètement mandatée par Svante Dabôô pour essayer de récupérer discrètement un sous-échantillon avec lequel son équipe de Dantzig pourrait travailler. Hélène se demandait donc si elle pourrait réussir à faire sortir une partie de l'échantillon de tissu prélevé pour que le laboratoire de Svante puisse l'analyser. C'est elle, officiellement, qui doit effectuer les prélèvements compte tenu de ses compétences. Il s'avère impossible de prélever des échantillons de cheveux puisque le Maître n'en avait pas plus mort que vivant. On avait dû lui couper les ongles juste avant l'inhumation car ils sont aussi courts que ses cheveux. Il faut donc se focaliser sur des os longs. Le fémur gauche et l'humérus droit sont choisis après déshabillage partiel du corps, ce qui a augmenté encore le stress de toute l'assistance.

Une fois ces deux os mis à nu mon mari m'a décrit la scène où Hélène les perce en quatre endroits puis prélève les restes de moelle osseuse dans chacun d'eux, avec d'infinies précautions pour éviter toute contamination moderne. La procédure habituelle est de prélever deux échantillons par os, mais son laboratoire a reçu la veille un ordre de la Chancellerie de prélever deux fois plus de matériel que d'habitude. Sans comprendre exactement pourquoi, elle s'exécute. Prélever en même temps un échantillon supplémentaire pour l'analyse de Svante ne s'avère pas non plus facile car tous la regardent attentivement, fascinés par la violation du corps du peintre. Elle s'est mise d'accord avec Svante pour qu'une partie du prélèvement, en apparence par une maladresse de sa part, se retrouve dans son gant en latex avec les déchets au lieu du petit tube conique qui lui est destiné. Sa manœuvre réussit et ne surprend personne tant la tension est vive près du tombeau. Une fois les échantillons prélevés et scellés par le substitut du tribunal et enfermés dans une glacière elle-même scellée, le corps est rhabillé et le cercueil refermé, vissé et scellé à nouveau. Pendant ce temps, Hélène range son matériel en stockant le matériel jetable de prélèvement dans la boîte qu'elle avait prévue à cet effet et qu'elle compte rapporter à Marseille.

Mon mari m'a confié ensuite que rien ne s'est passé comme prévu en cette fin d'après-midi à Vauvenargues. Pendant que l'équipe de prélèvements s'active sous la tente, la nouvelle de l'exhumation s'est répandue dans toute la Provence. Depuis Nice, Antibes, Marseille et bien d'autres lieux, le public converge alors pour exprimer son indignation devant le sacrilège. Le village de Vauvenargues se retrouve complètement bloqué par les voitures et les manifestants. Les gendarmes mobiles réussissent néanmoins à protéger le château, aidés par son caractère médiéval et son impunité naturelle. Mais il n'est pas possible d'en sortir par la route comme l'avaient imaginé les autorités en début de journée. Sur décision du Préfet, un hélicoptère de la gendarmerie vient se poser sur la pelouse reconstituée après l'exhumation et débarrassée provisoirement de « la Femme au vase », seul endroit où l'engin peut effectuer plusieurs rotations. Les échantillons sont enlevés lors du premier voyage, Hélène les accompagne jusqu'au laboratoire à Marseille. Mais elle ne réussit pas à emporter le reste de son matériel et voit avec inquiétude le château s'éloigner sous ses pieds en se demandant si la boîte contenant les déchets et son gant seront rapatriée lors du prochain voyage.

Là aussi sur décision de la Chancellerie, jamais trop prudente compte tenu de l'importance de l'individu prélevé, le matériel ayant servi aux prélèvements est détruit sur place par incinération dès que les échantillons prélevés se sont envolés entre les pieds d'Hélène. Ce n'est que le lendemain que son collègue technicien lui indique avoir détruit tout ce qui avait touché le corps du Maître. C'est avec tristesse qu'elle contacte alors Svante pour lui dire qu'il ne pourra pas faire les analyses qu'il envisageait initialement. Elle lui donne néanmoins, à son insu, un renseignement fort utile par la suite. Si la Chancellerie a ordonné de doubler les prélèvements à réaliser c'est qu'elle souhaite envoyer un des deux échantillons dans un autre laboratoire que le laboratoire français de Police Judiciaire.

En effet, compte tenu de l'ampleur médiatique qui entoure cette affaire et de l'émotion soulevée par l'exhumation, de nombreuses réactions ont eu lieu notamment de la part de dirigeants étrangers auprès de l'exécutif français. Le Ministre de la Culture, bien sûr, a été contacté, mais aussi le Premier Ministre et même le Président de la République, afin de ne pas procéder à cette violation de sépulture. La Chancellerie, en accord avec le Garde des Sceaux, a donc décidé d'envoyer ces échantillons supplémentaires de manière anonyme au plus grand Centre mondial de séquençage, le Beijing Genomic Institute à Pékin. C'est mon amie Hélène qui est en charge de cet envoi, en même temps que mes deux échantillons d'ADN qui doivent permettre l'identification éventuelle du lien génétique entre mon père putatif et moi.

Du côté français et afin d'éviter toute contestation ultérieure, les mêmes prélèvements d'ADN sont analysés par le Laboratoire de la Police Scientifique de Marseille et par celui d'Evry, Centre de référence de la Police Nationale pour les recherches génomiques. Les résultats sont annoncés lors d'une conférence de presse du Garde des Sceaux, immédiatement après m'avoir prévenue ainsi que Claude Picasso. Ils sont sans appel : je ne suis pas la fille du peintre, aucun lien de parenté ne peut être mis en évidence entre lui et moi. La déception de ma famille est aussi profonde que la joie de la famille Picasso. Ce résultat ajoute encore à mon angoisse car si je ne suis pas la fille du peintre, je ne suis pas non plus celle de mon père, Pierre. Alors qui est mon père biologique finalement ? Je ne le saurai sans doute jamais.

Néanmoins, malgré ma profonde déception devant tant d'efforts déployés en vain, Hélène m'a confié ensuite que le résultat, très largement médiatisé en France et dans le reste du monde tant il est attendu, avait rassuré Svante sur ce qu'il imaginait être la suite des opérations à conduire pour lui afin de récupérer un échantillon de l'ADN du Maître. Les tentatives initiales faites pour prélever directement sur les tableaux, en s'appuyant sur la même argumentation que pour Jérôme Bosch et Léonard de Vinci, n'ont pas abouties car les tableaux de Picasso sont tous connus malgré leur grand nombre. Aucune incertitude ne pèse sur eux en termes d'authenticité. Compte tenu de ce rejet par la famille Picasso elle-même, il ne pouvait pas avancer en pleine lumière et demander officiellement qu'on lui confie une partie des échantillons prélevés à Vauvenargues et déposés dans les deux laboratoires de la police scientifique française. Il ne pouvait pas non plus dévoiler l'hypothèse principale qui lui fait rechercher de l'ADN du plus prestigieux des peintres espagnols car il est le seul à la connaître et il ne veut pas risquer de se faire doubler par des scientifiques concurrents.

De manière tout à fait inhabituelle, il avait alors décidé de contacter au BGI un de ses anciens post-doctorants qui lui était très fortement redevable de l'avoir préservé de la justice allemande lors de son séjour à Leipzig. A l'occasion d'une conférence à Pékin il avait donc rapporté, en cachette de la famille et des autorités judiciaires, une fraction des échantillons prélevés le 20 février à Vauvenargues, pour l'analyser dans son laboratoire du Max Planck Institute à Leipzig. Le séquençage total par ses collaborateurs lui permet, pour la première fois, de disposer d'une vision d'ensemble du génome du Maître et de regarder si la piste qu'il imagine depuis de nombreuses années est solide ou non. Pablo Picasso détient une fraction relativement élevée de son génome d'origine Néandertalienne. Ce qui semble logique puisque la péninsule espagnole a été le dernier territoire occupé par cette espèce d'hominidé avant sa disparition complète. Il contient également une combinaison génétique qui intéresse particulièrement Svante.

CHAPITRE 5. SVANTE DABÔÔ EXPLORE LA GROTTE DE LASCAUX

Le robot entame une cartographie systématique du sol des différentes parties de la grotte. Autant la préparation de l'opération a été longue, autant sa réalisation s'effectue rapidement et il ne faut qu'une semaine à mon équipe pour cartographier le sol de la Salle des taureaux puis le Diverticule axial jusqu'au Cheval renversé. Une semaine de plus est nécessaire pour le Diverticule de droite, le Puits Est, l'Abside, la Salle ensablée, l'Eboulis Ouest et l'Absidole Ouest. Le Boyau terminal sud-ouest n'est pas exploré jusqu'au bout car le robot est trop large pour y entrer.

Les images recueillies vont au-delà de toutes mes espérances. Il faudrait sans doute des semaines, voire des mois, pour les analyser complètement. Nous pouvons déjà voir, immobilisés dans le sol, figés dans une gangue de calcite, de nombreux objets manifestement laissés là au cours de l'utilisation de la grotte. Nous avions déjà vu leurs formes lors de la sélection de la cinquantaine d'objets déjà extraits puis analysés dans la première étape l'année passée. Notre excitation est grande car nous sommes quasiment certains, si toutefois l'ADN ancien y est encore présent sous une forme analysable, de trouver des échantillons non contaminés par des manipulations récentes.

A l'instar du laboratoire de Pasadena ou du bateau de contrôle du robot sous-marin qui explora l'épave du Titanic, mon équipe et toute l'équipe d'archéologues, travaillent depuis le centre de contrôle du robot installé, à distance, dans une des salles du musée. Notre engin cybernétique, que nous avons unanimement baptisé R2D2, a entamé la campagne la semaine dernière par une exploration de la dernière réplique de la grotte, Lascaux 4. Il s'agissait de tester ses modalités de contrôle et de savoir si l'équipe était capable de le diriger depuis la salle de contrôle. C'était bien le cas et, cette semaine, nous, plutôt R2D2, sommes dans la vraie grotte.

Avant son arrivée dans le Périgord, à Pasadena, R2D2 a fait l'objet de plusieurs modifications importantes pour, notamment, aboutir à un allègement pondéral et pour répondre aux objectifs spécifiques du chantier de Lascaux. Les panneaux solaires ont été démontés. Les nouvelles batteries Lithium-Ion lui donnent une autonomie quotidienne suffisante. Elles peuvent être rechargées via un « cordon ombilical souple » déroulé sur un tapis sur le sol de la grotte ornée. Les trois antennes de communication prévues pour communiquer entre Mars et la Terre ont été enlevées. La communication est assurée par le même cordon ombilical que pour l'énergie. Enfin, les instruments scientifiques destinés à analyser la composition de l'atmosphère et du sol martiens ont été remplacés par une instrumentation plus légère utilisant un couplage entre des rayons X à forte puissance et une imagerie de pointe. Ce couplage est utilisé dans les centrales nucléaires pour détecter l'existence de fissures dans les bétons entourant le cœur des réacteurs. Le capteur de ce dispositif d'imagerie est placé sur un bras articulé commandé à distance, permettant ainsi d'effectuer des mesures à l'avant de R2D2 sur une largeur correspondant à celle de la grotte. Ainsi, nous disposons d'un robot de petite taille d'un poids relativement réduit dont les quatre-vingt kilos sont répartis sur les six roues basse pression de l'engin. Elles réduisent fortement l'impact sur le sol de la grotte par rapport à des pieds humains.

Nous nous sommes rendus à Pasadena avec Hélène pour les essais du robot transformé et après quelques ajustements mineurs, l'engin a été expédié à Montignac pour commencer cette campagne de « fouilles » qui, pour le moment du moins, n'est que virtuelle.

Pour cette approche, j'ai fait appel à une amie Professeur à l'Université de Californie, aussi responsable scientifique des programmes biologiques de la NASA. L'idée que j'ai partagée rapidement avec elle, est d'utiliser des robots analogues à ceux expédiés sur la planète Mars qui ont été mis au point par le laboratoire NASA-UCLA de Pasadena. Ceux-ci ont permis non seulement de disposer d'images des surfaces lunaire et martienne mais également d'explorer le sous-sol sur une profondeur de plusieurs dizaines de centimètres. Ce type d'exploration, à Lascaux, n'a bien sûr jamais été fait. Compte tenu de la fragilité et de la valeur du site, personne n'a osé creuser le sol existant, alors que, très probablement, on doit découvrir des restes du chantier paléolithique dans la vingtaine ou trentaine de centimètres sous le sol actuel. Il nous a fallu 18 mois pour mettre en œuvre ce projet d'exploration par robot en utilisant un des trois Mars Explorer (MER) construits à échelle réduite par le laboratoire de la NASA avant celui envoyé sur Mars en 2004 et qui y restera.

La grotte de Lascaux est la véritable première « grotte ornée » découverte à l'ère moderne. C'est certainement un des éléments initiateurs de mon intérêt scientifique pour la préhistoire. Plus de quatre-vingt ans se sont écoulés depuis que quatre adolescents y ont pénétré pour rechercher leur chien disparu dans une anfractuosité de la paroi rocheuse qui domine « Fond de la Roche » à Montignac. A la lueur de leurs lampes de fortune et sous leurs yeux ébahis, ils découvrent alors un bestiaire multicolore fabuleux qui jaillit des parois de pierre. Félins, rennes, ours, aurochs, cerfs, chevaux bouquetins rouges, noirs, ocres ou blancs s'élancent sur les murs calcaires semblant encore vivants, montrant leurs silhouettes fines et élancées, d'une grâce inouïe. Ce n'est pas une seule grotte mais tout un ensemble de galeries qui contiennent plusieurs centaines de dessins et peintures s'étalant sur les parois et les plafonds, constituant des troupeaux colorés et animés tremblant sous la lumière de leurs torches.

J'aurais aimé être un de ces quatre jeunes pour découvrir ce monde caché au plus profond de la Terre et du Temps ! Peut-être ai-je compensé en me lançant dans l'exploration acharnée de l'ADN ancien ? Je suis extrêmement fier d'avoir pu rassembler autant de scientifiques dans mon laboratoire à Leipzig sur ce seul sujet. Le séquençage du génome de Néandertal réalisé dans mon laboratoire a été un « coup de maître » pour la paléontologie moléculaire et c'est maintenant un domaine exploré par de nombreuses équipes dans le monde. Elle a aussi permis d'intéresser le public non seulement à l'ADN ancien mais aussi à notre propre histoire d'Hominidés. C'est ce qui a contribué à la renommée de mon équipe.

Cette découverte fabuleuse des grottes ornées est, pour moi, le point de départ d'une vision nouvelle de nos ancêtres et de leurs capacités artistiques. Ils ne sont pas les êtres frustres et primitifs décrits dans les livres d'histoire, mais, au contraire, des hommes et des femmes maîtrisant avec brio le dessin et la peinture. A l'instar des plus grands peintres de la Renaissance, ils sont capables de représenter sur des parois, à plat, le plus intime des êtres vivants et de leur redonner vie comme s'ils étaient là, parmi nous. A Lascaux, c'est tout un pan de l'histoire de l'Humanité, en particulier l'histoire de l'Art, qui s'est dévoilé tout d'un coup, remettant en cause les certitudes scientifiques les plus affirmées, comme le fit la sélection naturelle et l'évolution par Charles Darwin au dix-neuvième siècle.

Ma découverte de l'extrême perfection de ces peintures pariétales, de Chauvet, de Lascaux, de Cosquer et autres grottes ornées, si anciennes, a vraiment interrogé mon raisonnement de généticien. Finalement, la perfection en dessin et peinture existait belle et bien dès l'aube de l'humanité, il y a au moins 35 000 ans ! Si tous les discours entendus sur un lent perfectionnement progressif au cours des siècles des techniques picturales étaient complètement faux ? Peut-être que l'aptitude à réaliser une œuvre artistique plus que parfaite, dont un seul coup d'œil suffit à appréhender la perfection, résidait plutôt dans les gènes de l'artiste que dans ce qu'il a appris ? C'est la question de l'éternelle origine des caractères, au sens génétique du terme. Le duel entre inné et acquis qui resurgit ici dans la peinture. Dans la plupart de ces discussions inné *vs* acquis, qui sont souvent l'objet de batailles acharnées, le choix imposé par les discutants est manichéen. Soit c'est inné, soit c'est acquis, sans autre choix. Le généticien que je suis, comme tous les généticiens, sait bien que c'est, la plupart du temps, les deux qui contrôlent un caractère. La discussion devrait plutôt porter sur la proportion de ce qui est inné et de ce qui est acquis dans l'expression d'un caractère, ici la réalisation de dessins ou peintures exceptionnelles.

Cette question de l'inné ou de l'acquis en peinture me passionne depuis longtemps. Comment faire pour essayer de percer ce mystère ? Peut-on avoir une réponse scientifique indiscutable à cette question ? Ma formation de généticien et l'activité de mon laboratoire, presque entièrement tournée vers l'ADN ancien m'ont incité à construire un grand programme de recherche sur ce sujet, dans ma tête, pour y répondre. Mais comment faire ? Travailler sur des artistes contemporains est envisageable car leur ADN est « facile » à collecter. Mais c'est difficile car la perfection en peinture est une affaire d'appréciation personnelle par les contemplateurs du tableau. Il n'y a pas consensus sur qui est véritablement un grand artiste peintre au talent exceptionnel et qui n'y est pas. En revanche, l'histoire a parlé pour nous. On peut plus facilement trouver des consensus sur les noms de ces artistes exceptionnels aux cours des siècles, voire des millénaires passés. Mais la récupération de leur ADN est beaucoup plus difficile que pour leurs contemporains car ils sont morts et enterrés depuis longtemps et il existe des controverses sur la réelle attribution de certains tableaux à ces artistes.

J'ai donc choisi, moi Svante Dabôô, généticien de mon état et récemment Prix Nobel de Médecine, de construire ce grand programme en travaillant d'abord sur les grands artistes du passé. Mes choix sont subjectifs. Les douze artistes que j'ai choisis pour étayer ma démarche de détermination des parts respectives de l'inné et de l'acquis sont tous unanimement reconnus pour leur exceptionnel talent de dessinateur et/ou de peintre. Il ne s'agit donc pas que de mes choix personnels. Bien sûr, j'aurais pu en choisir d'autres. Les choix sont aussi le fait de circonstances particulières liées aux possibilités d'accès à leur ADN.

Mais revenons à Lascaux. Les difficultés de conservation des peintures, occasionnées par le très grand nombre de visiteurs accueillis dans la grotte depuis sa découverte et malgré sa fermeture au public en 1963, ont rendu difficiles les approches scientifiques. J'ai donc décidé d'abord de nous intéresser plutôt aux objets recueillis depuis 1940 par les différents intervenants afin d'essayer de trouver des traces d'ADN ancien sur ceux-ci. Cette approche a bien fonctionné sur les œuvres, certes beaucoup plus récentes, de Bosch et de Vinci et mon laboratoire de Leipzig est un des meilleurs pour espérer collecter des échantillons du génome des artistes, puis les séquencer. Avec l'aide de la Conservatrice de la Grotte, j'ai donc entrepris de sélectionner une cinquantaine d'objets parmi les plus de mille objets exhumés lors des premières fouilles du site dans les années 60 et conservés au musée de Montignac. La tâche n'est pas facile et le résultat aléatoire, tant ceux-ci ont été manipulés à l'époque moderne par les découvreurs et leurs successeurs et donc potentiellement contaminés par ceux-ci. La première démarche est de nous interroger pour savoir quels sont les objets qui sont les plus susceptibles d'avoir été pris en mains de manière suffisamment fréquente par ces hommes des cavernes pour qu'ils aient pu y laisser des traces génétiquement détectables.

Le premier choix sélectionne seize pièces de parures de la collection. Ce sont essentiellement des coquillages dont on peut penser qu'ils ont été façonnés par des mains préhistoriques, puis portées directement sur la peau des occupants de la grotte. Le choix se fait ensuite d'une quinzaine de pièces de l'industrie lithique qui ont pu faire l'objet d'une tenue en mains suffisamment longue pour réaliser les gravures observées sur les parois rocheuses. Enfin, nous choisissons une quinzaine d'objets de l'industrie osseuse, supposés avoir servi de support aux pinceaux utilisés pour déposer les colorants sur les dessins et donc, eux aussi, intensément manipulés par les artistes du paléolithique. Malgré ce grand nombre d'échantillons et le sérieux mis à les choisir, j'ai de sérieux doutes sur la réussite de l'entreprise. C'est d'Hélène Lucaux qui réalise les prélèvements sur place.

Les résultats montrent que mes craintes étaient fondées. Nous retrouvons, en effet, les traces d'ADN de très nombreux individus en quantités très importantes et d'une excellente qualité, sans aucune dégradation. Ce qui montre que les échantillons ont été très fortement contaminés à l'époque moderne, depuis la découverte de la grotte. Ce résultat n'étonne pas mon équipe et c'est Hélène qui, la première, me soupçonne (avec raison !) d'avoir réalisé ce premier travail en sachant pertinemment qu'il aboutirait à un échec, mais que l'analyse des résultats conduirait obligatoirement à une potentielle étape plus invasive ! En revanche, la déception est sérieuse pour l'équipe périgourdine qui avait beaucoup misé sur cette première étude.

Il me faut alors entreprendre de convaincre les différents responsables de prélever des échantillons de peintures, notamment de celles où l'on voit apparaître des mains et où, donc, on est certain que les artistes ont déposé un peu de leurs traces biologiques. Avec l'accord du Président du Comité Scientifique de Lascaux, nous nous tournons alors vers un spécialiste des champignons de parois qui a prélevé des échantillons pariétaux et identifié l'espèce responsable de la prolifération, dans les années 80, des taches noires sur les peintures. C'est un nouvel échec, ses échantillons ne contiennent pas d'ADN humain détectable à même d'être séquencé.

Il ne me reste plus alors qu'à convaincre d'entamer une nouvelle campagne de fouilles dans la grotte elle-même, afin de retrouver des traces non contaminées des artistes paléolithiques. C'est, évidemment, une autre affaire, beaucoup plus compliquée tant la question de la préservation de l'intégrité de la grotte et de son environnement micro-climatique est considérée comme un tabou impossible à faire tomber. Je décide d'attaquer la question par trois approches. La première est de dévoiler un peu plus que je ne l'ai fait jusqu'à présent les raisons de fond de ma démarche scientifique d'ensemble, en exposant ses objectifs détaillés. La seconde est de proposer l'utilisation d'un robot électrique d'exploration. Il ne produirait aucun gaz carbonique ni chaleur. Il serait équipé des détecteurs les plus perfectionnés, permettant une analyse du sol sur plusieurs dizaines de centimètres de profondeur. La troisième est d'essayer de convaincre à un haut niveau de l'Etat, en jouant sur la place de la France comme un des lieux possibles de la naissance de l'art il y a plusieurs millénaires.

Dévoiler ma stratégie globale un peu plus avant que je ne l'ai fait jusqu'alors n'est pas aussi facile que je le pensais car les archéologues locaux ne sont pas des spécialistes de l'ADN et encore moins des neurobiologistes avertis. C'est le Président du Comité Scientifique, qui se montre le plus facile à convaincre et qui se transforme immédiatement en un défenseur acharné de mon hypothèse. Sa position enthousiaste et sa renommée scientifique dans les milieux culturel et politique me permettent de rencontrer successivement le Ministre de la Culture et la Ministre de la Recherche. Ceux-ci donnent leur accord avec des conditions extrêmement strictes cependant, sur les conditions de prélèvements et sur la communication ultérieure des résultats, si ceux-ci s'avèrent positifs.

Cette fois-ci, nous y sommes et notre R2D2 est très actif depuis plus de trois semaines maintenant. Tous nos efforts ont payé. La dernière semaine de la campagne de fouille virtuelle de la vraie grotte est consacrée à la galerie du Mondmilch et au Cabinet des Félins. Cette dernière salle est parmi les plus étroites de l'ensemble. R2D2 se faufile au plus juste des parois. C'est pourtant ici que notre opiniâtreté et notre maîtrise technique des appareils utilisés donnent les résultats les plus extraordinaires. Presque au bout du Cabinet des félins, à la limite de la détection par R2D2, sous une couche de calcite, apparaît sur l'écran ce que nous n'avions pas osé imaginer même dans nos rêves les plus fous. Sous nos yeux incrédules apparaît petit à petit, en temps réel, au fur et à mesure que le bras du robot avance et fait ses allers-retours latéraux en balayant la surface du sol, l'image d'un squelette de petite taille. La tête, puis le cou, puis les épaules se dessinent sur l'écran, puis le torse et la colonne vertébrale, enfin le bassin et les jambes. Il est allongé dans le sens de la longueur du boyau et semble parfaitement conservé et absolument intact. Nous n'en croyons pas nos yeux. Nous pleurons tous, poussons des cris et des exclamations, nous serrant dans les bras les uns des autres, ne croyant pas à cette découverte fabuleuse. Puis nous nous apercevons qu'un petit squelette est lové au cœur du premier et nous mettons quelques instants à comprendre que c'était probablement une femme enceinte qui était enterrée là avec son bébé encore en elle.

La joie de la découverte nous envahit, mais aussi l'émotion d'avoir trouvé le corps d'une femme morte ici, dans la profondeur obscure de la grotte, probablement solitaire puisque sans objets rituels associés à sa sépulture. Est-ce cette femme qui a réalisé les formidables peintures de Lascaux, ou bien est-elle venue avant ou après celles-ci pour y mourir ? Les prélèvements d'ADN et de pigments autour du corps, s'ils sont exploitables, ainsi que la datation du squelette nous le diront très vite.

Il faut maintenant pénétrer réellement dans ce Cabinet des félins pour aller prélever, si possible, ce qui pouvait rester de la moelle osseuse dans un des os de la défunte et les envoyer au plus vite à Leipzig pour analyse. Compte tenu de l'importance de la découverte et du fait que le squelette est figé dans sa gangue de calcite, trois jours sont nécessaires pour forer la couche de calcite jusqu'à l'os et réaliser le prélèvement d'ADN ancien dans les meilleures conditions possibles.

De leur côté, les archéologues français procèdent aux mesures de datation et de présence de pigments associés au corps du Cabinet des félins. Un mois plus tard, le monde entier sait que l'artiste qui a très probablement réalisé les formidables peintures de Lascaux était une artiste et qu'elle avait vécu il y a 18 000 ans avant de décéder dans son atelier où le corps est resté jusqu'à nos jours. Quant à moi, je retrouve la même association des gènes chez cette artiste que chez Bosch, Picasso et Léonard de Vinci. Mais ça, je ne le dis à personne pour l'instant.

CHAPITRE 6. JE SUIS MARIE BASHKIRSTEFF

Je vais bientôt mourir, je le sais. Je sens la fin qui approche malgré toute la jeunesse que j'ai en moi et bien que mon œuvre soit encore très loin d'être achevée. Je te confie, ô mon précieux cahier, ces derniers instants comme je l'ai fait depuis près de vingt ans, jour après jour, nuit après nuit.

Les médecins me disent que je suis atteinte de Phtisie. Je sais bien que cette maladie finira par avoir le dessus malgré tous les soins que je reçois. Vingt-cinq ans n'est-ce pas trop tôt pour mourir ? Je trouve le destin bien cruel avec moi alors que j'ai encore tant de choses à peindre dans la tête et tant de choses à faire dans la vie ? Le Créateur, si toutefois il existe, m'a-t-il choisie particulièrement pour faire de moi une martyre ? Est-ce à dessein qu'il me torture ainsi, qu'il me prive du formidable plaisir de créer, qu'il m'empêche de me hisser parmi les premières places des artistes de ce siècle ? Je sais que j'ai en moi ce formidable pouvoir de créer des chefs d'œuvre. Je l'ai démontré à tous en réalisant des peintures plus belles que les meilleurs artistes actuels. Je sais que je dépasse Pizarro, Manet, Cézanne, Renoir et bien d'autres dont on parle tant en ce moment. Je sais que mon œuvre peinte sera célèbre bientôt à l'instar de tous ceux-là. Les critiques la reconnaîtront comme une des toutes premières de ce siècle. Mais la vie va m'échapper et je ne verrai pas ma consécration, devant me contenter, peut-être, d'admirer tout cela depuis le Paradis.

Au moment où la vie s'enfuit de mon corps malade, je me

souviens de la tendresse de ma mère et de notre vie facile dans cette grande maison de Gavronzi où tout était si doux, où tant de domestiques aimants et fidèles nous entouraient de leur présence. Elle veillait sur moi comme sur le plus précieux de ses bijoux. Je l'ai compris bien plus tard, elle reportait sur moi toute la tendresse qu'elle ne pouvait pas donner à mon père. Toujours absent et bientôt séparé d'avec nous, il ne m'apportait pas grand-chose mais ne m'imposait rien non plus, faisant preuve d'une indifférence hautaine vis à vis de nous, sa plus proche famille. A ce détail près, mon enfance a été heureuse et pleine de petits bonheurs terrestres comme seules les mères peuvent en organiser pour leurs enfants.

Aussi loin que je m'en souvienne, elle était à la fois le réconfort des petits chagrins enfantins et la mère aimante et toujours prête à organiser des jeux ou à nous aider à franchir les étapes de notre enfance. Tous ces petits bonheurs me reviennent en mémoire à la fin de ma courte vie, comme si leur souvenir était une douce crème apaisant ma souffrance. Je me souviens des parties de cache-cache interminables dans la grande maison et dans le parc avec ma mère, mon frère et les autres membres de la famille, des Noëls en famille avec de très nombreux cadeaux, des goûters d'anniversaires avec une profusion incroyable de gâteaux préparés par les cuisinières, des petites souris déposant une pièce sous l'oreiller en échange de nos dents de lait, des nuits de maladies enfantines passées dans le lit et la tendresse maternels. Tout cela est bien loin mais formidablement proche aussi. Je dois à ma mère ce que je suis devenue, une très grande artiste qui s'est construite dans le bonheur et dans la joie.

Je me souviens aussi d'avoir été très tôt attirée irrésistiblement par les Arts dans leur ensemble. Peut-être est-ce la qualité des peintures accrochées sur les murs de notre maison familiale, ou l'excellence des musiciens conviés pour nous interpréter les plus beaux morceaux de musique des plus grands artistes, ou la lecture des plus grands auteurs de la littérature, ou bien encore le plaisir de la sculpture, qui m'ont donné le désir de m'exprimer au plus haut niveau de perfection.

Mais je sais que ce désir a été présent très tôt chez moi, sans doute dès quatre ou cinq ans. Il est toujours là aujourd'hui, plus fort que jamais, plus exigeant que jamais pour être satisfait. Gavronzi c'est aussi là où j'ai appris toutes ces langues, en plus de mes deux langues maternelles parlées avec mes babouchkas pour le russe et avec ma mère pour le français. L'apprentissage de l'anglais, de l'italien, de l'allemand, du grec et du latin a été facile compte tenu de mes fortes capacités intellectuelles et des très nombreux temps libres disponibles au cours de nos voyages fréquents à travers l'Europe.

Je me souviens de notre installation à Nice sur la Promenade des Anglais avec mon grand-père, ma maman, mon oncle et ma tante, mon frère Paul et ma cousine. Un moment de pur bonheur pour la jeune fille de douze ans que j'étais à l'époque. Elle me permet de donner toute la mesure de mes talents. Le chant, comme la peinture sont bien ce que je pense être les domaines où je pourrai facilement me hisser au plus haut niveau et faire la place qui correspond à mon talent enfin reconnu par tous. Pendant ces merveilleuses années niçoises, je me consacre méthodiquement à la musique. J'apprends le piano, la harpe et le chant. J'y consacre des heures et des heures, des journées entières.

Encore adolescente, je passe des auditions à Nice et à Paris pour entrer à l'opéra et éblouir ainsi le monde encore ignorant de la grande artiste que je sais cachée en moi. Quelle voix merveilleuse était la mienne ! Elle était puissante, dramatique, dominante, elle donnait le frisson. Comme j'étais fière de ma voix. Comme je la savais capable de donner aux autres les mêmes sensations qu'à moi-même. Mais cette maudite maladie qui m'emporte aujourd'hui était déjà là pour me précipiter dans la médiocrité et le désespoir. Une funeste laryngite ruine tous mes espoirs de devenir cantatrice un jour alors que je n'ai que quinze ans ! De quelle cruauté le destin fait-il preuve pour ne pas épargner une si grande actrice encore en devenir ?

Mais je suis tenace et j'ai plusieurs cordes à mon arc. La maladie ne peut rien faire, pour l'instant, pour m'empêcher de peindre et comme je l'ai fait pour les langues étrangères, la musique et le chant, je mets toute mon énergie dans la peinture. C'est le même processus d'apprentissage qui est à l'œuvre. J'apporte autant de soin et de force pour apprendre les techniques picturales pratiquées par les plus grand maîtres que pour perfectionner mes dessins. Je découvre à cette occasion que le peintre doit, s'il dispose d'un grand talent comme le mien et s'il veut que son tableau soit réussi, capter une partie de la personnalité cachée du modèle pour que le tableau soit un chef d'œuvre. Très vite, je ne peins plus que des portraits. J'abandonne les natures mortes et les paysages pour me consacrer à la capture de l'intimité de mes modèles que je transfère sur la toile. Ma famille est la première victime de ces vols de personnalité, en particulier ma cousine qui se prête toujours de bonne grâce aux longues séances de pose. Ce sont ensuite des personnages saisis au hasard de mes promenades dans Nice ou vus lors des nombreuses manifestations qui émaillent la vie des hivernants venus profiter du bon air de la Côte d'Azur, qui font l'objet de ma frénésie picturale.

Cette période niçoise est aussi l'occasion pour moi de rencontrer de vrais et grands artistes et des artistes en devenir. Mon premier amour, Guy *[de Maupassant ; note de l'auteur]*, est parmi ceux-ci et malgré la différence d'âge qui nous sépare et les conventions sociales qui nous oppressent, c'est avec lui que je découvre le désir et le plaisir physique, les affres de l'attente et le bonheur d'être ensemble après des amours interdites. Mais il s'échappe vite, sa mission sur les ports de Nice s'achève me laissant désespérée et avec seulement une photo de lui pour seul dérivatif de mes sentiments.

Malgré la douceur niçoise, le bonheur familial et la reconnaissance de la petite société azuréenne, Guy me manque effroyablement. Le désir de pouvoir le retrouver à Paris me donne un alibi pour perfectionner ma peinture et, enfin, me mesurer aux plus grands peintres connus. Sur mon insistance et pour répondre à ma demande d'inscription dans un atelier de peinture de haut niveau, ma mère et toute la famille vend notre maison niçoise pour s'installer à Paris. Cela me permet, enfin, d'espérer retrouver Guy et de suivre la formation à la hauteur de mon talent. Ces années de l'Académie Julian sont l'occasion de découvrir des techniques picturales nouvelles, inconnues de mes professeurs niçois, mais également de faire de nouvelles connaissances dans ce cours réservé aux femmes.

Chez Julian mon dessin s'affirme, je peux, enfin, croquer des modèles nus et représenter leurs muscles et postures à l'état pur. Je peux comparer mes œuvres à celles des autres élèves. Je suis incontestablement celle qui a le plus de talent de toutes les élèves du cours et, même si elles ne le reconnaissent pas encore, je suis sans doute la seule qui puisse se hisser au niveau des grands maîtres de la peinture. Bien sûr, les autres élèves commettent des peintures de qualité dont certaines sont exposées dans les salons, mais aucune ne peint comme moi des tableaux où les personnages expriment véritablement leur personnalité. Les dessins sont fidèles et les couleurs sont bonnes, mais dans aucune de leurs peintures, je n'arrive à comprendre d'un coup d'œil qui est véritablement le modèle, ce qu'il pense, quelles sont ses aspirations, quel est son état d'âme.

Sur ma grande toile de *L'Atelier Julian*, on les voit toutes. On identifie facilement leurs caractères, leurs émotions, leur être, rien qu'au premier coup d'œil. Si le Créateur a fait ma vie courte, il l'a aussi faite intense. Il m'a donné cette formidable capacité des grands artistes à aller plus loin que la simple représentation à plat des modèles. Je sais coucher sur la toile autre chose qu'une simple photographie. Il me semble, mais c'est plus difficile à percevoir, que c'est aussi le cas de mes autoportraits, surtout celui à la palette où je sais que le contemplateur du tableau voit non seulement ma beauté, mais également une porte ouverte sur mon âme. Je sais que les nombreux visiteurs du musée où mon autoportrait sera exposé dans l'avenir auront le même sentiment que celui qui m'a guidé lorsque je l'ai peint. Au centre du tableau de *L'Atelier Julian* c'est Louise Catherine qui occupe le devant de la scène. Je l'ai voulu ainsi pour que l'on voie bien que c'est elle qui en est le sujet principal ; c'est son talent qui nous frappe en même temps que son doux et tendre visage d'artiste nous attire irrésistiblement dans le tableau lui-même. Sa palette à la main, elle prépare ses couleurs sous l'œil critique d'Anna dont le carnet de dessin est le principal atout pour nous indiquer que c'est de cela qu'elle tire sa force.

Derrière Anna, Anna Elizabeth contemple un de ses petits tableaux dont elle est spécialiste et qu'elle remet cent fois sur le chevalet avant de le déclarer achevé. A droite de Louise Catherine, plus loin, dans une robe bleu ciel, c'est Emmy qui dépose délicatement au bout de son long pinceau, une touche de couleur sur son tableau posé sur une chaise en paille. La délicatesse avec laquelle elle procède ainsi par petites touches met en avant son côté pointilleux et arachnéen.

Ces personnages sont figés pour l'éternité mais ils sont si vivants et très présents. Lorsqu'on regarde le tableau, on est irrésistiblement entraîné dans la scène, en plein milieu de l'atelier Julian, au milieu des peintres, devenant ainsi un peintre soi-même. Mes quatre amies ainsi croquées ne sont pas immobiles, leurs mains agissent avec vigueur et volontarisme, leurs postures sont expressives, leurs robes les habillent délicatement, mais on voit bien qu'elles sont elles-mêmes et ce qu'elles veulent faire de leur vie d'artiste et de leur vie tout court.

Tout à droite du tableau, c'est moi, avec le même chemisier blanc et la même robe noire que sur mon *Autoportrait à la palette*, en train de dessiner le modèle, en train d'essayer de capturer son âme pour la retranscrire sur un futur tableau.

Une des œuvres dont je suis aussi très fière parmi la centaine de tableaux et esquisses réalisées dans ma courte vie, est celle d'*Un Meeting*. La scène se passe dans un faubourg, devant un mur de planches et sur un sol battu parsemé de cailloux ce qui plante tout de suite le décor de pauvreté et de dureté, contrastant avec les jeunes garçons à peine sortis de l'innocence de l'enfance. Leurs chaussures, usées, qu'on imagine provenant d'un grand frère et raccommodées de nombreuses fois, renforce le paysage du faubourg pauvre mais travailleur comme l'indiquent les blouses qu'ils portent sur leurs vêtements. Alors qu'ils sont encore bien jeunes, j'ai réussi à mettre sur la toile les caractères et les sentiments de ces jeunes garçons, à représenter ce que pensent et la façon dont s'expriment ces chenapans. On voit bien, d'un seul coup d'œil quels sont leurs sentiments, quel est leur caractère, combien les uns diffèrent des autres sur ce point, dans ce petit groupe pourtant limité.

Bien sûr, ceux représentés de face ont des mimiques expressives, ont des yeux qui expriment leurs sentiments, leurs désirs et leurs craintes. Mais ceux qui sont de dos et dont on ne voit que la posture et les mains, montrent aussi ce qu'ils sont, ce qu'ils ressentent et ce qu'ils pensent sans qu'on voie leur visage. Mon grand talent est de savoir représenter cela à l'instar des plus grands maîtres, je le sais. Le plus grand d'entre les garçons, avec sa sacoche et sa casquette, est certainement le chef de la petite bande. Il leur montre un petit objet qu'on imagine dérobé il y a peu à une passante et qui provoque la curiosité de deux d'entre eux et une violente interrogation de celui qui fait face au voleur. Ses yeux montrent une intensité rare, ses sourcils sont froncés, signe d'une réprobation cachée. « Qu'as-tu fait ? » semble-t-il dire. « A qui as-tu volé cet objet ? ». Mais il ne le dit pas. Il le pense tellement fort que nous comprenons aussi ce qu'il aurait pu dire si la peinture rapportait le son en même temps que l'image. Le chef de bande, de dos, sourit sans doute et incline la tête légèrement pour leur dire « belle prise, non ? » confortant ainsi sa place dans la bande et s'imposant comme le plus hardi d'entre eux.

Le plus petit de tous, probablement le plus jeune, de dos, est aussi le plus sage, ses mains croisées derrière lui et bien éloignées de la rapine, montrant ainsi qu'il ne veut pas se mêler de l'affaire. En revanche, le plus à droite du groupe, déjà expérimenté et possédant une canne dont on imagine qu'elle ne lui sert pas à marcher mais plutôt à imposer sa loi aux autres, regarde l'objet entre les mains du plus grand avec une curiosité non dissimulée. La tête en avant, le cou tendu, il attend sans doute les explications du chef sur la valeur de l'objet et les bénéfices que le groupe pourrait en retirer. Tout ceci n'est pas que ce que j'ai souhaité mettre dans et sur ce tableau, mais bel et bien ce que le contemplateur voit et comprend d'un seul coup d'œil. J'espère que cette toile sera une de celles que retiendra la postérité pour être exposée au plus grand nombre, tant elle me semble à même de combler les désirs de ceux qui l'observeront. J'y ai mis tout mon talent et toute mon imagination.

Maintenant que mes jours sont comptés, je suis en train de finir le tableau, commencé depuis longtemps, de mon premier amour qui n'a jamais répondu à mes lettres enflammées. Seulement six ans se sont écoulés depuis notre première rencontre à Nice mais déjà la vie me fuit sans que j'aie pu le retrouver. Je n'ai gardé de lui qu'une photo. J'ai bien peur de comprendre qu'il n'a pas voulu s'encombrer d'une gamine de 17 ans malgré les déclarations et les poèmes d'amour qu'il me déclamait sur la plage ou dans sa chambre à l'hôtel Excelsior. Maintenant qu'il est célèbre, je suis certaine qu'il aimera mon tableau. J'y ai mis ce que j'ai pris de lui lors de nos brèves rencontres amoureuses, ce que je lui ai volé sans qu'il le sache et qui éclate sur mon œuvre comme si c'était lui qui était présent, vivant, sur la toile. Si c'est bien son portrait qui est sur le tableau, ce que le spectateur voit, ressent, en le contemplant c'est en réalité son âme d'écrivain, complexe, conservant en lui des trésors illimités d'imagination et de beauté dont on ne fait qu'entrevoir la complexité et la richesse. J'ai adoré sa dernière nouvelle « La Maison Tellier » qui est tout à la fois une description des mœurs de ce temps et une comédie humaine où apparaissent les grandes questions que nous nous posons tous, en particulier nous les femmes. Le formidable talent de Guy a été, dans sa nouvelle, de faire apparaître, en quelques mots dans une ligne, le caractère et les défauts des personnages, qu'ils soient bourgeois ou bien marins, paysans ou filles de joie. Nous sommes faits de la même pâte artistique lui et moi : savoir représenter, lui sur le papier et moi sur la toile, en quelques mots ou quelques traits et coups de pinceau, ce qui fait que les hommes et les femmes sont ce qu'ils sont, ce qui les anime et fait qu'on les aime ou qu'on les déteste. Je me suis posé la question de reprendre cette Maison Tellier pour la représenter et ainsi faire le plus beau des cadeaux à mon premier et véritable amour. Mais un tableau est un tableau et ce qu'il ne peut représenter, au contraire de sa nouvelle qui s'étale sur plusieurs jours, c'est la dimension temporelle de l'histoire. J'y ai donc renoncé et préféré le portrait que je suis en train de réussir. Qu'il est beau mon Guy le sourcil froncé, les yeux dans le lointain et la moustache conquérante ! On comprend au premier coup d'œil que l'on a affaire à un grand écrivain et je suis sûr que lorsqu'il recevra son cadeau à Etretat, il se souviendra alors des heures de bonheur passées ensemble à Nice.

Bien qu'il reste sourd à mes appels, je sais malgré tout que nous partageons tous les deux les mêmes idées et je suis certaine que nous aurions pu vivre ensemble une vie de bonheur parfait. Il défend la cause des femmes comme je le fais aussi, essayant de leur redonner la place qu'elles méritent dans la vie politique et sociale. Comme moi il hait l'aventure coloniale actuelle des nations européennes, l'argent facile issu de l'exploitation des empires lointains et générateur de scandales politiques incessants. Nous aurions pu combattre ensemble, lui dans ses nouvelles et romans et moi avec ma peinture et mon engagement dans La Citoyenne. Mais non, nous ne vivrons pas ensemble désormais. Il m'a sans doute oubliée. Je vais bientôt partir sans avoir achevé mon œuvre artistique et malgré une activité intense. Serai-je un jour célèbre après ma mort ? Serai-je enfin quelque chose ? Mais si je ne suis rien, si je ne dois rien être, pourquoi alors ces rêves de gloire depuis que je pense ?

L'heure approche je le sais, je le sens et mon dernier bonheur sera sans doute de partager ces derniers instants avec Jules. S'il n'est pas un aussi grand artiste que je le suis, que j'aurais pu l'être si Dieu m'avait prêté vie plus longtemps, il a incontestablement du talent lui aussi et ses œuvres sont d'une grande beauté. Même malades tous les deux, nous avons partagé la même couche et les mêmes délices de l'amour, bien utiles pour oublier temporairement nos douleurs et fièvres récurrentes. Nous peignons ensemble aussi après l'amour, ce qui nous donne de brefs instants de sérénité et de création. Mais la maladie est la plus forte et mon travail en souffre ; je peins tout en étant dévorée d'appréhensions chimériques. Je m'imagine des quantités d'horreurs. Il m'arrive de me lever en sursaut et d'aller à l'autre bout du jardin, comme une folle. Alors, j'ai hâte d'emmagasiner le plus de sensations possibles. Il me semble que personne n'aime tout autant que moi : arts, musique, peinture, livres, monde, robes, luxe, bruit, calme, rire, tristesse, mélancolie, blague, amour, froid, soleil, ... j'adore et j'admire tout. Tout se présente à moi sous des aspects intéressants et sublimes : je voudrais tout voir, tout avoir, tout embrasser, me confondre avec tout. Et constamment, maintenant, la pensée de la mort se mêle à mes rêves, m'entraînant déjà dans un au-delà dont je ne connais rien encore.

CHAPITRE 7. EXHUMATIONS EN SÉRIE À HERTOGENBOSCH

Depuis longtemps, en particulier depuis la messe de Requiem donnée en son honneur dans la Chapelle de la Confrérie de Notre Dame de Bois-le Duc le 9 août 1516, on sait que le corps de Jérôme Bosch a été incinéré. Mort de pleurésie, comme beaucoup d'autres, à la suite de l'épidémie qui a frappé la ville cet été là, les autorités ont décidé de cette crémation au grand dam de sa famille et de ses amis.

Hélène, qui prend en charge le projet ne se fait pas d'illusion sur les difficultés qu'elle va rencontrer pour rechercher d'éventuelles traces de matériel génétique du Maître incontesté de la peinture hollandaise. Après des heures et des heures de discussion avec Svante Dabôô et avec son équipe à Leipzig, l'équipe s'oriente dans deux directions. La première vise à explorer la possibilité de prélever de l'ADN sur les cadavres de plusieurs parents de Jérôme Bosch. La seconde de prélever des échantillons sur les tableaux attribués avec certitude au Maître flamand. Ce projet spécifique se déroule dans le cadre du programme réalisé à l'occasion du cinquième centenaire de sa mort. Il bénéficie d'un financement européen conséquent. Ce soutien n'est pas superflu tant la tâche semble difficile et coûteuse. Mais l'aura scientifique de Svante et sa réputation dans le domaine de l'ADN ancien permettent de lever bien des barrières, notamment à Bois-le-Duc même.

Il faut d'abord convaincre les membres actuels de la toujours active Confrérie de Notre Dame, dont Jérôme Bosch était membre et qui dispose de l'autorité et des droits moraux sur l'artiste et son œuvre. Ainsi, Svante présente le projet devant cette docte et recueillie assistance dans la ville même où Bosch est né, a vécu, a travaillé, a produit tous ses chefs d'œuvre et est mort. La réunion dure une journée entière pendant laquelle le chercheur, après un exposé détaillé de leur projet, répond aux nombreuses questions des membres de la Confrérie, à la fois sur le fond du projet et sur la forme. Quelle vision avez-vous de l'œuvre de Bosch ? Pourquoi avez-vous choisi de répondre à cet appel d'offres européen à l'occasion de son cinq-centenaire ? Pourquoi vouloir absolument exhumer les corps de son frère et de son neveu ? Quel est votre objectif précis dans ce projet ? Quelles sont les techniques de prélèvement que vous allez employer ? Quelles sont les techniques d'analyse ? Pourquoi avez-vous choisi celles-ci plutôt que d'autres ? etc etc. Mais il s'en tire plutôt bien et, avec l'appui du Conservateur du Musée Bosch, à Bois-le-Duc, il peut répondre à toutes les questions de manière satisfaisante.

La question la plus difficile est celle de l'objectif du projet. Il faut donc argumenter, comme pour Léonard de Vinci, sur l'intérêt de prouver de manière incontestable et avec les méthodes modernes et extrêmement précises de la police scientifique, que certains tableaux ont été réalisés par la main du maître et d'autres non. Ce moyen de faire taire les experts en peinture les plus incertains et d'authentifier avec certitude que les 25 tableaux actuellement attribués à Jérôme Bosch sont bien de lui et que certains autres à l'origine plus douteuse le sont également, ou pas, séduit particulièrement les membres de la Confrérie.

Le fait que l'on ne dispose pas du corps du Maître mais seulement, éventuellement, de ceux de son frère et de son neveu est aussi beaucoup discuté. Mais Svante est incollable sur ce thème. Aux USA les autorités ressuscitent des « cold cases » et effectuent des recherches uniquement virtuelles dans des bases de données existantes d'ADN. Cela permet d'identifier et d'arrêter des assassins se croyant bien tranquilles depuis des décennies en s'appuyant sur leurs collatéraux présents dans les bases. La Confrérie donne son accord pour la poursuite du projet avec son soutien moral explicite. Elle espère aussi en retirer quelques bienfaits et conforter sa renommée.

Mais tout n'est pas résolu pour autant, loin de là. Il faut maintenant trouver où sont les restes de Goessen et/ou de Anthonis son fils, respectivement frère et neveu de Jérôme Bosch. Avec l'aide du Directeur du Musée Bosch de Bois-le-Duc et d'un professeur spécialiste de Bosch à l'Université d'Utrecht, Svante, Hélène et l'équipe d'Utrecht se lancent dans une recherche effrénée des conditions d'inhumation des deux membres de la famille. Ils consultent les archives de la Confrérie de Notre Dame, celles de la cathédrale Saint Jean et celles de la ville de Bois-le-Duc. Les dates de décès étant connues avec certitude il s'avère assez aisé de retrouver les actes de décès et les lieux d'inhumation, tout au moins avec la précision de l'époque. Les deux corps ont été inhumés à 20 ans d'intervalle dans le cimetière entourant la Cathédrale Saint Jean sur son côté Nord-Est, comme c'était la règle pour les membres les plus influents de la Confrérie. Chaque famille importante y disposait d'un caveau et les registres de celle-ci indiquent clairement sur le plan où sont situées les tombes. Comme c'était la règle à l'époque, les restes les plus anciens étaient relevés pour laisser la place aux défunts les plus récents. Le cimetière a été fermé au début du dix-huitième siècle sans que les occupants présents à cette date aient été transférés dans le nouveau cimetière. En estimant un intervalle entre générations de 25 ans, il est raisonnable de penser qu'on a encore des chances de trouver les restes de Goessen et d'Anthonis à proximité de la cathédrale. Le cimetière est désormais un espace vert non accessible au public, donc potentiellement un lieu de fouilles puisque rien n'y a été construit.

Svante et ses collaborateurs reprennent donc de plus belle les recherches dans les archives de la Confrérie et de la ville pour savoir si la tombe familiale des Van Aken est mentionnée lors de la fermeture du cimetière en 1715. C'est bien le cas. Munis de l'autorisation du Maire de Bois-le-Duc, d'un soutien ardent du programme du cinq-centenaire, et de l'appui de l'archevêque du Brabant en charge de la cathédrale, ils préparent une campagne de fouilles. Dès qu'ils entament leurs recherches dans les archives de la ville, la nouvelle que des chercheurs vont exhumer les restes du Maître et de sa famille se répand comme une traînée de poudre à Bois-le-Duc. Une cohorte très virulente de protestataires entreprend alors de s'y opposer.

Une conférence de presse ouverte au public explique le projet et indique que ce ne sont pas les restes de Bosch lui-même qui sont recherchés. Ces explications mettent fin à la contestation et permettent la mise en place des installations provisoires nécessaires aux exhumations à l'endroit précis indiqué par le plan détenu par la Confrérie. De la même façon que pour l'exploration d'une scène de crime, le site est protégé par des toiles empêchant l'accès à d'autres personnes que celles autorisées. Avec encore plus de précautions du fait que l'on se situe à proximité immédiate d'une cathédrale classée au Patrimoine Mondial de l'Humanité, les travaux commencent le 1er juillet.

Avec une relative facilité, sous une couche de terre d'une cinquantaine de centimètres, les ouvriers trouvent les pierres tombales marquant l'endroit des sépultures. Elles indiquent le nom des familles y reposant. Si la tombe des Van Aken s'avère relativement facile à trouver grâce à l'exactitude du plan et les gravures figurant sur la pierre tombale, il en va autrement pour l'identification des individus qu'elle contient. Le temps a fait son œuvre.

Les huit cercueils de pierre ne portent aucune indication nominative. Hélène, avec l'aide de la police scientifique néerlandaise présente sur place et qui fournit la plupart du matériel nécessaire aux prélèvements, extrait des échantillons de l'intérieur des fémurs des huit corps exhumés. Le bilan est donc moyennement satisfaisant pour Hélène et Svante qui, s'ils sont certains de disposer d'échantillons probablement utilisables pour le séquençage d'ADN, ne connaissent pas avec certitude les liens de parenté des corps exhumés avec Jérôme Bosch. Ils ne savent pas si son frère et son neveu font ou non partie des huit cadavres prélevés. Si le séquençage donne des résultats satisfaisants, il va falloir faire fonctionner à plein régime les algorithmes mathématiques d'identification et de comparaison de séquences afin d'espérer identifier quels liens existent entre les huit défunts et si certains sont parents avec le Maître flamand.

La seconde orientation du projet consiste à essayer de repérer des traces biologiques sur les tableaux eux-mêmes, puis de prélever quelques minuscules parties d'entre elles afin d'en extraire l'ADN, l'amplifier puis le séquencer. La comparaison de ces séquences partielles avec l'ADN complet des fémurs prélevés sur les huit corps des défunts exhumés à Bois-le-Duc devrait permettre ensuite de savoir lequel ou lesquels d'entre eux sont intervenus dans la réalisation des tableaux du Maître. A condition de pouvoir obtenir ces échantillons et en s'appuyant sur les démarches précédentes mises en œuvre l'année précédente pour les tableaux de Léonard de Vinci, Svante est confiant de pouvoir aboutir à des résultats utilisables.

Il propose donc à plusieurs directeurs de musées prestigieux détenant des œuvres de Jérôme Bosch d'effectuer des prélèvements sur les tableaux dont ils ont la garde. De la même façon que pour de Vinci, il faut des trésors de diplomatie d'abord pour convaincre les experts attachés aux musées, puis les directeurs de ces établissements que cette exploration ne va pas conduire à une quelconque détérioration des œuvres détenues par ceux-ci. Mais tous ont aussi des tableaux dont l'authenticité n'a pas été formellement établie et pour lesquels règne encore une incertitude quant à l'attribution à Bosch lui-même, à son atelier ou à ses « suiveurs ». La clarification attendue permettra d'espérer renforcer le patrimoine détenu par le musée. Dans tous les cas, il aura une publicité certaine, gage d'un accroissement du nombre de visiteurs.

Ces arguments décisifs associés à l'expérience antérieure pour les œuvres de de Vinci permettent de convaincre le Musée du Prado, de Lisbonne et de Venise, mais pas celui de Vienne ni de Bruges qui considèrent que prélever une petite partie du tableau, aussi petite soit-elle, est une atteinte inacceptable aux œuvres d'art du Maître.

Ainsi, Hélène et Svante se déplacent à Madrid puis Lisbonne puis Venise pour prélever des échantillons sur les principaux tableaux du Maître détenus par ces trois musées. Compte tenu des financements acquis dans le cadre du projet les dépenses ne sont plus un problème pour les chercheurs qui proposent aux experts et conservateurs de ces deux sites d'effectuer des prélèvements sur tous les tableaux détenus par ces musées. Ainsi, *L'Adoration des Mages*, *Le Jardin des Délices*, *Les sept péchés capitaux* et *Le Chariot de Foin* sont prélevés au Prado. *Le Triptyque des Ermites*, *Le Triptyque de la Martyre Crucifiée* et *Visions de l'Au-delà* à Venise et, enfin, *Les Tentations de Saint Antoine* à Lisbonne font l'objet de cette exploration.

C'est beaucoup plus que ne l'avaient espéré initialement les deux chercheurs et cela compense un peu leur avis mitigé sur les exhumations de Bois-le Duc. De la même façon qu'au Louvre et à Milan pour Léonard de Vinci, sur chaque tableau, ce sont surtout les bords de l'œuvre qui font l'objet des sites d'échantillonnage pour aboutir à dix prélèvements par œuvre. Pour les triptyques, chaque panneau fait l'objet des prélèvements en les considérant comme des tableaux indépendants. C'est donc un total de 250 prélèvements qui sont réalisés.

L'analyse des ADN issus des exhumations s'avère finalement fructueuse. Après extraction puis amplification et séquençage dans le laboratoire de Svante en utilisant les méthodes les plus récentes mises au point par l'équipe pour l'ADN ancien, les résultats sont partagés avec les meilleures équipes US possédant les algorithmes les plus récents d'identification des liens de parenté entre individus. Les résultats sont sans appel. Parmi les échantillons des 8 corps prélevés, 7 sont utilisables. Quatre hommes et trois femmes sont identifiés. Parmi les quatre hommes, deux ont une filiation Père-Fils, ce qui laisse supposer qu'il peut s'agir du frère de Jérôme Bosch, Goessen et de son fils Anthonis, tous deux ayant été membres de la Confrérie de Notre Dame et membres actifs de l'atelier de peinture de Bois-le-Duc. Ce même Père est lui-même le fils d'une des trois femmes, donc potentiellement la mère de Goessens et de Jérôme Bosch. La comparaison de ces séquences, en particulier celles de la filiation Père-Fils, qui avaient pu travailler à l'atelier de peinture, avec celles trouvées sur les échantillons de tableaux va permettre, ou non, de conforter cette hypothèse.

Indicateurs de nombreuses manipulations au cours du temps et, sans doute, d'un grand nombre de propriétaires successifs, les huit tableaux prélevés produisent des échantillons contenant suffisamment d'ADN pour être utilisables au laboratoire. Le séquençage, là aussi réalisé après les meilleures techniques d'amplification du moment, montre que les échantillons prélevés sont issus de très nombreuses personnes différentes. C'est quasiment toujours des hommes, sauf *Le Jardin des Délices* qui porte de l'ADN féminin et pour lequel Svante et Martin se plaisent à penser, sans pouvoir disposer de certitude, qu'il s'agit de celui de la jeune mariée Louise de Savoie ayant reçu le tableau comme cadeau de mariage et que, probablement, l'un des ADN masculins est celui d'Henry de Nassau son jeune époux. Le résultat des comparaisons de séquences entre ces différents échantillons et celles issues des exhumations prend un temps considérable surtout du fait de la file d'attente très importante des laboratoires américains. Il faut que Svante se déplace en personne et fasse intervenir ses meilleurs contacts au NIH et au FBI pour que les analyses accélèrent. Ils font le voyage jusqu'à Bethesda pour prendre connaissance des résultats et discuter avec les meilleurs experts ayant analysé et comparé les deux types de séquences. Le résultat dépasse non seulement largement leurs espérances, mais aussi apporte des éléments tout à fait inattendus dans l'Histoire de la peinture.

La remise des résultats par les experts du FBI, qui ont travaillé « en aveugle » sans connaître l'origine des échantillons, est faite après une discussion approfondie de la validité des méthodes d'amplification et de séquençage utilisées et des algorithmes mathématiques mis en œuvre pour essayer de relier les échantillons entre eux. Hélène et Svante passent une nuit entière à lever l'anonymat des échantillons puis à identifier les liens entre eux.

Parmi les huit tableaux prélevés, en fait vingt-trois compte tenu du fait qu'il y a en général plusieurs panneaux par tableau, six portent un ADN proche de celui du couple Père-Fils exhumé à Bois le Duc et certains d'entre eux portent de l'ADN du père ou de l'ADN du fils. Sur ces huit tableaux, cet ADN proche du couple Père-Fils mais différent de ceux-ci, est retrouvé à plus de huit sur les dix endroits prélevés sur chaque panneau. Les résultats suggèrent très fortement que cet ADN est celui de Jérôme Bosch lui-même. En effet, qui aurait pu avoir un lien de parenté fort avec le Père et le Fils exhumés côte à côte dans le cimetière de la cathédrale et laisser ses traces d'ADN sur les six tableaux attribués au Maître sur une telle durée ? Personne à part lui ne rassemble ces deux caractéristiques. Par ailleurs, l'ADN du Père est présent sur *L'Adoration des Mages* suggérant que Goessens a mis la main à la pâte sur ce tableau dans son atelier, tandis que celui du neveu Anthonin est présent sur les tableaux les plus tardifs, notamment *Le Jardin des Délices*, *Les sept Péchés capitaux* et *Le Triptyque de la martyre crucifiée*. Immédiatement après la fin de la restitution aux experts US, Svante présente les résultats en visio conférence aux directeurs des musées européens. L'excitation est à son comble en Europe lorsque la nouvelle tombe en provenance des agences de presse tant la réputation de Jérôme Bosch est grande et tant le projet conduit par les deux scientifiques est abouti et novateur. Les informations fournies par Svante permettent aux trois musées d'organiser une formidable mise en lumière de la façon dont ces huit œuvres majeures ont été confectionnées.

Mais Svante et Hélène ont gardé une information extraordinaire dont ils pensent bien faire une publication très prestigieuse un peu plus tard lorsque l'engouement pour les attributions de tableaux à Jérôme Bosch sera un peu retombé. Lors de leur nuit passée à analyser les résultats fournis par les généticiens américains, ils se sont aperçus avec stupeur qu'une séquence contenue dans les traces d'ADN extraite de deux tableaux, *Le Chariot de Foin* et *Visions de l'Au-delà*, est déjà présente dans la base de données du projet. Au début ils croient à une erreur de leur part ou à une erreur informatique tant le résultat est inattendu, surprenant et porteur d'une vision nouvelle de l'Histoire de la peinture du début du quinzième siècle.

Ces deux tableaux de Jérome Bosch portent des traces de l'ADN de Léonard de Vinci !! Incroyable ! Ils vérifient et re-vérifient tant la découverte est surprenante. Mais comme toujours avec des séquences d'ADN identiques, le doute n'est pas permis et ils doivent se rendre à l'évidence : les deux Maîtres de la peinture de la Renaissance, Jérôme Bosch et Léonard de Vinci, ont travaillé ensemble sur ces deux tableaux ! C'est incroyable mais certain. En explorant leur biographie, les deux chercheurs ne mettent pas longtemps à comprendre qu'on rapporte qu'ils sont été présents ensemble à Venise au début de l'année 1500, alors que, quinquagénaires, ils sont tous deux déjà reconnus comme des artistes majeurs de l'Europe du quinzième siècle. Tous deux invités du Doge et des Princes vénitiens il est très probable que, dans la République de Venise à la géographie limitée, ils se sont rencontrés. Bizarrement aucune des chroniques de l'époque ne mentionne cette rencontre et seule la coïncidence des dates de séjour rend possible cette hypothèse de collaboration. Les très nombreux biographes des deux plus formidables artistes que l'Humanité ait connu ne l'ont pas détecté non plus, sans doute du fait qu'ils restent enfermés dans l'historiographie d'un seul des deux maîtres et n'ont jamais vraiment comparé la biographie des deux.

En recherchant un peu plus avant dans les très nombreux textes associés à ces deux tableaux et notamment aux techniques utilisées pour leur réalisation, Hélène découvre que certains experts de la peinture de Jérôme Bosch avaient suggéré que *Le Chariot de Foin* était l'œuvre de plusieurs artistes dont l'un était droitier et l'autre gaucher. Sur le tableau central, certaines rayures obliques partent du haut à droite pour finir en bas à gauche, ce qui est indicateur d'un peintre droitier, alors que d'autres partent d'en haut à gauche pour finir en bas à droite, comme le font les gauchers. Jérôme Bosch était droitier et Léonard de Vinci gaucher. Il reste néanmoins à expliquer pourquoi la date supposée d'élaboration du *Chariot de Foin*, 1510, est aussi éloignée de leur probable rencontre à Venise dix ans plus tôt. Mais il n'était pas rare, compte tenu du temps nécessaire à l'élaboration de ces œuvres complexes, que ces grands artistes, et Léonard de Vinci en était coutumier, commencent une œuvre mais ne la terminent que plusieurs années après, voire considèrent ne jamais l'avoir terminée. L'histoire est sans doute plus simple avec *Visions de l'Au-delà* qui n'a jamais quitté Venise et dont la date de réalisation est estimée à 1505. Svante pense qu'il faut inciter les experts de Jérôme Bosch, spécialistes de la peinture vénitienne de la Renaissance, à déterminer avec soin le sens des rayures obliques sur les quatre panneaux du tableau.

La découverte est d'une importance considérable pour l'Histoire de la peinture, mais aussi pour les perspectives que l'approche développée par Svante et son équipe ouvrent pour mieux connaître et comprendre comment et par qui les nombreux tableaux présents dans les différents musées du monde ont été élaborés.

Svante est aussi particulièrement heureux d'avoir pu relier avec certitude les deux corps du Père et du fils exhumés à Bois-le-Duc avec ce qui est très certainement l'ADN du Maître Bosch. Sans doute sera-t-il alors en mesure de savoir si parmi les autres corps exhumés figurent d'autres membres de sa famille, notamment très probablement sa mère. Si c'est le cas, Svante pourra alors progresser d'un grand pas dans son projet général. Cette perspective, susceptible d'alimenter son projet le plus secret et dont il n'a touché mot à aucun de ses collaborateurs, pas plus à Hélène qu'aux autres, excite particulièrement Svante. Il est le seul, pour l'instant à disposer de la vision d'ensemble de ce qu'il considère, malgré sa notoriété internationale déjà bien établie, comme le grand projet de toute sa vie. Celui pour lequel il a consacré de longues heures de recherche dans les publications scientifiques de génétique et de neurobiologie et qui est le centre de ses pensées quotidiennes depuis de nombreuses années déjà. Mais, pour l'instant, il doit continuer à accumuler les données, il doit poursuivre l'exploration du patrimoine génétique des plus grands maîtres de la peinture que l'Humanité ait produit.

CHAPITRE 8. JE MOURRAI AUPRÈS DE MA JOCONDE

La Loire est bien belle en ce printemps 1519. J'enrage de ne plus pouvoir me servir de mes doigts pour leur faire traduire mes pensées et les images qui occupent encore et toujours l'ensemble de ma tête. Ils sont tordus et gourds. Ma main gauche, si habile autrefois, ne répond plus à mes ordres mais n'en fait pas à sa tête pour autant. Elle reste inerte. Je la contemple avec fureur et désespoir tel un appendice désormais inutile, faisant partie de moi encore mais n'en faisant plus partie déjà. Je sens que la fin est proche alors que j'ai encore tant et tant d'idées et de projets qui m'occupent l'esprit et me poussent en avant sans cesse.

Je ne me souviens plus bien, peut-être est-ce l'âge, du moment exact où j'ai commencé à dessiner. Ce que je sais après plus de soixante ans d'existence c'est que cette envie du dessin a toujours été profondément ancrée, enfouie, tapie tel un fauve bondissant, au plus profond de moi-même. Ce besoin du dessin a été et est toujours un désir violent, intense, une sollicitation impérative de moi-même à laquelle je n'ai jamais pu résister. Mes mains, surtout la gauche, ont toujours été, tout au moins jusqu'à ces temps derniers, un prolongement docile et efficace de mon cerveau en ébullition permanente. Mes doigts ont toujours traduit avec bonheur mes pensées et presque anticipé la représentation imaginaire que je me fais d'un objet ou d'un être vivant. Je ne leur ai rien appris. Ils se sont mobilisés tout seuls pour faire ce que j'imaginais et le coucher sur le papier ou sur la toile.

Les souvenirs de mon enfance campagnarde sont liés à cet impérieux besoin de dessiner, mais aussi à un besoin pressant de comprendre la vie, de percer les secrets de la nature, d'explorer le fonctionnement des animaux et des plantes. Bien avant l'endoctrinement des religieux auquel j'ai dû, comme beaucoup, faire face puis céder, j'ai encore en mémoire cette curiosité insatiable qui m'amenait à observer puis disséquer pour comprendre le fonctionnement des êtres vivants, avant de les dessiner. Observer, disséquer puis dessiner, tel a été la dominante de cette enfance heureuse dans la campagne florentine.

En revanche, je me souviens avec précision des premiers instants où je me suis mis pour la première fois à représenter sur un dessin puis sur la toile, une figure humaine. Je n'avais pas vingt ans mais j'avais déjà de nombreuses heures, sans doute jours et années, de dessins et croquis personnels lorsque je suis entré dans l'atelier du maître Verrochio. Mais personne n'en savait rien, je ne savais pas moi-même que ces longues heures d'entraînement campagnard me seraient aussi bénéfiques pour représenter les visages et les corps humains avec véracité. Comme l'observation de la nature, celle des humains doit être faite avec beaucoup d'intensité, avec beaucoup d'acharnement, avec beaucoup d'exactitude, avec beaucoup de profondeur, pour pouvoir traduire sur le papier ou sur la toile autre chose qu'une simple image passive du modèle. L'atelier m'a fait découvrir des outils et des techniques que je ne connaissais pas, mais c'est bien ma formidable capacité d'observation des êtres qui a fait ma renommée, n'en déplaise aux fâcheux qui m'ont critiqué depuis plus de quarante ans.

Malgré ma jeunesse, c'est bien moi et moi seul qui ai apporté au Maître Verrochio ce qui manquait dans ses peintures et ces apports lui ont permis d'établir sa renommée à Florence. *La Madone à l'œillet* est bien la première de mes œuvres formidablement réussie grâce à mon talent de captation de l'esprit du modèle pour le traduire et l'exprimer sur la toile. J'ai aussi découvert à cette époque la façon de mieux utiliser l'huile comme milieu de liaison pour favoriser une transition plus douce entre les couleurs. Ca, c'est moi et moi seul qui en suis l'auteur et l'inventeur et je ris en entendant leur attribution à Verrochio ! Ce temps est bien loin désormais. Si mon esprit est encore plein d'innovations à venir, déborde de projets variés, je ne suis pas sûr que je pourrais les développer malgré l'appui de mon jeune assistant Francesco, bien dévoué pourtant. Il me soutient et guide mes pas mal assurés, me soulage même lors de mes crises libidineuses, de plus en plus rares, me rassure sur mon avenir même si je vois bien qu'il ne croit pas que j'en ai un sur cette terre. Le temps s'écoule lentement au bord du fleuve majestueux et je sens bien que ma vie touche à sa fin malgré les soins et l'attention de ce jeune roi de France et de ses proches.

Le temps est loin de mes vingt ans créatifs et heureux où la frénésie de la peinture et du dessin m'ont conduit à réaliser *L'Annonciation* comme une révolution. Très loin des représentations anciennes, historiques et tristes à mourir, ma vision de l'Annonciation a, au contraire, été de montrer l'Ange Gabriel et son annonce à Marie comme un moment d'intense joie, comme un mouvement vif et moderne. Les traits sont expressifs, enjoués, vivants, ils véhiculent à eux seuls l'annonce faite à Marie par leur vivacité et leur originalité. La représentation du fond du tableau est aussi très nouvelle. Fort de mon expérience campagnarde, j'ai représenté une campagne variée, ouverte avec la mer et la montagne, proche de la vraie vie et bien loin de la représentation classique et triste du Monde religieux. Cette *Annonciation* n'a pas plu du tout à mes commanditaires, les ignares ! Sous la coupe des religieux coincés et puissants de la république, ils ont refusé mon œuvre pourtant parfaitement aboutie et signe d'un modernisme effronté. C'est pourtant une de mes œuvres les plus réussies.

Je suis certain que l'avenir me donnera raison quant à la nouveauté de cette composition. Je me souviens aussi de cette époque comme une période où j'ai peint avec frénésie des madones pour remplir les murs des palais florentins répondant ainsi à la mode d'alors et me permettant d'assouvir mes besoins picturaux incessants.

Je sens ma fin arriver et j'ai dicté mon testament au notaire d'Amboise ce matin, distribuant à mes proches les quelques tableaux et biens encore en ma possession. Mon assistant Francesco aura la majeure partie de mes tableaux et dessins ainsi que mes cahiers. Je lui demande de perpétuer mon génie en les retranscrivant et les publiant rapidement. Ma *Joconda* sera bientôt entre de bonnes mains, celles du roi et je suis certain que ce jeune souverain l'utilisera au mieux pour célébrer ma gloire à venir, bien justifiée tant mon talent est au-dessus de celui de mes contemporains. Cette *Joconda* réelle je l'ai aimée autant que j'ai aimé son tableau.

Bien que les plaisirs de la chair ne se résument plus maintenant qu'aux mains ou à la bouche de Francisco, les souvenirs de mes plaisirs passés sont encore bien vivants dans ce cerveau incapable désormais de commander le reste. Découvrir ce qu'elle était vraiment, quelle était sa personnalité la plus intime, quelles étaient ses pensées les plus profondes, les plus inavouées, ses rêves les plus fous mais aussi les plus sombres était pour moi un impératif absolument essentiel pour pouvoir la peindre. A l'instar des insectes de ma campagne florentine, des sangliers des forêts alentour que je croquais dans ma jeunesse, de mon noble cheval Azul avec qui je partageais bien plus que les chevauchées, il fallait que je connaisse *La Joconda* au plus profond de son être pour pouvoir la représenter dans sa plus sublime perfection.

Nous passâmes des mois et des mois, entrecoupés de ses grossesses, à mieux nous connaître. Nous le fîmes jusqu'au bout de la chair et de l'esprit, pour nous comprendre, nous aimer sans doute malgré la difficulté de l'exercice et les jalousies de toutes parts qui nous assaillaient, en particulier celle de Giacomo son mari et mon commanditaire. J'avais aussi entrepris de la peindre avec une technique d'éclairage nouvelle qui était issue de mes observations sur le trajet de la lumière. Malgré l'utilisation de miroirs astucieusement placés pour transporter la lumière du midi et éclairer mon modèle de quatre côtés à la fois, nous devions nous plier aux conditions extérieures. Pas de peinture lors des jours de pluie que nous passions alors isolés du monde mais remplis de nos échanges aussi fougueux que passionnés, aussi tendres que délicieux, aussi intenses que réciproques.

Le peintre doit connaître pleinement son modèle pour réussir le tableau, mais le modèle doit aussi connaître son peintre pour lui donner, lui offrir, lui exposer sa personnalité la plus intime et qu'il le représente ainsi dans sa vérité toute pure et toute nue. C'est aussi lors de ces mois merveilleux que j'ai repris, pour ce tableau, le fameux Sfumato *[en italien « enfumé », technique picturale qui donne au sujet des contours imprécis ; Wikipedia]* antique que j'ai perfectionné et à qui j'ai donné toute son ampleur et toute sa valeur. Sans moi, le Sfumato ne serait resté qu'une invention ratée, un progrès minuscule et injustement loué. Grâce à moi et ma *Joconda*, il est désormais connu de tous et copié par nombre de mes médiocres suiveurs qui n'égaleront jamais la perfection de mes tableaux. Ne l'ayant jamais vraiment terminée et le modèle ayant disparu soudainement ainsi que son commanditaire à ma grande tristesse, j'ai continué à perfectionner cette œuvre et je continuerais sans doute à le faire aujourd'hui si mes mains obéissaient encore. Elle est à côté de moi à l'heure où j'écris ces lignes.

Malgré mon âge et l'accueil reçu à la Cour du Roi de France, je ne veux pas céder à la nostalgie. Je me sens toujours dévoré par une envie de dessiner et de peindre comme aux moments les plus intenses de mon existence. La maladie et la vieillesse m'empêchent de peindre mais j'ai profité hier de la proximité de la tombe de Ludovico Sforza à quelques lieues d'ici pour le visiter et me rappeler ma gloire passée sous sa commandite. Entre nous il a bien mérité son sort car ses années de prison à Loches ne sont rien en comparaison de celles qu'il a infligées à ses adversaires au cours de son règne.

J'ai eu la chance qu'il reconnaisse les vrais artistes et me commande tant et tant d'œuvres dans le passé. La plus belle, toujours inachevée, est certainement *La Cène* du Couvent Santa Marie delle Grazie qui m'a demandé des mois et des mois de travail, d'abord intellectuel, puis pictural. Comme pour *L'Annonciation* de Florence, j'ai décidé de sortir des représentations classiques et niaises, empruntées et ennuyeuses du passé. Dans celles-ci Jésus et ses apôtres sont inexpressifs et peu attractifs, voire repoussants, figés dans des poses d'obéissance en leur Dieu. Ce n'était certainement pas ainsi dans la vraie vie. Rompant avec les traditions, et sur un fond parfaitement tracé, j'ai choisi une perspective, elle aussi inhabituelle, prenant la tête du Christ comme point de fuite. Personne n'a fait mieux depuis j'en suis sûr !

Sur cette *Cène*, j'ai décidé de représenter le moment précis où Jésus vient juste de dire qu'il va être trahi par l'un d'entre eux. J'ai fait trois groupes d'apôtres en leur insufflant du mouvement, de la vie, de l'esprit, de l'action, bien qu'ils soient parfaitement immobiles sur le mur du réfectoire. Chaque groupe réagit à cette annonce, sans doute différemment, tout au moins le contemplateur du tableau l'imagine-t-il, et chaque apôtre a sa personnalité vraie, exprime son moi profond lors de ce moment terrible. Comme pour ma *Joconda*, la représentation de chacun d'eux, Jésus y compris, ne pouvait être faite qu'à partir de personnages réels, d'hommes de la vie milanaise, que j'ai trouvés au fur et à mesure des semaines de travail sur cette fresque murale. Sans doute les notables qui m'ont servi de modèle à leur insu ne se sont pas reconnus dans cette œuvre, mais c'est bien eux que j'ai peints, avec leurs défauts physiques et moraux, avec la représentation que je me faisais de leur âme.

La tombe de Sforza dans la Collégiale Saint-Ours est bien triste et bien simple, surtout comparée à sa gloire et à sa puissance passée. La Roche Tarpéienne est proche du Capitole ! J'ai décidé à cet instant de faire figurer des volontés bien précises dans mon testament quant à l'endroit et les conditions exactes dans lesquelles je veux être inhumé. Le moment n'est pas loin et il faut que mon tombeau soit à la hauteur de ma gloire. Ce jeune François, Roi de France saura le faire construire et pourra le financer avec aisance et Francesco, mon bon et fidèle Francesco pourra veiller à sa bonne réalisation à Amboise.

Il m'est revenu hier, en contemplant la tombe du dernier des Sforza, tous les bons moments passés aussi avec ses maîtresses pour les représenter sur la toile. La plus réussie de ces toiles, bien qu'encore inachevée et aussi avec moi à Amboise, est incontestablement celle où j'ai superbement représenté Cécila Gallerani, surnommée *La Belle Ferronnière* par les milanais bien conscients de sa position de maîtresse officielle du prince régnant. Comme pour *La Joconda*, il m'a fallu la posséder entièrement, en cachette de son maître, pour pouvoir la représenter avec autant de brio et de perfection. Le franchissement de cet interdit, qui nous aurait tous deux coûté la vie, était pour beaucoup dans la sincérité de nos échanges et dans la profondeur de ce que le peintre pouvait connaître du modèle et de ce que le modèle pouvait faire voir au peintre.

En repensant à cette période, bien antérieure à celle de *La Joconda*, je me dis que cette frénésie de dessin et de peinture n'était possible que grâce à cet échange parfait entre peintre et modèle. Les animaux observés puis disséqués de mon enfance n'étaient que le prélude des modèles peints par la suite.

Mes peintures de *Léda et le Cygne* ne relèvent pas d'une autre approche que les précédentes, mais Léda n'est plus une maîtresse de prince ou une épouse de marchand mais celui qui a su me faire franchir la porte des invertis avec autant de plaisir que de force, avec autant de violence que de puissance. Les plus proches de moi le savent bien, c'est bien grâce à cette intimité jamais atteinte jusqu'alors avec un être vivant, que j'ai représenté avec autant de talent et de justesse Léda et son amant. Mais personne parmi les autres ne l'a deviné, Léda est un homme et le cygne est son peintre qui déploie tous ses charmes pour le séduire. Le Cygne est un homme et Léda est sa maîtresse. C'est sans doute la peinture qui m'a demandé le plus de travail et pour laquelle j'ai passé non seulement des heures et des heures de plaisir et de jouissance absolue avec Salaï, mais aussi le plus de temps à connaître mon modèle pour le représenter aussi fidèlement.

C'est aussi Salaï qui m'a fait découvrir ces moments d'extase postcoïtale où nous mêlions nos liquides séminaux pour en faire des composants picturaux.

A cette époque, bien fol que j'étais, tout était Salaï, toutes mes peintures le représentaient. Les *Lédas* et les *Vierges à l'Enfant, Sainte Anne, Saint Jean Baptiste,* tout était Salaï, ou bien n'était pas. J'ai avec moi aussi, à Amboise, ces dernières peintures pour me rappeler ces moments heureux de plaisir fou, de création intemporelle, de transmission de la pensée et de l'esprit des êtres sur la toile.

Aujourd'hui je les contemple avec nostalgie et avec bonheur et j'ai bien précisé à mon cher Francesco qu'il devra travailler, avec elles, à ma gloire après ma mort. La vie s'est écoulée trop vite malgré l'intense activité que j'ai déployée pour la ralentir. Peut-être est-ce, finalement, cette frénésie du dessin et de la peinture qui est le centre de moi-même ? Mon corps n'est peut-être là que pour servir d'enveloppe à ce formidable dessein de représenter la perfection ? Cette perfection, je l'ai poursuivie toute ma vie et au soir de celle-ci, peut-être l'ai-je finalement atteinte quand je contemple ces quelques toiles qui m'accompagnent vers la mort parmi toutes celles que j'ai produites.

CHAPITRE 9. A LA RECHERCHE DE L'ADN DE MARIE BASHKIRSTEFF

Alors jeune doctorant, j'ai fait un séjour de quelques mois dans un laboratoire de génétique de Saint Pétersbourg appartenant à l'Académie des Sciences de ce qui s'appelait alors l'URSS. La génétique soviétique de cette époque, encore impactée par le désastre Lyssenko, était dans un état dramatique. Néanmoins, j'avais trouvé des chercheurs motivés et dynamiques qui exploraient les restes des grands Mammouths disparus, conservés congelés dans le Permafrost. Ils essayaient d'exploiter leur ADN. Ce séjour a incontestablement contribué à ma vocation de paléogénéticien, malgré le dégoût que m'inspirait le régime politique de la Russie Soviétique. Mon patron sur place était un homme très cultivé, grand amateur de musique et de peinture. Il me fit découvrir les richesses du Musée de St Pétersbourg. Parmi celles-ci je fus fasciné par une peintre peu connue à l'époque : Marie Bashkirtseff.

Le musée détenait un grand nombre de ses œuvres. Certaines d'entre elles avaient disparu lors de l'évacuation du musée en catastrophe pendant l'avance allemande en 1941, mais celui-ci possédait des photos. Mon intérêt pour cette artiste tient en premier lieu à la qualité de ses peintures, mais aussi à ce qu'elle est en tant qu'artiste et que femme. Née dans une grande famille bourgeoise de l'est de l'Ukraine, elle est morte très jeune après une carrière aussi prolifique qu'exceptionnelle. Immédiatement, j'avais été frappé, en contemplant les peintures du musée russe puis plus tard celles détenues par le Musée d'Orsay et par le Musée des Beaux-Arts de Dniepropetrovsk, par la force de ses tableaux, la puissance de la représentation des personnages et l'impression de vie qu'ils donnent. Cette peintre a réussi à rendre ses toiles vivantes et à attirer le visiteur dans la scène, comme s'il faisait partie de l'œuvre ; c'était tout au moins ce que je ressentais et je savais que mon patron russe partageait cet avis.

Aussi, au moment où j'imagine le grand et très ambitieux programme de recherches essayant de relier le génome des plus grands artistes peintres que la terre ait portés et leurs caractéristiques cérébrales, il n'est pas question de laisser Marie Bashkirtseff de côté. Au contraire, il faut l'intégrer comme une des artistes à part entière dans le projet. Mes souhaits ne correspondent cependant pas toujours à la réalité. Le musée de St Pétersbourg refuse de m'autoriser à prélever des échantillons sur ses tableaux. Je reçois cette décision comme une vraie gifle. Je croyais la Russie débarrassée de ses vieux démons soviétiques. Trop contentes de prendre le contre-pied de celle-ci, les autorités ukrainiennes autorisent immédiatement les prélèvements du superbe tableau qu'elles détiennent, *L'Atelier Julian*. Toute mon équipe sait que le prélèvement d'échantillons sur une seule œuvre n'est pas suffisant surtout pour une peinture de ce type qui a certainement été manipulée lors de son élaboration, par les nombreuses mains des artistes présentes dans l'atelier.

Une piste intéressante pour essayer de trouver d'autres tableaux m'a été apportée par un de mes doctorants qui effectue une thèse de génétique en co-tutelle entre l'Université de la Côte d'Azur et celle de Leipzig. Il m'apprend que son Université a retrouvé récemment dans les objets entreposés depuis longtemps dans le grenier du Centre Universitaire Méditerranéen situé au 65 Promenade des Anglais à Nice, une peinture non signée représentant des personnages du carnaval de Nice. La photo de ce tableau prise par mon doctorant, me rappelle une esquisse présente dans la collection de St Pétersbourg et intitulée justement *Carnaval de Nice*. Se pourrait-il que le tableau retrouvé dans les greniers du Centre soit de la main de Marie Bashkirtseff ?

Cette hypothèse semble plausible pour les autorités niçoises puisque la maison des Bashkirtseff, maintenant remplacée par un immeuble moderne situé au numéro 63, était mitoyenne du Centre Universitaire. Ce dernier est un ancien hôtel particulier ayant appartenu, lui aussi, à une famille russe. La mère de Marie, revenue à Nice après la mort de sa fille, a été hébergée par cette famille amie, jusqu'en 1920 où elle y est décédée. Je contacte aussitôt la Présidente de l'Université puis le Maire de Nice et un accord est vite trouvé entre les protagonistes. L'Université, propriétaire du tableau va confier celui-ci à mon laboratoire à Leipzig en autorisant les prélèvements. En même temps, elle lance une demande d'expertise picturale aux spécialistes de Marie Bashkirtseff. La Ville de Nice finance les coûts des travaux et, si le tableau est authentifié, il sera alors exposé au musée Jules Chéret qui détient déjà plusieurs œuvres de Marie, avec la mention « Prêt permanent de l'Université de la Côte d'Azur ».

Fort de mes contacts ministériels dans les dossiers précédents concernant Léonard de Vinci et Picasso, j'obtiens également l'autorisation du Conservateur du Musée d'Orsay afin d'effectuer des prélèvements sur une des toiles que je trouve incroyablement réussie, le *Meeting*. C'est à l'occasion de ma première rencontre avec ce conservateur qu'est fait aussi mention d'une toile retrouvée récemment en Normandie et qui pourrait être de la main de Marie Bashkirtseff. En effet, à l'occasion de la rénovation très récente de la propriété d'Etretat construite en 1882 par Guy de Maupassant « La Guillette », le Conseil Départemental de Seine Maritime, propriétaire de la maison, a retrouvé un tableau inachevé et non signé, représentant l'écrivain dont les experts pensent qu'il pourrait être de la main de Marie. Ce tableau figure dans l'inventaire complet réalisé le 9 août 1892 après la mort du romancier.

Par ailleurs, l'analyse des nombreux cahiers de Marie indiquent explicitement qu'elle a envoyé un portrait peint par elle-même à Guy de Maupassant à l'automne 1884, quelques semaines avant sa mort. De la même façon que pour le tableau de Nice, la collectivité territoriale normande accepte de financer les travaux de recherche à condition que celui-ci, une fois authentifié soit exposé à La Guillette, désormais musée dédié à la mémoire de Guy de Maupassant. L'affaire est entendue et c'est encore une fois Hélène qui suivra le dossier Marie Bashkirtseff.

Parallèlement à ces recherches de tableaux, nous essayons de contacter les descendants de la famille de Marie afin d'essayer de les convaincre de procéder à une exhumation. La tombe de Marie est située à Paris, au cimetière de Passy. Marie repose sous une chapelle imposante, élevée à l'instigation de son dernier amant le peintre Jules Bastien-Lepage et réalisé par le frère de ce dernier, architecte de son état. Julien a suivi Marie dans la mort cinq semaines plus tard. Le monument, qui représente un atelier d'artiste à taille réelle, est dans le style de l'époque. C'est le plus grand du cimetière.

Comme dans les églises d'Ukraine, il est surmonté d'un dôme orné d'une grande croix orthodoxe visible de très loin. Il est classé monument historique ce qui risque de ne pas faciliter les choses. Je me souviens des difficultés rencontrées dans le château d'Amboise pour l'exhumation de Léonard de Vinci. La crypte du mausolée de Marie abrite deux tombeaux. Dans l'un reposent les corps de Marie Bashkirtseff et de sa tante. L'autre renferme les cendres de sa mère et celles de sa nièce. L'intérieur, visible de la porte, contient différents objets dont deux colonnes en marbre avec les bustes des parents de Marie Bashkirtseff et, dominant le tout, une grande toile inachevée de Marie *Les saintes femmes au tombeau.*

La recherche de descendants de la famille s'avère difficile car le Cercle des Amis de Marie Bashkirtseff, qui défend la mémoire et l'œuvre de l'artiste, prétend détenir une partie des droits moraux sur son œuvre. Le Cercle est violemment opposé à l'exhumation de celle-ci, considérant que c'est une profanation injustifiable et un affront terrible à sa mémoire. Malgré toute mon argumentation et mon dynamisme pour convaincre les membres du Cercle de l'intérêt qu'ils auraient à pouvoir authentifier d'autres tableaux de Marie, ils se montrent inflexibles. Il me faut alors rechercher les ayants-droits de Marie. Je découvre, avec l'aide d'un généalogiste, qu'il existe des descendants de son frère. Celui-ci a eu une fille née en 1910, qui, elle-même a eu un fils né en 1935. Il est vivant et vit en Ukraine, non loin de la ville de naissance de Marie, où il est revenu passer le reste de son existence après la chute du rideau de fer en 1990. Les droits patrimoniaux étant éteints depuis 1954, c'est lui qui détient les droits moraux des œuvres de Marie.

Après de brefs échanges avec lui nous faisons le voyage à Poltava pour le convaincre de donner son accord à l'exhumation. L'accueil est magnifique. Toute la famille se réjouit à l'idée que de grands scientifiques s'intéressent à Marie et à son œuvre. Peut-être espèrent-ils aussi des retombées financières qui amélioreraient leur situation difficile dans ce pays enfin libéré du joug soviétique mais dont certaines provinces sont encore partiellement sous la coupe russe. La maison de Gavrontsi où Marie est née est toujours debout. Elle accueille désormais une maison de retraite que nous visitons, même s'il ne reste plus aucun souvenir de la présence des Bashkirtseff en ces lieux.

Quelques souvenirs, récupérés après la mort de la mère de l'artiste à Nice en 1920, sont encore entre les mains de la famille. Celle-ci est absolument ravie de pouvoir évoquer la mémoire de Marie à l'occasion de notre visite, de partager ce qu'elle était et ce qu'elle a fait, ce qu'était son combat avant-gardiste pour la cause féministe et, bien sûr, son œuvre magnifique encore trop peu connue du grand public de notre époque. En relisant des passages des cahiers de Marie, ils évoquent aussi la tendresse et l'amour que lui portait sa mère et l'immense chagrin de celle-ci au décès de Marie à laquelle elle a survécu plus de trente-cinq longues années. Les souvenirs sont aussi dans quelques bibelots et objets personnels de Marie et de sa mère qui n'ont plus aucune valeur marchande. Mais ils témoignent de la vie heureuse de la famille à Gravontsi, puis à Nice. Nous n'avons aucun mal à obtenir l'accord écrit de son petit-fils pour une exhumation dont les motifs sont à la fois une perspective d'authentification des tableaux non encore attribués à Marie et un espoir de confirmer la raison de son décès précoce attribué à la Tuberculose. Nous rentrons à Paris après avoir fait la promesse de financer un voyage lorsqu'aura lieu l'exhumation.

La Mairie de Paris, puis l'architecte des monuments historiques donnent leur accord sous condition de ne pas endommager l'édifice du cimetière de Passy. Nous contactons alors la Préfecture de Police de Paris. Hélène est désormais entraînée à cet exercice pour lequel elle maîtrise parfaitement toutes les étapes et qui sera sans doute moins périlleux que celui réalisé pour Pablo Picasso. Les préparatifs sont presque achevés, mais la publication de l'ordonnance d'exhumation par la Préfécture ne passe pas inaperçue et le Cercle des Amis de Marie dépose un recours en référé pour faire arrêter le processus et lance un recours sur le fond du dossier d'exhumation.

Le juge des référés ordonne la suspension immédiate des travaux d'exhumation. Au contraire de la situation rencontrée pour Pablo Picasso, dans le cas de Marie Bashkirtseff, aucun héritier présomptif n'a déposé de demande de recherche en paternité. Je dois bien reconnaître que l'argumentation de l'authentification des tableaux ou de l'identification de la maladie qui a entraîné la mort de Marie est bien moins solide que celle de la recherche d'ascendance. De surcroît, l'enjeu financier est quasiment inexistant et, *in fine*, le tribunal de Grande Instance de Paris s'oppose à l'exhumation.

C'est la consternation à Poltava, à Leipzig et à Paris. C'est aussi un coup sérieux porté à mon grand projet, tant je tiens à ce que Marie figure dans la liste des artistes qui doivent me permettre d'en savoir plus sur le lien entre le génome et l'expression artistique. Comment faire afin de disposer de suffisamment d'ADN pour pouvoir reconnaître celui de Marie sur les tableaux et ainsi les authentifier ? Tant que nous n'avons pas la réponse à cette question, il est inutile de prélever des échantillons sur les œuvres de Dnipropetrovsk, du Musée d'Orsay, de Nice ou de Normandie. La déception est grande dans mon équipe, moi plus que les autres sans doute. C'est Hélène qui fournit une autre piste à notre groupe de scientifiques. Elle se rappelle en effet que, lors de notre visite en Ukraine, parmi les souvenirs encore entre les mains de la famille, figure une petite poupée russe contenant non pas une autre poupée mais les dents de lait des enfants Bashkirtseff. Selon la famille, il s'agit bien des dents de lait de Marie et de son frère. Leur mère les a soigneusement et pieusement conservées après qu'elles soient tombées et qu'elle les ait échangées sous l'oreiller des enfants contre un petit cadeau apporté par la souris.

Trouverait-on suffisamment d'ADN dans ce qui reste de la pulpe de ces dents ? C'est tout à fait possible, celles-ci ont été conservées au sec depuis plus d'un siècle, donc sans doute dans de meilleures conditions que dans le sol des tombeaux.

Nous reprenons alors contact avec la famille et Hélène repart, confiante, vers l'Ukraine pour revenir quelques jours plus tard avec les précieux échantillons collectés par la mère de Marie. La poupée contient bien les dents de lait des deux enfants. L'extraction, le séquençage des restes de pulpe qu'elles contient à Leipzig, puis la comparaison des séquences montrent rapidement qu'il s'agit d'échantillons appartenant à deux individus et seulement deux, un garçon et une fille, très apparentés puisque frère et sœur. Le génome de la sœur est très probablement celui de Marie.

La joie de l'équipe est aussi forte que le fut la déception suivant l'interdiction de l'exhumation. Pour sa part, Hélène, même si elle n'en dit rien, se réjouit que les circonstances les aient forcés à analyser des dents de lait plutôt que de la moëlle de cadavre. Nous nous déplaçons alors au Musée des Beaux-Arts à Dniepropetrovsk pour prélever des échantillons sur la toile et sur le cadre de *L'Atelier Julian*, puis à Nice au Centre Universitaire de Méditerranée pour prélever *Le Carnaval de Nice*, à Etretat pour le portrait de Maupassant et enfin au Musée d'Orsay pour le *Meeting*. Cette tournée des œuvres authentifiées ou supposées peintes de la main de Marie Bashkirtseff est un vrai délice tant l'enthousiasme rencontré sur tous ces sites est important.

A Dnipropetrovsk nous sommes reçus en grande pompe par

le Ministre Ukrainien de la Culture et par la Direction et tout le personnel du Musée des Beaux-Arts. Nous devons faire une conférence devant les étudiants en histoire de l'Art et en génétique de l'Université Nationale de Dnipropetrovsk. Jamais une telle assistance recueillie et attentive n'a été en face de nous pour écouter nos propos sur l'analyse de l'ADN ancien et les formidables avancées qu'il permet.

Nous faisons aussi salle comble pour la même conférence au Centre Universitaire de la Méditerranée à Nice. La Présidente de l'Université et le Maire de Nice ont organisé une petite cérémonie pour rappeler que c'est au 63 Promenade des Anglais, que Marie Bashkirtseff a vécu et que sa mère y est décédée.

A Etretat, dans une réunion intimiste avec les membres du Conseil Général de Normandie dans la maison même de Guy de Maupassant, nous partageons le très vif intérêt que ceux-ci manifestent pour cette découverte d'une possible liaison du grand écrivain avec cette jeune et talentueuse peintre ukrainienne.

Enfin, au Musée d'Orsay, la rencontre avec tous les conservateurs du Musée, avec les membres du Cercle des Amis de Marie Bashkirtseff, rassérénés par la non exhumation de leur amie, et avec les enseignants actuels de l'Académie Julian toujours active, est l'occasion d'une formidable plongée dans la peinture du dix-neuvième siècle contemporaine de Marie. Des discussions approfondies ont lieu pour savoir ce que ces artistes ont échangé pour faire progresser leur art et ce que Marie a apporté à cette collectivité malgré sa courte existence. C'est donc riches de plusieurs dizaines d'échantillons à séquencer, mais aussi avec la formidable expérience d'un voyage initiatique au cœur de la vie et de l'œuvre de Marie que nous revenons à Lepizig.

Ce n'est que plusieurs mois plus tard que l'ensemble des résultats sont disponibles et que mon équipe peut en faire l'exploitation mathématique et comparer les séquences déterminées sur les dents de lait avec celles présentes sur les tableaux. Comme il était attendu, un grand nombre d'ADN différents sont présents sur *L'Atelier Julian*, essentiellement des

ADN féminins, ce qui est logique avec la présence de femmes uniquement dans cette académie. Le tableau d'Orsay est un peu moins riche en ADN différents mais les résultats suggèrent que le *Meeting* a été manipulé par des femmes et par des hommes, ce qui semble, là aussi logique, compte tenu de son statut d'œuvre muséale. Enfin, les deux derniers tableaux de Nice et d'Etretat, comme attendu, n'ont que peu de traces d'ADN différents et c'est essentiellement un ADN féminin qui est identifié. C'est aussi celui qui est présent dans les dents de lait collectées par la mère de la peintre.

Les deux premiers tableaux contiennent des traces de l'ADN féminin trouvé aussi dans les dents de lait, donc très probablement celui de Marie Bashkirtseff. L'ensemble de ces résultats, couplés à ceux des experts en peinture commandités pour les tableaux de Nice et d'Etretat, permet donc d'attribuer avec certitude ces deux tableaux à Marie Bashkirtseff. Avec à mes côtés Hélène également réjouie, j'expose devant la presse ces formidables découvertes qui font la une des journaux et des télévisions pendant plusieurs semaines.

Ce que la presse ne sait pas, c'est que derrière mon sourire radieux il y a bien sûr d'abord la joie de voir l'artiste découverte pendant ma jeunesse au Musée de St Pétersbourg reconnue aussi pleinement dans la vaste Europe. Mais il y a aussi la confirmation, que je garde encore pour moi pour l'instant, que la même combinaison génétique trouvée chez Léonard de Vinci, chez Hyeronimus Bosch, chez Pablo Picasso et chez l'artiste inconnue de Lascaux, se retrouve aussi dans le génome de Marie Bashkirtseff. Je jubile et ma joie est tellement visible qu'Hélène, intriguée de m'avoir surpris en train de réaliser des calculs mathématiques nocturnes sur les séquences, commence à se demander ce que je peux bien lui cacher de plus surprenant encore que ces résultats récents concernant Marie.

CHAPITRE 10. MOI PABLO PICASSO, J'AIME LES FEMMES

Les femmes m'ont tout apporté dans la vie. Beaucoup plus qu'elles ne l'ont jamais su ni même soupçonné et infiniment plus que je ne l'imaginais quand j'étais jeune. Les formidables pulsions sexuelles auxquelles je suis soumis, même maintenant que j'ai dépassé les 90 ans, ne m'ont jamais laissé en paix bien que j'aie de plus en plus de mal à les concrétiser désormais. Elles m'ont accompagné toute ma vie, tous les jours et toutes les nuits de ces longues années. Sans elles, je ne sais pas ce qu'elle aurait été. Sans elles, aurais-je eu cette fureur de création dans tous les domaines de l'art ? Je ne le crois pas. Leur assouvissement, moteur aussi puissant que leur émergence, avec des femmes occasionnelles, des compagnes de passage, ou des compagnes de plusieurs années, a été ce qui a déclenché et entretenu ma folie créatrice depuis plus de soixante-quinze ans.

Je suis un baiseur fou, je le sais, je le revendique et les femmes que j'ai baisées le savent aussi. C'est peut-être ce qui les attire le plus en moi. Rien ne peut m'arrêter, mû par ce désir quasi-permanent de l'éjaculation finale, toujours une explosion cérébrale chez moi et qui déclenche immédiatement mes pulsions artistiques. Suis-je un monstre dévoreur d'innocentes créatures ou bien un homme comme les autres mais incapable de réfréner ses pulsions sexuelles ? Ai-je une structure cérébrale particulière qui me fait associer sexualité et création artistique ?

Ce défaut, si c'en est un, vient-il de ma jeunesse catalane ou bien est-il inné ?

Pour autant qu'il m'en souvienne, tout a commencé lorsque j'avais à peine 15 ans et que mon ami peintre Manuel Pallares, m'a emmené pour la première fois au bordel à Barcelone. Innocent et encore ignorant des corps féminins, cette perspective, qu'il m'avait décrite avec beaucoup d'ardeur et de conviction, me paralysait, me remplissait d'une peur intense, presque de la terreur. Ce n'était pas la peur de l'inconnu qui me terrorisait, mais surtout celle de ne pas pouvoir faire face à une femme. Peur de ne pas pouvoir la satisfaire, la contenter, peur de défaillir, tant Manuel m'avait vanté la puissance sexuelle de l'Homme en de telles circonstances. Le résultat fut exactement l'inverse. Je découvris alors le formidable attrait de la femme sur l'homme, son pouvoir de séduction, sa douceur intime et la formidable jouissance qu'il y avait à la pénétrer et à se répandre en elle, en même temps que ce plaisir faisait exploser mon cerveau d'adolescent. Très vite, sous l'influence de Manuel, nous passâmes à des parties multiples qui exacerbèrent encore le désir et la jouissance. Elles me marquèrent pour le reste de mon existence.

Immédiatement aussi, je sus que ces désirs puis plaisirs charnels étaient chez moi complètement et totalement associés à ce que je voulais jeter sur la toile de mes peintures. Alors que je n'avais jusqu'alors réalisé qu'un *Petit Picador Jaune* bien sage et bien tranquille sur sa toile et une Première Communion bien académique dans la maison familiale, le passage au bordel m'ouvrit immédiatement d'autres horizons. Ce n'étaient pourtant pas ceux liés directement à mon activité sexuelle intense. Je n'aspirais pas encore à représenter des corps de femmes, mais plutôt ceux de peintures novatrices et ouvrant vers de nouvelles tendances picturales inconnues jusqu'alors. Je voulais créer. Je voulais inventer. Je voulais sortir du classicisme et me hisser au niveau des plus grands de la peinture en inventant mon style et en faisant ma place dans le monde de l'art. Je savais que je le pouvais dès ces premiers instants, au bordel, lorsque j'ai eu compris que ma folie créatrice était irrémédiablement liée à mes relations féminines.

Maintenant que l'essentiel de mon œuvre est derrière moi, je vois bien que le monde entier me considère, à juste titre, comme un des peintres les plus illustres du vingtième siècle. C'est vrai que la peinture a représenté une très grande part de mon activité artistique, mais je me sens plus artiste généraliste, si toutefois ce terme existe, que peintre. Le moteur est bien la création d'une œuvre originale issue de mes méandres cérébraux, initiée par un désir puissant et irrépressible d'élaborer un dessin, une peinture, une sculpture qui me satisfasse, moi d'abord. Je ne crée pas parce que j'ai des amateurs qui achètent mes œuvres, je crée parce que je ne peux pas faire autrement. Je le fais tout de suite après avoir assouvi mes pulsions sexuelles. Les deux sont si intimement liées depuis si longtemps que je me demande ce qui se passerait si j'étais privé de la première séquence de cette chaîne créatrice.

Heureusement pour moi, tout au long de ma vie, je n'ai jamais été dans l'impossibilité de satisfaire, presque toujours immédiatement, mes besoins sexuels. Si cela avait été le cas le grand Picasso aurait-il alors cessé de peindre, cessé de sculpter, cessé tout court toute activité artistique ? Le plus grand peintre du vingtième siècle aurait-il disparu emporté par l'inassouvissement de ses besoins ? Cela ne s'est pas produit sans doute du fait que je me suis préservé de participer aux deux conflits mondiaux, protégé que j'étais par ma nationalité espagnole. Je me garde bien de trop faire état, même à mes proches, surtout à mes proches, de ce lien indissociable entre mes deux activités que, pourtant, tous connaissent particulièrement bien. Mais aucun n'a fait le lien direct entre les deux.

Les « années roses », même si elles ne l'ont pas été tant que ça à leur début, ont été celles où pourtant cette relation a été la plus marquée. Sans doute trop désargenté pour sortir au Moulin Rouge ou pour aller régulièrement au bordel, c'était avec Fernande que je cultivais alors ce lien étroit entre sexualité et peinture. Elle était ma « muse sexuelle », celle avec qui j'alternais baise et création, celle qui inspirait les thèmes de mes tableaux, qui me conduisait à imaginer des techniques nouvelles de peinture et des sujets nouveaux. Dans notre bateau-lavoir, ma vie d'artiste, ma vie de peintre, se résumait alors en des allers-retours incessants entre le lit et l'atelier. Aussitôt fini de créer, de peindre une toile, le désir de Fernande reprenait et notre frénésie sexuelle était à la hauteur de notre jeunesse. Une fois rassasiés de ce côté, il me fallait immédiatement reprendre mes crayons et mes pinceaux pour une nouvelle séquence. J'ai beaucoup créé ces années-là. Et pour cause, nous étions jeunes et fougueux et nous n'étions pas encore dévorés par la vie mondaine qui allait suivre ! Bien sûr, il y avait quand même un peu de place pour l'amitié avec Guillaume et André les poètes et Amédéo le peintre. Mais cela tournait vite à des parties plus intimes avec leurs compagnes et Fernande, qui me poussaient également vers la création artistique. Avec le recul des années, je me rends compte que ma vie était alors uniquement occupée par ces deux activités, c'était une période de bonheur intense.

L'arrivée de Gertrude dans ce petit monde n'aurait pu être qu'un élargissement de mon cercle d'amies intimes, s'ajoutant à la déjà nombreuse cohorte de mes relations avec le sexe opposé. Mais la raison pour laquelle elle s'était intéressée à moi n'était pas que charnelle. Son mari étant marchand de tableaux, elle avait plaidé ma cause auprès de lui, sans pour autant révéler qu'elle me connaissait intimement. Léo fut, lui, séduit plus par mes toiles que par mes attraits physiques. Ce couple a été le premier à comprendre qu'il avait sous la main un peintre sans doute génial et, en même temps, prolifique.

C'est, pour un marchand de tableaux qui vit des transactions réalisées sur les toiles, un atout considérable. La mécanique pratiquée avec Fernande marchait aussi très bien avec Gertrude. Plus je la baisais, plus je faisais de tableaux que son mari vendait avec autant d'ardeur que je besognais sa femme. Sortir du huis clos avec Fernande avait aussi pour moi un avantage considérable puisqu'il me rapportait de l'argent. Je pouvais enfin vivre de ma peinture et utiliser cet argent pour m'insérer dans la société des peintres de l'époque. Je m'insérais aussi dans nombre de sexes féminins, au hasard des rencontres, des vernissages et des cocktails tant il est vrai qu'à moins de trente ans il n'y a aucune limite à l'ardeur des jeunes hommes. Cette frénésie était aussi celle de mes créations, bien sûr et ce lien n'a jamais cessé même au plus haut de mon activité sexuelle.

La rencontre avec Eva, revenu à proximité de Barcelone, a occasionné l'invention du cubisme. Non pas qu'Eva était une femme aux formes tranchées, bien au contraire, mais parce que ses jeux et plaisirs sexuels étaient très notablement différents de ceux de Fernande et ses contemporaines. Cette relation a déclenché en moi l'émergence d'une autre période de ma vie d'artiste. Nos relations étaient plus abruptes, son plaisir plus dépendant des rapports de force entre nous que des douces caresses de la période rose avec Fernande.

L'été catalan à Gosol recommençait, dans un autre lieu et avec une autre maîtresse, le huis clos du bateau-lavoir parisien, avec ces allers retours incessants entre sexe et peinture. Eva maîtrisait particulièrement bien le premier. Je commençais à bien posséder le second. Pour moi et sans doute pour elle, car elle me semblait avoir compris le lien entre les deux, ils étaient indissociables, interféconds et tellement imbriqués que l'on savait tous les deux que si on arrêtait l'un, l'autre cesserait immédiatement. Eva a aussi été ce que Fernande n'avait qu'occasionnellement été pour moi.

Elle devint mon modèle préféré et quand je regarde maintenant ses portraits, je vois bien émerger le changement de style de ma peinture, depuis une représentation classique jusqu'à son portrait cubique. Nul doute qu'elle a compté un peu dans cette évolution dont on dit maintenant qu'elle a été ma plus grande contribution à la peinture contemporaine.

Beaucoup de femmes se sont succédées ensuite, après la mort d'Eva et chacune a contribué de la même façon à l'évolution de mon art. Olga a été l'une d'entre elles, parmi les plus importantes. Puis sont venues Marie-Thérèse, puis Dora, toutes celles-ci pas forcément l'une après l'autre. J'ai découvert que la notoriété, et sans doute aussi la fortune, permettaient une certaine bigamie, voir polygamie, quasi officielle, sans que ni les principales intéressées, ni la société ne s'en offusquent particulièrement. Ces relations multiples et simultanées, outre le réel plaisir qu'elles me procuraient sur le moment, contribuaient fortement à la poursuite de ma dynamique et de mon renouvellement artistique.

Le surréalisme est, pour moi, associé à cette période sans que je puisse complètement attribuer mon incroyable succès dans ce mouvement à l'existence de relations simultanées avec plusieurs femmes. Mais, comme pour les autres périodes de ma carrière, cela y a certainement contribué. Assez curieusement, mon intense activité sexuelle était aussi capable de me mettre dans une rage folle au moment où des évènements politiques se produisaient.

La guerre d'Espagne, à laquelle je me suis bien gardé de participer pour ne pas que l'Humanité risque de perdre un de ses plus grands artistes, a été l'occasion de peindre l'un de mes tableaux les plus célèbres, Guernica. Je l'ai peint en trois jours juste après une mémorable partie carrée avec mes deux compagnes de l'époque.

Françoise est arrivée un peu plus tard et s'est jointe au groupe et le ménage à quatre avec Dora et Marie-Thérèse a particulièrement bien fonctionné à Antibes, stimulant particulièrement mes créations. Peut-être l'âge venant le nombre de mes partenaires devenait alors plus important qu'auparavant et leur renouvellement rapide augmentait l'intensité de ma stimulation. Mais il faut croire que mon insatiable désir des femmes n'était pas pour autant comblé.

Le passage devant mes yeux d'autres partenaires potentielles, surtout des jeunes, déclenchait chez moi comme chez elles des bouffées de désir qui se terminaient souvent toujours de la même façon. Ce fut le cas avec Jacqueline, la jeune sœur de Françoise qui venait souvent sur la Côte et dont je voyais bien briller dans les yeux la flamme du désir. Rencontrée par hasard lors du congrès des intellectuels pour la paix à Wroclaw, je la pris pendant une partie à plusieurs alors que nous étions tous bien alcoolisés.

Sans en être certain, je me demande encore si cet épisode polonais n'a pas été à l'origine du départ de Françoise avec les enfants pour Paris quelques années plus tard. Toutes ces rencontres féminines ont continué à alimenter ma machine créatrice jusqu'au bout. Même si ma dernière femme, qui sera probablement la dernière, ne fait plus qu'assouvir très occasionnellement mes derniers désirs puisque la mécanique sexuelle est bien défaillante désormais, la machine cérébrale est toujours là et je continue inlassablement à peindre et à sculpter.

Désormais au crépuscule de ma vie, puis-je enfin répondre à cette question du lien qui m'a toujours habité entre activités sexuelle et artistique ? Sans doute pas. Mais je sais, je sens, qu'il est constitutif, sans doute inné et non acquis et que c'est bien une force intérieure à moi-même, indépendante de ma volonté, qui m'a guidé pendant toutes ces années. Je suis un très grand peintre, un très grand artiste très certainement, mais une partie de cette position a été acquise à mon insu, sans que je ne fasse autre chose que de canaliser ces désirs. Ma main n'a fait que traduire ces pulsions intimes d'une force telle qu'elles ne pouvaient rester au fond de moi. Peut-être ai-je contribué à les rendre plus accessibles au public, à les rendre plus expressives ? La vraie raison de mon succès est enfouie au plus profond de moi sans que je ne puisse y prendre aucune part.

CHAPITRE 11. HÉLÈNE DÉCOUVRE LES « MARINGOUINS » D'HENRI COSQUER

Les autorités maritimes ainsi que la direction régionale de la Culture, sont absolument inflexibles : pas question de pénétrer dans la grotte Cosquer, sous-marine, sans disposer d'un diplôme de plongée et d'une pratique minimale de celle-ci. Cette contrainte est appliquée depuis l'accident mortel concomitant avec la découverte de la grotte qui a été particulièrement difficile à vivre pour l'inventeur du site et pour toutes les personnes impliquées dans le processus de sa déclaration. Je ne bénis pas vraiment Svante de m'avoir entraînée dans cette aventure-là. Cela fait plusieurs semaines maintenant que je suis mobilisée tous les jours pour passer en accéléré des diplômes de plongée sous-marine. J'aime bien la mer et ses bienfaits, mais surtout l'été et plutôt l'Atlantique que la Méditerranée !

Or, je suis maintenant « scotchée » dans la petite ville de Cassis, en plein hiver et sans vraiment d'autres choses à faire que de suivre des cours théoriques intensifs le matin et de plonger l'après-midi. Mais Svante et même le plus grand spécialiste des grottes ornées, Jean Clottes, le premier scientifique convoqué sur place pour authentifier les peintures et gravures, a été obligé de passer un diplôme de plongée pour pouvoir y pénétrer. L'entrée de la grotte étant située sous le niveau actuel de la mer, il est nécessaire de disposer du Niveau 2, ce qui n'est pas si simple à obtenir.

Certes Cassis est un charmant petit port de pêche et un lieu touristique très attrayant, mais surtout en été où l'on peut déambuler sur le port et sortir en barque provençale pour explorer les Calanques toutes proches au charme formidable. En hiver, c'est autre chose. Si les barques cassidaines sont toujours à l'eau, le Mistral souffle très souvent et les températures de l'air et de l'eau descendent, frigorifiant les rares imprudents flânant sur le port, les rafales parfois manquant de les précipiter dans l'eau. Quasiment aucun restaurant n'est ouvert et je me retrouve, l'âme en peine dans les deux seuls établissements ouverts sur le port. C'est mon triste sort, mais, bonne élève, je suis la formation.

Les sorties en mer, sur le « Cromagon » d'Henri Cosquer moniteur de plongée et « inventeur » de la grotte, sont agréables car aucune sortie par Mistral n'est programmée. Mais Henri ne parle que très peu, même de sa découverte, et l'eau est sacrément froide, obligeant à un harnachement complexe et long. Au bout de deux mois de cet entraînement intensif et après deux essais à blanc de remontée dans le boyau sous-marin afin d'en maîtriser l'approche délicate, je suis prête pour la grande expédition qui me conduira au plus profond de la grotte.

Nous choisissons un jour calme du début du printemps et, avec Henri Cosquer et Jean Clottes, nous remontons lentement les 175 mètres qui séparent l'entrée, située à 36 mètres sous la surface, de la salle d'entrée de la grotte. Cette remontée est délicate car sur le sol du boyau repose une couche de boue qui se soulève facilement lors d'un palmage intempestif. Elle obstrue alors rapidement celui-ci, empêchant toute vision et, surtout, augmentant l'angoisse sous-jacente des plongeurs. Mais Henri nous avait fait très sérieusement la leçon et les deux essais ont permis de maîtriser mon stress et de me familiariser avec le risque.

Après 15 minutes de montée nous débouchons enfin dans la grotte. Nous nous débarrassons de notre équipement de plongeurs pour pouvoir sortir le matériel de prélèvements d'ADN. Je suis tout de suite saisie par l'incroyable magie des lieux. Je ne pense à plus rien d'autre qu'aux images que j'ai sous les yeux et aux artistes qui les ont réalisées.

Je suis d'abord frappée par le grand nombre de mains négatives noires et rouges qui ornent les parois, quelle que soit la direction dans laquelle nous orientons nos lampes torches. Ces mains sont très probablement celles des artistes, elles sont les témoins directs, d'une fraîcheur et d'une modernité incroyable, de la présence physique des hommes. Il nous est facile de presque voir celui ou celle qui a apposé sa main sur la paroi avant de projeter le charbon de bois ou l'ocre sur celle-ci. Il faut résister à l'envie de mettre notre propre main dans une de ces empreintes. Nous sentons en nous une irrépressible envie de rejoindre le geste fait il y a si longtemps par nos ancêtres et espérons partager ainsi un peu de leur génie.

Ce sont des mains de toutes tailles, de grandes mains d'adulte beaucoup, mais aussi des mains plus petites, peut-être de femmes ou d'enfants car situées plus bas sur les parois. Les discussions préalables à la mission, avec Svante et Jean Clottes, ont conclu que ces mains seraient principalement les endroits où nous devrions rechercher préférentiellement des traces d'ADN et donc prélever des échantillons. Mais il avait aussi été convenu que nous visiterions la grotte avant de prélever sur les mains négatives.

Cette visite est pour moi une formidable découverte. Déambuler dans ce bestiaire sous-marin est un enchantement que je n'aurai jamais imaginé dans mes rêves les plus fous. Même si je connais les 177 représentations d'animaux présents sur les parois pour les avoir vues et revues sur photos et vidéos, je suis immédiatement emportée par leur puissance artistique et évocatrice.

Les chevaux sont magnifiques, presque vivants tant leur port de tête est fier et leur allure réaliste. A l'instar de l'artiste, ils sont encore présents dans la grotte. Le charbon de bois et le noir de manganèse utilisés pour les dessiner fait ressortir leur crinière avec élégance sur la paroi de calcaire blanc. Le dessin est simple et les lignes fines, tracées avec juste ce qu'il faut d'épaisseur et d'intensité pour donner une impression de relief, sans doute accentué par l'endroit exact de la paroi où ils ont été placés, profitant des différences de relief de la surface. Sur une des têtes, la crinière a été gravée au silex, les oreilles sont superbement droites et le naseau et l'œil sont en contours blancs, ce qui donne au cheval une impression de vivacité et de réalisme. Les très nombreuses représentations de chevaux, plus d'une soixantaine, alternent avec des bouquetins aux longues cornes magnifiques, elles aussi dessinées avec une grâce qui associe simplicité et efficacité. Chacune d'entre elles est une œuvre artistique à part entière.

La vue de l'ensemble est extraordinaire. Se sentir entourés, cernés par ces œuvres me donne une émotion que je n'ai jamais connue jusque-là. Nous sommes transportés dans le temps tels des voyageurs interplanétaires, 27 000 ans en arrière. Incroyable ! Un des animaux les plus extraordinaires est le gros bouquetin mâle noir dessiné sur un plafond et représenté de telle façon que son réalisme et sa dynamique explosent à la vue des visiteurs. Il marche. Ses pattes sont en mouvement. Son encolure est tendue vers l'avant. Sa tête est basse comme concentrée sur le déplacement. Ses grandes cornes sont à l'horizontale. D'un coup d'œil on voit qu'il se déplace par ces petits éléments que l'artiste a représentés de manière discrète mais complète et d'une véracité incroyable.

A côté du bouquetin, toujours sur le plafond, l'artiste a dessiné un grand cerf aux bois dressés. Lui n'est pas en mouvement comme son voisin, mais en éveil, la tête relevée et les oreilles dressées comme écoutant les bruits lointains et redoutant le danger. Un peu plus loin, sur une paroi cette fois, je découvre un bison représenté de trois quarts face et, lui aussi, d'un réalisme extraordinaire. Le dessin, bien qu'un peu altéré par le temps, est simple et d'un équilibre parfait ; sous les cornes et la crinière le contour des yeux et le naseau blanc ont été habilement placés dans des petits reliefs et des teintes différentes de la roche, donnant à l'ensemble un réalisme incontestable et presque une expression émouvante à l'animal.

Il y a trois dessins surprenants que Henri tient absolument à me faire admirer un peu plus loin. Il s'agit des pingouins au ventre rebondi, aux courtes pattes et aux ailes typiques de ces oiseaux vivant sur les côtes très froides de la planète. C'est l'animal fétiche d'Henri qui les appelle ses « maringouins ». Ils sont, pour lui, sont le symbole de sa grotte alliant, au contraire de la plupart des autres sites ornés découverts jusqu'à présents, la terre et la mer, la Méditerranée en particulier.

J'ai souvent discuté avec lui, avant l'expédition, de ces Maringouins. C'est incontestablement une représentation qui suggère que les rivages méditerranéens, sous un climat alors beaucoup plus froid, présentaient sans doute un paysage très différent. Ils accueillaient une faune qui n'était pas celle d'aujourd'hui, mais plus proche de celle du nord de l'Europe actuelle.

Après plus de deux heures d'émerveillement et d'immersion dans le monde artistique d'il y a plusieurs millénaires, après l'émotion intense qui m'a saisie à la vue de ces œuvres d'art incroyablement belles, il nous faut retourner à la réalité du temps présent et au projet scientifique pour lequel j'ai durement travaillée ces dernières semaines.

De retour sur les panneaux les plus accessibles des mains négatives, je prépare le matériel avec une certaine gêne tant j'ai l'impression d'effectuer une sorte de viol de ce sanctuaire préservé par le temps. Quelle légitimité avons-nous pour ainsi nous immiscer dans la marche du temps et dans les œuvres de ces artistes aussi extraordinaires ? Mais la vue plus en détail de ces mains et les arguments de Jean Clottes emportent finalement mes scrupules et je dois maintenant procéder aux échantillonnages prévus lors de la préparation de l'expédition. Certaines empreintes de mains ont des doigts ou des phalanges manquantes, suggérant des amputations ou un simple repliement des doigts dans une symbolique qui nous échappe. Il s'agit probablement d'amputations car seules les dernières phalanges semblent manquantes, le repliement de celles-ci n'étant pas physiquement possible.

Le protocole prévoit le prélèvement par frottis de 20 mains noires et de 20 mains rouges et un forage de deux fois cinq mains de chaque série de couleur pour prélever en profondeur et espérer ainsi recueillir des restes d'ADN de l'artiste. Je réalise les frottis et les forages juste en dessous de la séparation des doigts, là où les préhistoriens et les scientifiques imaginent que la pression de la main, via les coussinets du haut de la paume, a été la plus forte sur la paroi. Il n'a pas été facile d'obtenir les autorisations nécessaires pour effectuer ces prélèvements invasifs, mais, là encore, la réputation de Svante et le retentissement mondial qu'ont eu les résultats obtenus sur les échantillons des tableaux de Léonard de Vinci et de Jérôme Bosch ont fortement influencé la décision finale du Ministère de la Culture. La passion de Jean Clottes pour cette grotte Cosquer, assez mystérieuse, très originale dans le paysage des grottes ornées et presque inaccessible, a aussi été un des éléments essentiels pour achever de convaincre les autorités qu'on devait effectuer ces prélèvements.

Il nous faut plus de trois heures. Nous travaillons, Jean et moi, avec précision et concentration disposant aussi de l'aide d'Henri toujours enthousiaste. Compte tenu de la présence d'une couche de calcite assez épaisse sur les dessins, je suis cependant dubitative quant à la possibilité d'y retrouver de l'ADN ancien uniquement en réalisant un frottis. Mais nous suivons fidèlement le protocole établi, ce d'autant plus qu'aucun contact n'est possible avec Svante, faute de réseau dans cette grotte profonde. Une fois les prélèvements effectués puis placés dans les sacs étanches nous enfilons à nouveau les équipements de plongée et faisons le chemin en sens inverse dans le long boyau qui descend de la grotte vers la mer. Après plusieurs paliers de décompression, nous retrouvons le Cromagnon puis bientôt Cassis et Marseille.

Lors de la discussion interne au laboratoire de Svante, avant de décider de cette lourde et coûteuse expédition dans la grotte Cosquer, une bonne partie des scientifiques du laboratoire avaient émis des doutes sérieux sur la possibilité de trouver des traces d'ADN sur les peintures de celle-ci. Il avait fallu tout le pouvoir de conviction de Svante et le fait qu'une publication récente d'une équipe bien connue montre que sous une couche de calcite, l'ADN était en quelque sorte « fossilisé » et donc préservé et analysable, bien qu'avec une technique un peu particulière, pour que nous en acceptions l'idée.

Nous allons maintenant voir si les échantillons collectés dans ce sanctuaire « sous-marin » détiennent bien de l'ADN fossile et s'il est possible de l'analyser. Une fois les échantillons en stock et toujours fidèle à sa méthode qui consiste à collaborer avec les meilleures équipes mondiales, Svante contacte donc l'équipe lyonnaise de l'Ecole Normale Supérieure spécialiste de l'ADN ancien à qui il propose de collaborer sur les prélèvements de la Grotte Cosquer et, très vite, remonte de Marseille sur Lyon pour leur confier les précieux échantillons pour analyse.

Svante connaît bien la directrice du laboratoire, Directrice de Recherches d'un grand organisme public et paléogénéticienne qui travaille sur ce sujet depuis de nombreuses années. Il n'a jamais eu l'occasion de travailler directement avec elle car elle est spécialiste des ours des cavernes désormais disparus, et de la domestication du chien. C'est lors de la discussion pour préparer l'analyse des échantillons qu'elle nous confie disposer d'un matériau très précieux et qui intéresse au plus haut point Svante. Participante d'un contrat de recherche de la Région Aquitaine depuis deux ans, elle s'est vue chargée d'analyser l'ADN ancien de restes animaux, notamment des ours et des chiens présents dans les tombes des humains inhumés dans une sépulture de la grotte de Cussac en Dordogne.

Cette grotte, assez peu connue du grand public est impossible à visiter du fait de sa très grande fragilité. Elle contient environ 150 gravures d'animaux de type bison, mammouth, cheval et auroch, mais aussi quelques peintures d'animaux de toute beauté. Ces œuvres d'art sont contemporaines de la grotte Cosquer. Elles sont incontestablement de la même qualité que les dessins de Cosquer et des autres grottes ornées comme

Chauvet ou Lascaux. C'est elle qui a effectué les prélèvements d'ADN ancien sur les restes animaux et humains étroitement associés dans la tombe de cette grotte. Par mesure de précaution dans le projet, elle détient un double des prélèvements humains dans son laboratoire lyonnais mais elle n'a pas l'intention de les exploiter pour l'instant.

L'excitation de Svante est à son comble et il ne lui faut que peu de temps pour la convaincre de le laisser exploiter les échantillons humains retrouvés à Cussac. Il s'agit de quatre adultes et deux adolescents. Svante économise ainsi considérablement les éventuels efforts qu'il aurait dû faire pour convaincre les responsables du Ministère de la Culture de le laisser pénétrer dans Cussac, très protégée, même des incursions occasionnelles des scientifiques.

Nous sommes bien conscients que l'inhumation de ces individus dans le sanctuaire orné de gravures extraordinaires ne veut pas forcément dire qu'ils sont les artistes ayant réalisé les œuvres elles-mêmes. Il peut s'agir tout aussi bien de personnages importants qui ont été enterrés là à cause de leur position sociale de chefs de tribus ou de leur rôle en tant que Chamans auprès des populations de la région. Il estime assez probable que les restes de ces six corps, et c'est certainement vrai pour les deux adolescents, ne sont pas tous issus des artistes capables de réaliser les gravures murales de la grotte.

Par ailleurs, si les restes de deux adultes et d'un adolescent, presque complets ont été inhumés ensemble avec des restes animaux comme dans une sépulture organisée, il n'en va pas de même pour les trois autres corps restants. Ceux-ci sont incomplets, sans organisation précise, situés dans une ancienne bauge d'ours des cavernes et mélangés avec des restes d'autres animaux. Nous parions, cependant, sur le fait que parmi les deux adultes inhumés de façon ordonnée, il pourrait y avoir au moins l'artiste lui-même ayant travaillé dans la grotte. La qualité des œuvres et la position présumée de leurs auteurs dans les sociétés de l'époque rend assez probable l'hypothèse que celui ayant réalisé les gravures de Cussac pouvait être un personnage important de la tribu. Il pourrait donc figurer parmi les deux corps d'adultes inhumés volontairement dans la grotte. Cette analyse est partagée avec plusieurs spécialistes du Paléolithique qui connaissent bien les hypothèses actuelles sur l'organisation des sociétés présentes il y a 27 000 ans dans le sud-ouest de la France.

Une des hypothèses favorites pour expliquer l'intérêt de nos ancêtres pour ces grottes profondes et leurs ornementations animales est celle de l'origine du monde. Une analyse récente des mythologies persistantes dans différentes populations réparties sur la planète, faite avec les outils informatiques modernes de la phylogénétique suggère que la mythologie initiale, la mère de toutes celles actuellement recensées, faisait état de la continuelle création des animaux et de l'Homme dans ces grottes profondes. C'est ce que certains historiens appellent « l'émergence primordiale ». La création du monde, au contraire de celle présente dans la religion catholique, ne se serait pas faite sur une seule semaine, mais continuerait à se produire en permanence dans les tréfonds de la terre Mère. Ce mythe de l'émergence primordiale serait à l'origine de l'art pariétal des grottes ornées.

Leur ornementation était sans doute le fait d'un petit nombre d'individus à même de les décorer avec des réalisations d'une perfection et d'une technicité très aboutie. N'importe qui ne pouvait pas prétendre participer à ces dessins ou gravures et, dans la plupart des grottes, les experts certifient reconnaître un artiste et un seul pour l'ensemble des œuvres d'une période donnée. C'est le cas à Cussac où la longue galerie principale d'environ 600 mètres regroupe la plupart des gravures qui semblent bien avoir été réalisées par une seule et même personne. Cette série a sans doute nécessité, du fait de leur grand nombre et de leur taille souvent imposante, plusieurs années de travail dans la semi-obscurité des torches ou des lampes à huile dont les restes sont encore présents sur place. Svante pense donc que cette grotte pourrait être la grotte ornée par seul individu enterré sur place.

Après avoir été préparée à Lyon, l'analyse génétique des échantillons collectés dans la grotte Cosquer et ceux provenant de la grotte de Cussac est rapidement faite à Leipzig. Les résultats de la première sont décevants et pas à la hauteur de l'effort qui a été nécessaire pour les obtenir. Ils correspondent bien aux craintes que j'avais lors des prélèvements. Il n'y a aucune trace d'ADN dans les deux fois 20 échantillons issus du frottis des parois des mains négatives, la calcite ayant recouvert les dessins masquant tout accès à l'ADN éventuellement déposé par la paume de l'artiste lors de leurs réalisations. Les deux fois cinq échantillons prélevés par forage, analysés grâce à la technique nouvelle décrite dans l'article récemment publié, montrent des traces d'ADN visiblement fossilisé, mais en quantité insuffisante pour que nous puissions effectuer un séquençage correct et identifier les séquences intéressantes pour l'hypothèse générale.

Il est aussi probable que l'environnement marin et l'humidité de la grotte partiellement inondée depuis longtemps n'ont pas favorisé la conservation de ces traces biologiques. La déception est grande alors que nous avons plongé si profond dans un lieu aussi exceptionnel.

En revanche, l'ADN provenant de Cussac est parfaitement exploitable et permet à Svante de déterminer rapidement plusieurs choses tout à fait intéressantes. Les corps dont les restes sont dispersés dans la bauge d'ours des cavernes sont ceux de deux hommes et d'un adolescent, non apparentés et résultent probablement d'une prédation par les ursidés hibernant dans la grotte.

Au contraire, les restes plus complets issus d'une tombe « organisée » sont ceux d'un homme et d'une femme, non apparentés, l'adolescent présent à leurs côtés étant l'enfant de ce couple. C'est donc une famille et une seule qui a été inhumée intentionnellement à Cussac et ce, de façon contemporaine aux gravures qui ornent les parois, ainsi que l'indiquent les différentes datations réalisées par ailleurs.

Il faut donc rechercher, très probablement parmi les deux adultes, le potentiel auteur des fresques sans pour autant exclure que l'autre partenaire adulte et l'adolescent n'aient joué aucun rôle dans « l'atelier de gravure » organisé dans la grotte il y a 27 000 ans.

Un autre élément intéressant pour les scientifiques engagés dans les travaux sur Cussac est que l'accès à la grotte semble avoir été intentionnellement refermé, y laissant les corps de la famille intacts et non accessibles par de gros prédateurs, la protégeant ainsi du vieillissement. C'est sans doute pour cette raison que l'ADN ancien a été retrouvé dans d'excellentes conditions de conservation, maximisant ainsi la portée des résultats.

L'analyse bioinformatique des séquences montre que tous les individus sont porteurs à la fois d'ADN de Sapiens et de Néandertal, ce qui indique une hybridation assez récente entre les deux espèces. C'est le résultat que nous attendions et qui constituait l'hypothèse de base du projet soutenu par la Région Aquitaine.

Il vient conforter les hypothèses d'absorption par Homo Sapiens de son lointain cousin Néandertal et permet de poursuivre l'exploration des conditions dans lesquelles cette absorption s'est réalisée.

En revanche, ce que Svante ne dit pas à ses collaborateurs mais qu'il nous a révélé ensuite, c'est qu'il a retrouvé chez l'homme adulte appartenant à la famille inhumée à Cussac, la même combinaison génétique que celle trouvée chez Léonard de Vinci, chez Hyeronimus Bosch, chez Pablo Picasso, chez l'artiste inconnue de Lascaux et chez Marie Bashkirtseff !

CHAPITRE 12. JE SUIS TINTIN

Ce désir insurmontable de dessiner, je l'ai toujours eu en moi depuis aussi longtemps que je m'en souvienne. Lorsque mes parents m'emmenaient avec eux en visite dans la famille ou chez des amis, je réclamais du crayon et un papier. C'était pour eux le meilleur moyen d'avoir la paix, tant je me tenais sagement tranquille en train de dessiner. Mais cela ne veut pas dire que j'étais un enfant taciturne et qui ne faisait que crayonner. J'aimais beaucoup, et j'aime toujours la nature et la campagne. Me retrouver dans une forêt avec la compagnie des arbres et des animaux, de leurs petits cris, de leur présence la plupart du temps invisible, est un vrai plaisir dont je ne me suis jamais lassé. C'est aussi, avec la formidable comédie humaine, une source inépuisable d'inspiration. Mes albums sont pleins d'animaux qui jouent souvent un rôle essentiel dans les scénarios. Que serait Tintin sans Milou ? Rien sans doute ! Que ferait *Tintin au Congo* sans les lions et autres léopards, les crocodiles, le formidable boa constrictor qui avale puis recrache Milou, sans les graciles girafes au long cou et aux pattes si souples, sans les éléphants, les singes et autres hippopotames, rhinocéros et buffles !

Quand je regarde bien ce premier album et que je contemple avec étonnement ce vrai zoo, je me dis qu'ils sont essentiels au scénario, sans eux rien n'aurait été possible. C'est bien leur alternance avec les protagonistes humains qui a dû séduire mon premier public lorsque les épisodes sont parus les uns à la suite des autres dans Le Petit Vingtième. Je me souviens avec émotion de la jubilation éprouvée lors de la confection de ces planches. Je passais tous les lundis matin au zoo de Bruxelles au Parc Léopold pour choisir quel serait le prochain animal africain que mon reporter rencontrerait dans l'épisode suivant. Puis j'en croquais quelques dessins et je le regardais attentivement en essayant de comprendre ce qui pouvait l'habiter. C'est à partir de ces croquis et de ce que j'imaginais être le caractère de cet animal particulier, que je construisais mon scénario et mes dessins.

Je me suis souvent dit que mes lecteurs devaient, finalement, ressentir la même chose que moi en contemplant ces animaux merveilleux et que c'était une partie de la raison de mon succès. Ils voyaient dans mes dessins ce qu'ils avaient imaginé aussi en les voyant au zoo, alors très fréquenté par les bruxellois.

Mais ce qui m'a passionné avant tout, au fur et à mesure de mes dessins et histoires, c'est la comédie humaine, telle que la décrivait Balzac. Dans mes histoires le monde est simple. Les bons sont toujours bons et les mauvais toujours mauvais. Je n'ai pas la naïveté de croire que c'est la réalité bien sûr, mais c'est celle à laquelle j'aspire, un monde simple où il est facile de se repérer, mon petit reporter étant le grand observateur de cet univers imaginaire. Cette vision du monde est, pour moi, vraie quel que soit le continent et la société humaine qui l'habite. C'est pourquoi, très vite j'ai choisi de le faire voyager tout autour du globe.

Nous sommes une seule espèce humaine et dans quelque endroit du vaste monde dans lequel on se trouve, il y a des gangsters comme à Chicago, des trafiquants comme en Mer Rouge ou des dictateurs comme au San Teodoros. Au fil des histoires, j'en ai inventé un grand nombre qui semblent, en première lecture, assez différents les uns des autres, mais finalement, tous se ressemblent. Ils sont mûs par les mêmes désirs, les mêmes envies, les mêmes défauts et les mêmes qualités, qu'ils soient blancs, noirs ou jaunes.

Je dois avouer que ce n'était pas tout à fait ce que mes premiers maîtres à penser nous serinaient sur tous les tons avant la guerre. La mode était aux différences entre races, aux qualités supérieures de la nôtre sur toutes les autres et aux justifications pour les considérer comme inférieures.

Je me rends compte maintenant que l'Abbé Wallez, malgré ses qualités et malgré la reconnaissance que je lui dois pour m'avoir encouragé et, en quelque sorte révélé au dessin, avait une influence tout à fait néfaste sur moi au cours de mes premières années de dessinateur. Si je partageais avec lui l'horreur que m'inspiraient et m'inspirent toujours les régimes totalitaires communistes, ce qui m'a conduit à réaliser la première aventure de *Tintin chez les Soviets*, j'ai compris lors de l'occupation allemande et surtout à la libération de la Belgique et de l'Europe, que ces positions conduisaient irrémédiablement vers la solution finale que les nazis avaient mise en œuvre dans leurs camps d'extermination.

Je suis tout à fait conscient maintenant que c'était une erreur et j'ai alors compris que je devais non seulement reprendre mes albums d'avant-guerre avec toute mon équipe de dessinateurs, mais également engager mes nouveaux scénarios et dessins vers la promotion d'une société plus juste et plus fraternelle. Je dois reconnaître aussi que l'édition sous forme d'un ouvrage complet, après que j'ai eu contracté avec mon éditeur Casterman, m'obligeait à une vision d'ensemble d'un album, ce que je ne faisais pas du tout lorsque je publiais semaine par semaine *Tintin chez les Soviets* dans Le Petit Vingtième.

Je me suis efforcé très vite dans l'album suivant qui s'est appelé *Les Cigares du Pharaon*, de construire une histoire bien faite, bien articulée et bien documentée, à l'instar des romans policiers d'Agatha Christie. On y retrouve la mystérieuse malédiction du Pharaon, inspirée des morts subites de l'équipe de Lord Carnavon après la découverte du tombeau de Toutankhamon, alors très populaire. Le trafic d'armes sur la Mer Rouge est aussi une partie importante et volontairement attractive de ce scénario. Elle rappelle les formidables aventures d'Henry de Montfreid, très lues à l'époque. Cet album a aussi été l'occasion pour moi, et je m'en souviens avec beaucoup d'émotion car ils sont à la fois un témoignage de mon histoire familiale et des compagnons de route pour le reste de mon œuvre, de créer les deux personnages de Dupond et Dupont.

Il s'agit de mon histoire familiale car mon modèle est celui de mon père et de mon oncle, vrais jumeaux et qui partageaient comme beaucoup de ces couples presque identiques, beaucoup de choses sans qu'ils aient besoin de les exprimer. Je les ai faits plus naïfs qu'ils étaient, bien sûr. Je sais qu'ils ne m'en auraient pas voulu de les représenter ainsi car ils sont du bon côté de la barrière malgré leur ineffable talent un peu niquedouille.

Avant-guerre, ces premiers épisodes de Tintin sous forme de feuilletons ont rencontré un incroyable succès, espéré mais pas prévu à ce point. Je dois dire que je n'en suis pas encore tout à fait revenu, ne sachant encore pas quelle mystérieuse étoile m'a guidé vers le succès planétaire que je connais désormais.

Un des épisodes de cette période qui m'a le plus marqué est celui du retour imaginaire du petit reporter Tintin depuis le Pays des Soviets et de son arrivée réelle en gare de Bruxelles. Je savais que la parution hebdomadaire de ces 138 planches avait rencontré un fort succès populaire, mais lorsque l'Abbé Wallez m'a proposé d'organiser le retour physique du petit reporter en chair et en os en gare de Bruxelles, je me suis demandé s'ils n'avaient pas perdu la tête au point de confondre la fiction avec la réalité.

Mais Wallez était mon directeur de conscience, et accessoirement mon patron. Je me suis plié au jeu, de mauvaise grâce, mais je l'ai fait quand même en prenant le train en provenance de Cologne, une gare avant la gare du nord, avec le costume rayé de Tintin, accompagné d'un petit chien et avec la casquette du reporter sur la tête. Et alors là, je n'en suis toujours pas revenu, il y avait plusieurs centaines de personnes qui m'attendaient, en fait non, qui attendaient Tintin, de retour de Moscou ! Incroyable ! Il n'y avait donc pas que Wallez qui confondait rêve et réalité !

Nous avons recommencé le même « coup » publicitaire environ deux ans plus tard à la fin de *Tintin au Congo* et j'étais accompagné cette fois-ci d'une dizaine de noirs pour donner plus de véracité à ce retour de reportage en Afrique. Il y avait encore plus de monde et la gare était presque pleine de lecteurs qui criaient non pas vive Hergé, mais vive Tintin !! Ils étaient vraiment dans mon histoire et c'était fabuleux.

Ces deux épisodes m'ont fortement marqué et m'ont inspiré à chaque instant dans l'élaboration de mes scénarios. Si l'histoire est bonne, l'intrigue suffisamment attrayante, la description du pays dans lequel le petit reporter se déplace est crédible, et les dessins captent l'œil, le lecteur est capable de se transporter dans l'histoire au point que, si on lui demande, il va acclamer le héros de retour chez lui après son voyage !! Pour un créateur, c'est une histoire extraordinaire, rien qu'en dessinant, de faire entrer le lecteur à ce point dans l'album. C'est, en fait, contribuer à maintenir celui-ci dans la période bénie de l'enfance où tout autour de soi est oublié, rien ne compte que ce qu'on lit, tout le reste est invisible et inaudible. Seule compte la formidable aventure passionnément captivante du héros luttant avec le boa dans la savane africaine ou avec les gangsters de Chicago.

Pourtant, ces bandes dessinées ne sont pas des romans où chaque lecteur imagine à sa sauce les héros décrits dans l'ouvrage, les met en scène à son goût et les fait se mouvoir selon son gré. Mais ce sont bel et bien des dessins où, finalement, l'imagination visuelle est limitée aux paysages et personnages présents sur le dessin. La liberté d'imagination du lecteur est limitée et, pourtant, il se déplace à la gare de Bruxelles pour y accueillir son héros ! C'est cette puissance formidable d'entraînement de l'imagination des lecteurs qui est le moteur principal de ma vie. C'est elle qui me guide, qui me soutient lorsque j'ai des moments difficiles, elle qui me regonfle lorsque la lassitude vient, c'est elle qui guide ma main de dessinateur, en deux mots, qui me fait vivre.

Je suis particulièrement heureux que les deux premiers personnages qui accompagnent mon héros depuis *Les Cigares du Pharaon*, les Dupond et Dupont, soient d'abord ceux qui ont bercé mon enfance. Mon père, d'abord et son inséparable jumeau, tous deux à qui j'ai emprunté exactement des attitudes et des expressions que toute la famille connaissait par cœur, leur déambulation bras dessus bras dessous, leurs « je dirais même plus », « saperlipopette » et autres « et hop » ! Ils étaient vrais jumeaux et soudés à cause de cela, mais aussi, ils me l'ont avoué bien après, parce qu'ils avaient passé une partie de leur enfance puis de leur jeunesse à s'interroger sur leur origine.

Issus d'un père qui les avait accueillis et reconnus mais qui n'était pas leur père biologique, cette situation avait miné leurs premières années de vie, voire toute celle-ci. Leur mère, femme de chambre chez le Comte Archambault de Zyuderzee, avait été engrossée par le fils de la maison puis aussitôt renvoyée. Elle avait épousé leur père officiel, Philippe Rémi, qui avait reconnu puis élevé les deux jumeaux avec amour, comme si c'étaient ses fils biologiques. Mais la blessure de cette paternité incertaine a toujours été présente, et sans doute douloureuse, chez les jumeaux.

Je suis heureux qu'ils m'accompagnent ainsi album après album. Ils compensent par leur légèreté et leur présence, l'absence d'une reconnaissance officielle par leur père biologique. Je dois avouer que presque à chaque fois que je les dessine je pense à cette injustice faite à leur mère et à la souffrance permanente qu'ils enduraient de l'endosser aussi.

Fait aussi partie de ma comédie humaine depuis longtemps maintenant, le Capitaine Haddock qui est vraiment un personnage dans tous les sens du terme. Je lui ai fait des défauts mais, comme les Dupont et Dupond, il regorge aussi de qualités dont la première est d'être une référence presque paternelle pour mon petit reporter sans autre famille que les amis qui se sont rassemblés autour de lui au fur et à mesure de ses aventures.

Ma première femme et pour toujours mon amie et ma proche conseillère, se plaisait à raconter que c'était elle qui l'avait baptisé ainsi dans *Le Crabe aux Pinces d'Or* à cause de l'églefin fumé que nous mangions alors, privés de viande sous l'occupation allemande. Haddock est incontestablement un des personnages les plus marquants de ma comédie humaine, tant les lecteurs se reconnaissent en lui, bizarrement. Mes lecteurs ne sont pourtant ni marins, ni buveurs effrénés de Whisky, ni sans doute tous barbus. Mais peut-être voient-ils en lui une synthèse de ce qui pourrait être un archétype de l'Homme en société avec ses qualités, ses défauts, son sens de l'humour et la grandiloquence que nous réfrénons en nous.

Mon petit monde s'est agrandi au fur et à mesure des albums avec le Professeur Tournesol, incroyable savant dont on aime la culture et la distraction à peine caricaturée par rapport à ceux que j'ai eu la chance de connaître, la formidable Castafiore et l'exaspérant Séraphin Lampion et bien d'autres.

Parmi ce Panthéon il me faut distinguer des autres le personnage de Tchang dont tout le monde connaît la véritable existence qui fut rapportée dans la grande presse. C'est véritablement un ami avec qui j'ai partagé beaucoup de choses. Il m'a véritablement ouvert tout grand d'abord les portes de la Chine et, plus largement, les portes du vaste monde dans lequel évolue mon jeune héros. Du fait de la rencontre avec Tchang, *Le Lotus Bleu* a véritablement marqué un profond changement dans mes méthodes d'approche et de préparation des aventures de Tintin. Son enthousiasme pour me faire partager le sort de la Chine, alors aux mains des colonisateurs occidentaux qui la maintenaient sous la dépendance de l'opium et sous la menace expansionniste de l'empire japonais, a été une révélation pour moi. C'est ce qui a guidé la construction du scénario et la force des dessins.

Avec cet album j'ai compris que l'appui sur des vérités historiques donnait au scénario une force beaucoup plus grande que ne le fait la simple imagination du meilleur des romanciers. Souvent la réalité dépasse la fiction dit-on. C'est particulièrement vrai notamment pour mettre en scène ma petite histoire dans la grande, comme le faisait Alexandre Dumas à son époque. Je dois beaucoup à Tchang et au Lotus Bleu pour m'avoir permis non seulement de comprendre cela, mais aussi pour l'avoir mis en œuvre.

Le château de Moulinsart et les personnages qui le peuplent, comme Nestor ou la Boucherie Sanzot, ou encore le marbrier procrastinateur est également un des personnages importants du monde de Tintin. Il représente à la fois la sécurité du foyer qui n'en n'est pas vraiment un, et un havre de paix où règne la quiétude et la tranquillité du temps qui coule, contrastant ainsi avec l'enchaînement infernal des aventures de mon héros.

Le tableau ne serait pas complet, et peut-être aurais-je dû commencer par celui qui est le plus présent de tous, sans mon fidèle Milou qui partage avec moi et avec les lecteurs l'incroyable pouvoir, inconnu chez les humains réels, de pouvoir non seulement se faire comprendre, mais de s'exprimer. Presque tous les compagnons à quatre pattes que j'ai eus dans ma vie savaient se faire comprendre et je pensais toujours à ces occasions « il ne lui manque que la parole ». C'est le privilège de l'auteur que de franchir cette barrière et de faire parler Milou dans mes scénarios. Je lui confère ainsi une place à l'identique des autres personnages du monde de Tintin, mais avec une analyse décalée des situations dans lesquelles se trouve le héros. Milou fait preuve à la fois de bon sens et des qualités et des défauts habituellement décrits chez les humains. J'ai pris beaucoup de plaisir à mettre en scène Milou au cours de ces années, aucun de mes lecteurs n'imaginerait Tintin sans Milou et réciproquement, tant ils forment un couple évident et inséparable.

L'essentiel de ma carrière est maintenant derrière moi et je suis fier d'avoir contribué avec toute mon équipe à faire émerger la bande dessinée comme un des arts majeurs du vingtième siècle. Tous mes proches, en particulier Fanny qui me supporte depuis plus de vingt-cinq ans maintenant, ont contribué à cette reconnaissance par leur appui d'une incroyable efficacité lorsqu'il s'est agi de reprendre et de colorier mes premiers albums pour Casterman. Fanny a su prendre en mains de façon ferme et déterminée tous les aspects promotionnels, financiers et de défense de mon œuvre. Je ne doute pas non plus qu'elle saura le faire même après ma disparition.

L'âge venant, une certaine lassitude me gagnant, une dépression dirait Fanny, et mon goût de vivre s'atténuant peu à peu, je prends plaisir à explorer désormais d'autres horizons que la seule bande dessinée qui a fait ma gloire. Parmi les anciens maîtres de la peinture, j'ai toujours été fasciné par Bosch, Bruegel l'ancien, Holbein et Ingres dont les tableaux ne manquent pas de me plonger dans une contemplation extatique à chaque fois que je peux les voir.

Je vais souvent voir deux des premières œuvres de Jérôme Bosch *La Crucifixion* et *Saint Jérôme en prière* que nous avons la chance d'avoir en Belgique. J'ai encore en mémoire une formidable visite du Prado à Madrid où sont *Le jardin des délices* et *Le Chariot de foin* qui sont des œuvres incroyables, des véritables bandes dessinées où tous les cartouches sont réalisés sur la même toile, simultanément. C'est Jérôme Bosch qui a inventé le premier la bande dessinée, j'en suis persuadé, mais personne ne l'a vu encore ! *La Chute des Anges rebelles* de Brueghel m'attire aussi régulièrement et je reste à contempler ce fatras incroyable d'êtres inconnus, mi hommes, mi-bêtes qui se débattent furieusement autour de Saint Michel dans leur descente vers l'enfer.

C'est à la fois le spectacle de ces personnages étranges et leur statut de rebelles qui me plaît sans doute dans ce tableau, ainsi que peut-être son étonnante fraicheur des lignes et des couleurs, son époustouflante modernité picturale. Plus de quatre siècles après son élaboration, être dans une forme aussi éclatante que ce tableau, c'est ce dont je rêve pour mes bandes dessinées ! Si Bosch a inventé la bande dessinée, Bruegel le suivait de près !

Par beau temps j'aime faire cette marche à pied dans Bruxelles depuis les Musées Royaux des Beaux-Arts où est cette *Chute des anges rebelles* jusqu'au cimetière du Dieweg, désormais désaffecté, où furent inhumés des grands bourgeois et autres nobles de la bonne société belge. Comme beaucoup de bruxellois, j'aime me promener dans ce parc arboré aux tombes envahies de végétation et soulevées par les arbres plantés il y a longtemps pour accompagner les défunts. Je passe souvent devant la tombe de, peut-être, mon grand-père le Comte Archambault enterré à Dieweg depuis 1929 et je fais un petit arrêt pour lui reprocher gentiment de ne pas avoir eu le courage de reconnaître Dupont et Dupond de son vivant !

Ce cimetière est paisible et attirant, peut-être inscrirais-je dans mes dernières volontés que je souhaiterais y être inhumé ? Cela me rapprocherait de mon grand-père. Je vais en parler à Fanny, elle saura certainement quoi faire pour passer au-dessus de l'interdiction actuelle.

CHAPITRE 13. UNE TRÈS TRÈS VIEILLE FAMILLE D'ARTISTES

Lorsque j'ai rencontré Bion j'ai tout de suite vu que nous étions faits pareils. L'un comme l'autre, nous n'avons pas la même tête, le même front, les mêmes sourcils que les autres membres de nos tribus respectives, nous avons un corps plus massif, des os plus lourds et, surtout, nous sommes, tous les deux les souffre-douleurs des autres membres de notre communauté. Cette position de cible permanente associée à une mise à l'écart constante a commencé, pour moi, depuis aussi longtemps que je m'en souvienne et il m'a fallu un certain temps pour réaliser que je n'étais pas comme les autres et que c'était probablement la raison de ma situation à l'écart de la tribu.

Ma mère a pourtant essayé de me protéger des tourments des autres mais elle ne pouvait pas veiller sur moi en permanence ni m'emmener avec elle pour la cueillette des fruits sauvages ou le piégeage des petits animaux.

Evidemment, elle me laissait aussi au campement lors des grandes campagnes de chasse auxquelles elle participait activement, sous la garde des plus anciens de la tribu qui me traitaient aussi durement que les autres. J'étais et je suis toujours l'objet de moqueries à cause de ma petite taille et de ma « tête plate » *[dans les romans de Jean Auel, les « têtes plates » sont les hommes de Néandertal ; note de l'auteur]* rappelant à certains membres de notre tribu ces autres hommes rencontrés fréquemment sur nos lieux de chasse mais que nous ne comprenons pas autrement que par des gestes ou des cris. Lors de ces brèves rencontres je vois bien que ma mère est effrayée. Elle se cache derrière les autres ou se met à fuir à toutes jambes en m'entraînant vivement par la main.

Pourtant, lorsque j'ai la chance, seule, de les observer près de la rivière qui serpente doucement dans les gorges entaillant la plaine, je ne les trouve pas si vilains que ça ni si dangereux pour moi. Je ne vois aucune raison de les fuir. A plusieurs occasions, lorsque j'ai eu le temps de les observer en détail, cachée dans les hautes herbes de la berge, je trouve que certains sont plutôt beaux et attirants. Je les vois plaisanter entre eux, sourire et même rire aux éclats lorsqu'ils se contemplent dans les eaux calmes de la plage.

Ces rencontres sont fréquentes depuis les nombreuses saisons pendant lesquelles j'ai grandi puis je suis devenue adulte. Je ne comprends pas bien pourquoi ceux de ma tribu semblent autant les détester. Je n'arrive pas à expliquer les raisons pour lesquelles ils les poursuivent sans cesse et en tuent même certains quelquefois, sans raison aucune. Ma mère n'a pas voulu m'expliquer non plus les raisons de son aversion extrême pour ces têtes plates, ni me dire pourquoi j'étais si différente des autres jeunes filles de la tribu. Mais je sens que, profondément, de manière instinctive, j'ai quelque chose à voir avec eux, sans bien identifier ce que cela pourrait être. Lorsque je les vois, plutôt que de me cacher ou de fuir comme ma mère, j'ai parfois plutôt envie de me rapprocher d'eux, de les contacter et d'essayer d'échanger. Mais je ne l'ai encore jamais fait et je ne sais pas si je le ferai un jour tant je crains qu'un tel contact, s'il venait à être connu des membres de ma tribu, augmente encore les manifestations hostiles contre moi, voire conduise à mon exclusion totale et définitive de celle-ci.

Je ne suis pourtant pas heureuse et les manifestations incessantes d'hostilité vis-à-vis de moi contribuent à ma triste situation. Mon seul refuge, ma seule consolation est le dessin que je pratique partout, dès que je le peux. J'ai commencé dans le sable de la plage où nous allons chercher l'eau et qui borde la rivière où nous pêchons les poissons de la plupart de nos repas. Je dessine aussi dans la poussière devant notre grotte, sur les murs des falaises où je me promène souvent, dans la grotte où nous vivons, à même le sol, mais je dessine surtout dans ma tête en permanence.

Très jeune encore, je me suis aperçue que les restes du feu de bois qui brûle quasiment en permanence dans la grotte ou que les restes des torches qui nous éclairent au plus profond de celle-ci, sont des outils bien pratiques pour dessiner sur des parois rocheuses. Peut-être est-ce dû à la résine qui coule de ces morceaux et nous colle aux doigts, peut-être sont-ce les restes non brûlés du bois lui-même qui me permet de tracer les contours de mes animaux préférés, mais toujours est-il que ce sont des outils bien commodes et faciles à trouver.

C'est lors d'un grand rassemblement estival de nos tribus que j'ai rencontré Bion. Nous nous sommes tout de suite plus parce que, lui comme moi, sommes différents des autres. S'il n'est pas plus une tête plate que moi, il leur ressemble fortement, comme moi. Lors de cette rencontre nous étions isolés chacun de notre côté ce qui a sans doute facilité le fait que nous avons été attirés l'un par l'autre. Mais c'est surtout de retrouver en l'autre les différences qui nous isolaient des autres qui nous a rapprochés. Très vite, nous avons échangé sur ces différences pour nous apercevoir que nous étions tous les deux dans la même situation d'exclusion au sein de nos tribus respectives. Très vite nous avons aussi compris que nous avions le même intérêt pour les dessins partout et tout le temps.

Aujourd'hui, après avoir vécu ensemble plusieurs étés, nous sommes avec nos deux enfants, à l'écart du reste de la tribu de Bion, bien heureux de partager des intérêts communs pour les animaux qui nous entourent et pour leurs représentations picturales. Nous aimons ces animaux qui nous le rendent bien en nous laissant les approcher comme si nous étions des leurs.

Vivant à l'écart de la tribu, nous ne rejoignons les nôtres qu'au moment des grandes chasses lorsque les jours sont longs et qu'il faut constituer des réserves pour les temps froids sans nourriture abondante. Notre rôle à la chasse, imposé par le chef de la tribu, est simple : repérer les grands troupeaux qui arpentent la plaine et les plateaux qui surplombent la rivière, identifier quels animaux sont présents et si les conditions nous paraissent propices au déclenchement d'une grande chasse par la tribu. Bion et moi aimons les approcher doucement, sans faire de bruit ni être détectés, passer parmi eux sans gestes brusques, très lentement, recouverts des peaux de ceux abattus il y a peu et barbouillés de graisse pour cacher notre odeur. Ils nous regardent dans les yeux même parfois et nous croyons sentir passer des messages entre eux et nous sans bien pouvoir les comprendre. Nous croyons lire dans leurs pensées et savoir quelles sont leurs intentions en regardant leurs attitudes, les positions de leurs têtes et de leurs oreilles ou encore le froncement de leurs sourcils.

Ils ne nous détectent pas, ou alors nous acceptent parmi eux comme des congénères un peu différents mais non menaçants. C'est ce qui agace particulièrement les autres membres de la tribu qui n'arrivent pas, malgré leurs efforts, à nous imiter dans cette tâche initiale et indispensable pour la réussite de la chasse. C'est pour ça qu'ils nous tolèrent, qu'ils nous sollicitent même pour assurer la réussite de celle-ci par la suite. Nous ne chassons pas, car les membres de la tribu ne nous considèrent pas complètement comme faisant partie des leurs malgré les services que nous leur rendons. C'est sans doute aussi parce qu'ils considèrent notre corpulence inadaptée à la poursuite de ces grands animaux. Mais nous avons le droit de participer au dépeçage et droit à notre part de viande, peaux, os cornes et autres parties de ceux-ci, ce qui nous permet de manger et de fabriquer nos vêtements pour l'hiver et autres objets utiles pour la vie quotidienne. Ils nous laissent aussi notre part de graisse de bison et d'auroch qui sert à tous pour s'éclairer pendant que les jours sont courts et à nous, surtout, pour nous éclairer dans les grottes profondes dont les ouvertures surplombent la rivière et qui sont proches de la grande arche qui l'enjambe.

Pour Bion et moi, tous ces grands animaux fournisseurs

de bienfaits sont des sujets parfaits pour nos dessins. Nous nous entraînons quotidiennement pour perfectionner notre technique encore bien rudimentaire et qui ne rend pas encore toute leur beauté. Si les morceaux de bois calciné sont abondants, nous passons les récupérer au petit matin dans les restes de foyers de la tribu, il n'en va pas de même pour les supports sur lesquels nous pouvons dessiner. C'est Bion qui, lors d'une de ses explorations des collines avoisinant notre campement a trouvé une solution facile en découvrant une paroi presque verticale, d'une roche de couleur blanche et tendre nous permettant de nous exercer puis d'effacer les traits de nos bâtons.

Parmi les nombreuses solutions essayées pour rendre nos dessins plus proches de la réalité, c'est moi qui ai découvert que passer un doigt sur le trait juste fait permettait de donner une impression de profondeur et de relief *[c'est « l'estompe » ; note de l'auteur]* à nos représentations des têtes d'animaux. C'est encore Bion qui a fait le premier dessin sur une peau de renne tendue pour le séchage et vu qu'il était possible ensuite d'effacer ou de modifier les traits de nos bâtons jusqu'à un dessin qui nous satisfaisait. C'est enfin Bion qui a trouvé que laisser un espace non coloré entre deux parties anatomiques ou sur tout le pourtour d'un motif rendait l'animal plus présent parmi nous *[c'est « la réserve » ; note de l'auteur]*.

Nous avons alors décidé de représenter, pendant l'hiver sur des peaux séchées, tous les animaux rencontrés lors de nos explorations préalables aux chasses de la tribu. Les bisons, les rennes, les chevaux, les aurochs, les cerfs, les bouquetins et même les rhinocéros sont ceux que nous approchons avec le plus de facilité et que nous avons représenté en premier. Les mammouths sont aussi un de nos préférés malgré leur très grande taille et parce que leur trompe est pour nous un objet de rires et d'admiration avec les enfants, tant cette partie de l'animal nous semble le différencier des autres animaux. Il vit aussi à l'écart des troupeaux, plus facilement visible à cause de sa grande taille et nous imaginons voir en lui un être plus proche de nous malgré sa hauteur.

Mais ceux que nous admirons le plus, sans doute aussi parce qu'ils sont les plus difficiles à approcher, sont les lions et les lionnes. Toujours aux aguets, toujours silencieux, toujours agiles, rapides et ne se distinguant pas facilement de la végétation dans laquelle ils évoluent, nous essayons de les représenter lorsqu'ils sont prêts à fondre sur leur proie, tous leurs muscles prêts à effectuer une attaque fulgurante et décisive. C'est plutôt moi qui dessine des têtes de lion, qui suis obsédée par les têtes de lions. Je les représente jour après jour sur nos peaux de renne, reprenant sans cesse le dessin pour le perfectionner.

Ce que nous voyons très peu lors de nos expéditions préalables à la chasse sur les grands plateaux qui surplombent la rivière, ce sont les grands ours. Ils restent, la plupart du temps, dans la forêt qui recouvre les pentes descendant vers la rivière ou bien dans les grottes qu'ils utilisent pour leur long sommeil pendant les jours froids et courts de l'année. Nous en apercevons quelquefois dans le lointain sous-bois. Ils ne consomment que des fruits et des racines et, à condition de ne pas se retrouver sur leur chemin, ils nous évitent dès qu'ils nous aperçoivent. Notre tribu ne les chasse pas car ils représentent « l'esprit de nos ancêtres » dit notre chaman ; ils « sont » nos ancêtres revenus des profondeurs de la terre pour continuer à vivre avec nous.

Je les aime bien aussi ces ours car, contrairement aux autres grands animaux, certains vivent à côté de nous depuis longtemps ; nous les connaissons un par un. Je suis sûr qu'ils nous connaissent aussi. Nous partageons les mêmes collines, nous arpentons les mêmes forêts, nous mangeons les mêmes fruits et les mêmes racines, nous nous désaltérons dans les mêmes torrents depuis de nombreuses lunes. Mais nous ne nous mangeons pas les uns les autres, au contraire. Nous nous respectons même si nous ne nous voyons que de loin et souvent furtivement au détour d'un sentier ou dans la pénombre d'une clairière. Il y a bien eu quelques rencontres directes fortuites et, dans ces cas-là, c'est en général l'ours, pour se dégager, qui gagne et blesse ou tue d'un seul coup de sa grosse patte l'homme ou la femme qui a eu le malheur de se retrouver sur son chemin. Mais il ne fait que se défendre et n'attaque jamais de lui-même, sans doute parce qu'il ne consomme que des fruits et des racines et que notre viande ne l'intéresse pas.

Nous savons que le plus gros d'entre eux, que nous connaissons depuis plusieurs étés déjà, est une femelle qui, lorsque les jours allongent et que la végétation repousse, sort de sa grotte accompagnée de ses petits pour leur apprendre ce qu'ils doivent savoir pour se nourrir dehors, même si elle les allaite encore.

C'est une vraie joie de les voir découvrir les fleurs, les insectes dont ils sont friands et les pousses d'arbres que dévore leur mère et d'observer celle-ci leur apprendre à gratter la terre pour trouver les racines nécessaires à leur subsistance. La sortie de notre grande ourse est aussi, pour nous, un signe que les jours froids et courts sont terminés, que nous pouvons aller, nous aussi, explorer la forêt à la recherche des insectes et des petits animaux qui assureront notre subsistance jusqu'à la reprise prochaine des grandes chasses. Même si nous la connaissons bien, nous ne nous sommes jamais risqués à nous aventurer dans son domaine à elle, dans sa grotte où elle donne naissance à ses petits pendant la période froide et à l'entrée de laquelle elle vit pendant les beaux jours. La seule fois où nous nous en sommes approchés, elle nous a poursuivis sur le sentier et nous avons détalé à toutes jambes la peur au ventre.

Aussi, lorsqu'il y a trois étés, nous n'avons pas vu notre grande ourse sortir de sa grotte mais seulement un petit ourson, sans elle pour le protéger et qui émettait de longs geignements plaintifs, nous nous sommes interrogés sur le sort de sa mère. Ayant déjà vu ce que sa mère lui donnait nous l'avons recueilli et alimenté jusqu'à ce qu'il reprenne des forces et soit un peu plus grand que lors de la sortie de son repaire. Sans doute parce que nous avons été les premiers êtres vivants qu'il a vus à la sortie de celui-ci et que nous l'avons alimenté pendant plusieurs semaines, il s'est attaché à nous et, bien vite, malgré ses petites griffes acérées, il est devenu un membre de notre petite famille, jouant avec les enfants et avec nous. Il partageait aussi nos soirées près du feu. Petit à petit, il s'est habitué à ne plus en avoir peur. Il a rapidement grandi pendant cette première période de beaux jours pour lui et dévorait plus de nourriture que nous, capable désormais de trouver lui-même de quoi s'alimenter dans la forêt et la rivière.

Lorsque les jours ont commencé à décroître, un soir, brusquement, sans prévenir, nous nous sommes aperçus qu'il avait disparu. Après plusieurs jours d'absence l'un des enfants repéra ses traces qui conduisaient à l'entrée de la grotte de sa mère d'où il était sorti plusieurs lunes auparavant. Ses traces étaient entrantes mais aucune n'était sortante. Décidés à savoir ce qui lui était arrivé, nous sommes alors entrés dans la grotte munis de torches recouvertes de peaux de cerf enduites de graisse et, en suivant ses traces de jeune ourson, après avoir parcouru tantôt en rampant, tantôt en marchant, une distance au moins égale à celle qui sépare notre campement de celui de la tribu, nous avons retrouvé notre désormais grand ourson endormi profondément. Impossible de le réveiller. Non loin de lui étaient les restes de sa mère, probablement morte pendant son long repos commencé il y a de nombreuses lunes. Son cadavre desséché n'était pas le seul et en en explorant la caverne nous découvrons alors plusieurs restes d'ours de grande taille. Les parois de celle-ci sont recouvertes de traces de griffures montrant que plusieurs animaux ont séjourné ici dans le passé.

Ces parois sont aussi recouvertes d'une fine pellicule de terre graisseuse et qui peut facilement s'enlever avec le plat de la main découvrant alors une roche lisse et blanche de toute beauté. Bion et moi avons la même pensée en même temps : nous avons peut-être trouvé un lieu idéal pour réaliser nos dessins. Loin de l'agitation de la tribu, cette grotte inconnue de ses membres et protégée par la peur que ceux-ci avaient des lieux habités par les ours, nous pourrons ici donner libre cours à notre passion dévorante du dessin. Ces parois blanches et lisses, pour peu qu'on les débarrasse de leur couche de terre graisseuse, dans un endroit bien protégé et rien qu'à nous, seraient le réceptacle de notre imagination et du désir ardent que nous avons de projeter la façon dont nous voyons tous les grands animaux qui nous entourent.

L'exploration de la totalité de la grotte est aussi excitante que sa découverte puisqu'elle est à peu près de la même longueur en pas que celle qui sépare notre campement de la rivière et qu'elle est constituée d'autant de salles que nous avons de doigts sur nos deux mains. La plupart d'entre elles sont parsemées de piliers de pierre de la taille d'un arbre qui montent du sol ou descendent de la voûte.

Toutes les parois pourront être utilisées pour nos dessins. Nous pourrons aussi profiter des renflements du rocher par endroit pour positionner judicieusement les volumes que nous souhaitons donner à nos animaux. Par endroits, si nous voulons profiter de la totalité de certains panneaux qui s'élèvent vers les voûtes, il nous faudra assembler des troncs de bois pour pouvoir monter dessus et dessiner à hauteur. Mais, au contraire, certains petits panneaux bas seront réservés aux enfants que nous comptons bien entraîner dans nos aventures et qui commencent déjà à vouloir dessiner.

Bion et moi sommes décidés à ne tracer sur toutes ces parois que le meilleur de ce que nous avons en nous. Nos dessins devront être le résultat d'un long et méticuleux travail de préparation sur nos supports habituels de peaux avant d'être définitivement réalisés sur les murs de cette grotte magnifique. Laissant notre ourson à son sommeil profond, nous rebroussons chemin et lorsque nous sortons de la grotte le jour est tombé. Nous rentrons à notre campement sous les étoiles et avec la seule lumière de la lune pour nous guider, pensant déjà à ce que nous allions mettre sur nos peaux à dessins le lendemain matin.

Dès l'aube, n'y tenant plus tous les deux, nous commençons à perfectionner notre façon de tracer les contours de nos animaux modèles de façon à ce que les traits soient fait d'un seul geste pour que la paroi si blanche et si pure ne soit pas gâchée par des reprises toujours difficiles de traces noires sur ce fond blanc. Pendant toute la période froide nous nous entraînons à ces gestes délicats pour réaliser des têtes de chevaux, de lions, d'aurochs, des corps de rennes de bouquetins et de cerfs, des rhinocéros entiers pris dans des scènes de lutte entre eux ou dans des scènes de chasse des lions. Il nous faut perfectionner la représentation des volumes en utilisant les approches déjà entamées en atténuant la précision de l'intérieur des traits délimitant les têtes et les corps ou en traçant plusieurs traits séparés par un espace. Nous y consacrons toute la période froide. Lors du retour des beaux jours et de la chasse nous ne faisons que perfectionner nos dessins dans nos têtes en y pensant constamment et en regardant encore plus attentivement que les fois passées les animaux parmi lesquels nous évoluons silencieusement.

Nous voyons maintenant différemment les déambulations des troupeaux qui seront bientôt chassés. Nous nous sentons plus proches d'eux et essayons de mieux encore percevoir leurs intentions et de prévoir leurs mouvements pour capter leur intimité que nous essaierons de retranscrire dans nos futurs dessins. Les beaux jours voient aussi reparaître notre ami l'ourson devenu bien grand et autonome mais qui vient nous voir de temps à autre sans nous approcher de près comme lorsqu'il était jeune nouveau-né sorti de sa caverne pour la première fois.

Lorsque les jours commencent à raccourcir nous sommes prêts et la disparition de notre ami l'ourson est le signal du départ vers la profondeur de notre grotte. Il nous faut plusieurs jours pour transporter tout le matériel nécessaire pour s'éclairer et dessiner et apporter toutes les provisions qui nous permettront de passer un temps suffisant dans notre caverne. Nous emportons les nombreux dessins préparatoires faits sur peaux de rennes que nous avons l'intention de reproduire sur les parois de la grotte et un grand nombre de bâtons brûlés pendant les beaux jours à cet effet. A notre arrivée dans la grotte nous trouvons notre ami l'ourson endormi au même endroit et tout aussi impossible à réveiller que la fois précédente, ce qui nous laisse penser que nous ne le dérangerons pas pendant que nous serons en train de dessiner.

Nous commençons Bion et moi par le plus profond de la caverne, lui dessinant les rhinocéros et moi les lions. Après avoir soigneusement raclé avec la main puis avec des peaux la couche de terre graisseuse qui recouvre le grand panneau du fond, nous décidons de représenter les rhinocéros, encadrés de part et d'autre par les lions en pleine chasse. Bion se donne à plein et, en deux journées seulement, dessine plusieurs animaux dans différentes positions, vus d'un côté et de l'autre de leur corps. Ils sont élancés malgré leur poids, vifs et presque en mouvement, le dos tendu et la corne en avant, les pattes décalées suggérant leur déplacement alors qu'ils sont immobiles sur la paroi. Je suis émerveillée par la sûreté de son geste et par l'habileté avec laquelle il donne presque vie à ses dessins en utilisant à la fois le volume de la paroi et l'atténuation des traits une fois faits, avec l'extrémité de ses doigts délicats ou avec la base de son pouce.

A la lueur des torches qui vacillent dans l'obscurité de la grotte, on croirait que ses rhinocéros sont vivants et doucement mobiles, comme ceux que nous approchons sur le plateau au-dessus de la rivière. Dans la lumière des torches je devine ses yeux qui brillent du plaisir d'avoir fait aussi superbement ces dessins magnifiques et si pleins de vie, et heureux de recevoir mes compliments admiratifs. Bien qu'absorbée de mon côté par la représentation des têtes de lions plus avant vers le fond de la caverne, j'ai observé ses gestes sûrs et précis. D'un seul mouvement, après avoir regardé attentivement les peaux de rennes apportées depuis l'extérieur, il reproduit le dessin à l'identique apportant un trait continu et appuyé, bien délimité et sans aucune reprise. Ayant dessiné sur nos peaux des rhinocéros vus d'un côté et de l'autre, il reproduit le dessin à l'identique sur la paroi.

Au bout de deux jours, tout au moins imaginons-nous que deux journées se sont écoulées car nous sommes dans l'obscurité complète, seulement éclairés par nos torches de graisse de bison et d'auroch, le panneau des rhinocéros est complètement terminé et c'est une vraie merveille.

De mon côté, je ne suis pas en reste et je réalise le panneau du fond qui représente des têtes de lions, plutôt de lionnes devrai-je dire, puisque ce sont elles que nous avons décidé de représenter, tant elles nous fascinent par leur chasse. A de nombreuses reprises nous avons eu l'occasion de les voir évoluer en groupe pour identifier leurs proies, puis les encercler de manière furtive et enfin refermer le piège sur elles sans leur laisser aucune possibilité d'en réchapper. J'ai choisi de représenter, comme Bion d'abord sur les peaux et ensuite sur la paroi de la grotte, le moment fugitif où nos lionnes sont sur le point d'attaquer leurs proies. Elles ont le dos voûté, les pattes fléchies prêtes à bondir, dans une attitude de tension extrême que nous apprécions par-dessus tout. Les yeux sont fixes. Ils ciblent un point précis, leur proie. Elles ont les sourcils froncés, les oreilles basses, la bouche juste entr'ouverte. Elles retiennent leur respiration au minimum vital. C'est cet instant magique, celui qui précède l'action, celui où tout l'individu est entièrement tourné vers la proie et la tâche qui l'attend, que j'ai choisi de représenter tant il nous semble être celui qui caractérise le mieux ces lionnes et leur combat pour la survie de leurs petits à qui elles rapporteront les proies.

Je ne suis pas aussi contente de mes dessins pendant ces deux premiers jours que je le suis de ceux de Bion, mais il est impossible de les reprendre. Je me promets de m'inspirer un peu plus de la vigueur du coup de main de mon compagnon pour réaliser bientôt le panneau juste avant celui des rhinocéros, toujours dans la salle du fond de la grotte.

Après trois jours intensifs de dessins et même s'ils ont eu, eux-aussi, de quoi s'occuper avec des bâtons de bois brulé, nos enfants s'impatientent, notre réserve de torches et de nourriture s'amenuise et nous décidons de sortir de la grotte pour quelques jours. La neige est tombée depuis que nous sommes entrés. Le contraste est grand entre la douceur de celle-ci, à laquelle nous nous sommes habitués et le froid mordant du dehors. Nous repartons au bout de trois jours seulement vers le fond de la grotte avec des vivres, de l'eau, des bâtons brûlés et des troncs d'arbre pour essayer de dessiner sur les parties un peu plus en hauteur de la grotte. Il nous faut une journée entière pour transporter tout notre matériel.

Pour dessiner des nouvelles têtes de lionnes, je décide de prendre exemple sur la façon dont j'ai vu Bion tracer les traits de ses rhinocéros. Je fais des gestes amples, rapides et un peu plus appuyés que sur le panneau du fond pour positionner mon groupe compact de lionnes en chasse. J'utilise également de manière plus marquée l'extrémité de mes doigts et la base de mon pouce pour atténuer l'intérieur des traits et donner du relief aux dessins. Je vais aussi un peu plus loin dans le tracé du corps de mes lionnes, ne dessinant pas seulement leurs têtes mais aussi les ébauches de leurs pattes et accentuer ainsi la position d'attente fébrile dans laquelle elles sont avant l'attaque.

Je suis plutôt contente de moi. Ce panneau me semble beaucoup plus réussi que celui réalisé au-delà des rhinocéros les jours précédents. C'est aussi l'avis de Bion qui, lui, dessine dans la grande salle qui précède. Il me fait justement remarquer en regardant l'ensemble que, involontairement, nous avons dessiné ce deuxième panneau des lions de telle façon qu'on peut avoir l'impression qu'ils s'apprêtent à poursuivre les rhinocéros du panneau suivant.

En prenant du recul, nous sommes satisfaits de l'ensemble de ces trois panneaux. Sous la lueur vacillante des torches, ils font un bestiaire incroyable qui nous semble proche, très proche, des animaux que nous voyons aux beaux jours dans les hautes herbes du plateau qui domine la rivière. Nos enfants sont heureux de nous montrer leurs œuvres également et nous entraînent vers l'entrée de la grotte où ils ont constellé certains panneaux de points rouges et ont utilisé leurs mains pour marquer ces panneaux avec l'ocre rouge apportée de l'extérieur et que nous n'avons pas encore utilisée. Tout fiers de nos compliments, ils se sentent en confiance.

Notre fils nous demande de pouvoir dessiner sur le grand panneau du fond où nous avons représenté les rhinocéros et les lionnes, le jeune mammouth qu'il a fait sur une peau de renne lors des beaux jours avant notre entrée dans la grotte et pour lequel nous l'avions vivement complimenté. Evidemment, nous sommes d'accord. Il reproduit, ma foi assez bien, ce jeune individu à la trompe un peu bizarre et aux pattes qui se terminent par des boules, ce qui ne manque pas de déclencher un fou-rire général de toute la famille. Cela nuit un peu à l'ensemble du panneau et on se demande ce que fait ce jeune mammouth coincé entre des rhinocéros et des lionnes qui les poursuivent, mais c'est un début. Nous nous rendrons compte plus tard que pour essayer de compenser un peu cette situation, il est revenu à notre insu pour dessiner un tout petit rhinocéros juste entre les lionnes et son mammouth !

Les jours suivants, nous poursuivons, Bion et moi, les dessins avec les bâtons brûlés. Je me lance, à hauteur sur un assemblage fragile de troncs liés les uns aux autres par des lambeaux de peau de renne, dans la confection d'un grand bison noir. Il est plus gros et au torse plus développé que ceux que nous voyons sur le plateau. Ce sont les bisons qui fournissent le plus de viande et de produits divers à toute la tribu, à nous en premier lieu. C'est pour les remercier tous que je fais ce dessin particulier, accentuant volontairement ses caractéristiques physiques. Je me sers, pour ce grand et bel animal, de toute ma force et de tout ce que j'ai essayé de mettre au point pour donner du volume et rendre l'impression que celui-ci est bien vivant.

Pendant que je dessine ce bison, Bion, lui a décidé de dessiner un combat de rhinocéros, son espèce favorite. Bien que nous n'ayons jamais assisté à de tels combats, il avait mis à profit les beaux jours pour représenter ce combat imaginaire sur une peau et je dois dire que c'était assez réussi. Une fois terminé, je me demande s'il n'avait pas, quand même, déjà assisté à un tel combat car son dessin est incroyablement vrai et semble encore plus vivant que nos dessins précédents. Les cornes s'entrecroisent, les oreilles sont collées à la tête. Il ne manque que le bruit des chocs des deux antagonistes pour que l'on se croie dans le vrai spectacle de l'affrontement de ces deux mastodontes.

Au cours des jours suivants, nous nous consacrons, dans la grande salle du milieu, à la représentation de deux groupes d'animaux que nous avons négligés jusqu'à présent, les chevaux et les aurochs. Sur ce panneau, l'argile graisseuse est en couche plus épaisse qu'ailleurs et il nous faut préparer le support d'une manière extrêmement soignée pour faire apparaître le fond blanc propice à ce que nos bâtons brûlés glissent de manière uniforme et douce pour laisser des traces régulières. Sur ce panneau, nous travaillons ensemble tous les deux, Bion dessine les aurochs et moi les chevaux.

Son travail n'est pas facile. Il lui avait fallu de nombreux essais sur les peaux pour réaliser le tracé courbe des cornes d'auroch qui ne se fait pas de la même façon que les grands traits des rhinocéros où il fait un geste ample de tout le bras et de l'épaule. Là, il faut limiter son geste, travailler avec le bras et le poignet, sans pour autant pouvoir reprendre le dessin. Ses deux aurochs sont superbes, le front bien droit pour le premier, un peu creusé pour le second, les yeux et les oreilles sont admirablement positionnés. Les cornes sont absolument parfaites et c'est avec beaucoup d'admiration, encore une fois, que je l'ai observé attentivement lorsqu'il les a tracées d'une main sûre et ferme, comme il l'avait fait sur les peaux.

Quant à moi, je dessine les quatre chevaux dont j'avais préparé le dessin sur peau. Il me faut un peu les agrandir pour qu'ils soient à la dimension du panneau. Après les lionnes, les chevaux sont les animaux que je préfère dessiner. Je trouve leur tête incroyablement belle, avec leurs toutes petites oreilles délicates et leur crinière dressée vers le ciel.

Alors que Bion n'a mis que deux jours à faire ses aurochs, il m'en faut quatre pour faire mes quatre chevaux, car je passe longtemps à réaliser leur crinière qui est faite différemment de ce que nous avons réalisé jusqu'à présent. Elle nécessite des petits coups de main successifs dont il faut limiter l'ampleur afin que l'extrémité de leurs crins s'inscrive dans une forme régulière qui soit néanmoins hachurée. Ce n'est pas facile et j'ai failli déraper de nombreuses fois au cours de ces quatre jours. Mais j'ai réussi et les compliments de Bion et des enfants me vont droit au cœur.

Au cours des jours suivants, qui seront les derniers pour cette période froide car nous avons presque épuisé les stocks de torches et de bâtons brûlés, nous faisons, Bion et moi quelques dessins qui nous tenaient à cœur.

J'ai fait un beau bouquetin aux longues cornes vu il y a quelques lunes. Il se distinguait particulièrement des autres animaux de son groupe par sa très belle tête dressée et fière, probablement imposée par le poids de ses deux cornes.

Bion, lui, sans doute jaloux de la beauté de mes chevaux du panneau central, est retourné dans la caverne du fond pour faire un petit cheval entre le petit mammouth de notre fils et ses rhinocéros, dans la petite niche juste en dessous. C'était une drôle d'idée et, désormais, même si je trouve son cheval tout à fait réussi, on perd toute vision d'ensemble de ce grand panneau et les lionnes n'ont plus du tout l'impression de chasser ces derniers. Les enfants, quant à eux, ont parsemé la grotte par ci par là de petits dessins à l'ocre orange dont certains sont assez réussis.

Le drame se produit lors de notre dernier voyage pour transporter notre matériel à l'extérieur de la grotte. Bion qui est devant moi, en entrant dans la première grande salle où nous avions l'habitude de laisser un feu actif pendant tout notre séjour, se trouve tout à coup face à un ours qui l'a balayé d'un coup, de patte et tué immédiatement ainsi que notre fille.

Je n'ai que le temps de me retourner et de fuir, poursuivi par ce grand ours qui abandonne la poursuite dès que la lumière du jour apparaît. Est-ce le jeune compagnon que nous avons sauvé ou un autre grand ours réveillé brutalement de son long sommeil par notre activité dans la grotte ? Je ne le saurai jamais et la peur qui m'a assaillie lors de cette attaque aussi soudaine que brutale m'empêche à tout jamais de rentrer à nouveau dans cette grotte que nous avons pourtant aimée et où nous avons donné le meilleur de nous-mêmes.

Il m'a fallu de bien nombreuses lunes et de nombreuses

périodes de froid pour que j'ose m'aventurer à nouveau dans une grotte. A la suite de la disparition de Bion sa tribu m'a exclue de celle-ci et je suis maintenant revenue au sein, si l'on peut dire, de ma tribu natale. Avec mon fils, seul rescapé de la famille, nous explorons les grottes alentour et nous nous sommes fixés sur l'une d'entre elles qui, sans avoir les incroyables caractéristiques de la précédente, nous convient tout à fait pour y réaliser à nouveau des dessins de nos animaux préférés. J'ai fait promettre à mon fils de m'enterrer dans la grotte elle-même, près de mes futurs dessins, à défaut de l'être sous le panneau de mes lionnes chéries et des rhinocéros de Bion. Il me l'a promis et il le fera.

Les parois de cette nouvelle grotte, beaucoup plus accessible aux vents extérieurs du fait des deux ouvertures qu'elle possède, n'ont pas la même qualité que celle où nous nous sommes déchainés il y a de nombreuses lunes. La couche graisseuse des parois est beaucoup moins facile à enlever et nous n'arrivons pas à bien dégager des surfaces lisses et blanches. Je ne réalise que quelques dessins d'aurochs et mon fils s'essaie à dessiner un bouquetin que je ne trouve pas aussi élégant que le précédent. Après quelques tentatives, je décide de réaliser mes dessins uniquement sur des peaux de rennes, plus faciles à travailler et à manipuler et je reste à jamais dans ma tête dans notre grotte avec Bion et les enfants, peut-être pour l'éternité.

CHAPITRE 14. RAO, LE CHAMAN DES « MARINGOUINS »

De nombreuses lunes après sa désignation, Rao ne sait toujours pas pourquoi il est devenu Chaman de la tribu. Il a été choisi par son prédécesseur juste avant sa mort et il n'a pas pu lui demander les raisons pour lesquelles il l'avait désigné. Son très jeune âge a été un frein pour la reconnaissance de son rôle et de sa position par la tribu. Mais c'est ainsi et tous le savent, en particulier le chef qui a du mal à accepter que ce jeune, très différent des autres du même âge, se voit confier une responsabilité aussi importante pour eux que celle de Chaman. Saura-t-il les guider dans les difficiles échanges avec les esprits de l'au-delà ? Pourra-t-il prédire l'avenir de la tribu avec la même assurance que celui qui vient de disparaître ? Rao se pose les mêmes questions que tous et il n'a pas toutes les réponses, loin de là. La transmission s'est faite rapidement et même s'il connait déjà les rituels auxquels tous les membres de la tribu participent activement dès leur plus jeune âge, il n'a pas imaginé en être responsable avant de l'être réellement. Bien sûr, il a déjà plusieurs fois pénétré dans le sanctuaire de la grotte et a accompagné son père, un des membres dirigeants de la tribu, jusqu'au plus profond de celle-ci pour y échanger avec les esprits protecteurs de leur peuple. Il faut également rendre hommage, dans ces profondeurs de ces grottes, à notre Mère la Terre qui continue à créer des animaux et des hommes pour que puisse se poursuivre le peuplement de celle-ci.

Il a toujours été plus intéressé par le spectacle des animaux qui les entourent et par la mer toute proche, que par les rituels étranges des cérémonies qui se tiennent régulièrement avec l'ensemble des membres de la tribu. Celles-ci ont lieu dans le Temple qui garde l'entrée de la grotte et dans cette dernière avec le Chaman et les chefs de la tribu. Malgré ses doutes, après avoir été choisi comme nouveau Chaman, il a embrassé sa fonction avec énergie et s'est rapidement imposé à tous. Il conduit maintenant depuis plusieurs années le destin de tous ses frères et sœurs quant à leurs échanges avec les esprits, tout en les aidant dans leur vie quotidienne.

Le Temple a été construit avec des os de baleines ramassés sur les plages à proximité et avec des os et défenses de mammouths issus des chasses annuelles, le tout recouvert de peaux des nombreux animaux tués à la chasse. Il sert à l'accueil de toute la communauté et aux nombreuses réunions de toute la tribu pendant la période hivernale. Les foyers sont allumés en permanence pour lutter contre le froid vif de l'hiver. Les hommes, les femmes et les enfants y passent une bonne partie de leur temps lorsqu'ils ne sont pas à la chasse ou à la pêche. C'est aussi l'endroit où habitent Rao, sa femme et leur jeune fils, dans une partie aménagée au fond du Temple Ils en sont, de fait, les gardiens, en assurent l'entretien pour toute la communauté. Ils sont aussi chargés de contrôler l'entrée de l'étroit passage qui, depuis le fond du Temple, à côté de là où ils dorment, conduit à la grande grotte nichée en hauteur dans la falaise qui domine la plage.

Cette entrée, cachée aux regards de tous par des peaux d'animaux, ouvre sur un étroit boyau qui monte lentement au plus profond de la falaise vers une vaste grotte. Rao ne peut pas se tenir debout dans cet étroit conduit qu'il touche de ses deux bras écartés. La montée est longue et difficile. Il faut avancer accroupi tout en tenant à la main les torches et les lampes à huile, pendant au moins aussi longtemps qu'il n'en faut à Rao pour préparer ses décoctions d'herbes sauvages. Une fois en haut, la taille de la grotte et les différentes parties qui la composent ont permis à ses prédécesseurs d'installer dans la première salle les sièges et l'autel nécessaires aux rituels chamaniques qui s'y déroulent régulièrement. Cette grotte appartient à la tribu du plus lointain qu'on s'en souvienne. C'est là que se déroulent les cérémonies les plus secrètes en présence seulement des quelques dignitaires de la tribu, seuls autorisés à des interactions directes avec les esprits protecteurs. C'est le véritable cœur de la tribu. Tout le monde sait que la grotte existe et quelle est son importance, mais peu la connaissent vraiment.

Rao est Chaman et donc détient aussi les connaissances des plantes et de leurs propriétés curatives. Il sait comment remettre des articulations déboitées, comment soigner des plaies superficielles, comment arracher des dents douloureuses, comment donner aux femmes des plantes favorisant leur fécondité. C'est aussi lui qui connaît les plantes, collectées dans la forêt toute proche, capables de les transporter dans l'au-delà, de les faire communiquer avec leurs ancêtres et avec les esprits protecteurs.

C'est Rao qui organise les cérémonies de baptême des jeunes adolescents pour leur faire effectuer le passage rituel vers l'âge adulte et auquel tous ceux en âge de le faire doivent se plier. C'est encore lui qui donne à ces jeunes adultes, lors du baptême, le totem qu'ils conserveront tout au long de leur existence. Maintenant qu'il maîtrise bien tout cela et que la routine s'est installée, il se consacre à une tâche qui lui semble d'une importance considérable pour faciliter les communications avec les esprits. Elle correspond, pour lui, à l'expression d'un désir irrépressible qu'il contient plus ou moins bien depuis son enfance. Sur les parois du très long boyau qui relie la plage à la grotte et depuis plusieurs années maintenant, Rao grave des dessins avec soin en laissant libre cours à son imagination mais en s'appuyant sur les observations des animaux qui entourent son peuple.

C'est un moyen de se libérer, il le sent bien. Mais c'est aussi, dans cette longue montée vers la grotte, vers le lieu où ils échangent avec les esprits protecteurs, la volonté qu'il a de représenter les offrandes qu'ils leur font pour les remercier des bienfaits qu'ils leur procurent et leur demander de poursuivre la création des animaux et des hommes. Il leur demande aussi de préserver à jamais la beauté de ces animaux et leur si bonne entente avec eux.

Ainsi, jour après jour, mois après mois, année après année, il grave des aurochs, des bisons, des cerfs, des mammouths, des bouquetins, des chamois, des tigres, des lions, mais aussi des baleines, des poissons et des pingouins. Ces gravures, il les fait comme il les a vus. Il a soigneusement observé ces animaux depuis qu'il est tout jeune et après les avoir maintes et maintes fois représentés en pensée et sur le sable de la plage ou dans la poussière des collines avoisinantes. Il les dessine sur les parois de la même façon. Ainsi, il n'a pas d'effort particulier à faire pour les graver sur les parois et le plafond blancs qui montent à la grotte ; après une rapide esquisse au charbon, il réalise les gravures à l'aide de silex taillés qui lui permettent de suivre les traits du charbon.

Pour les gravures il est tout seul, mais lorsqu'il décide de les peindre, sa femme et son fils sont avec lui pour l'aider en lui préparant les colorants qu'il dépose à la main ou projette à la bouche ou avec une sarbacane sur les crinières, les cornes ou les pattes de son bestiaire fantastique. C'est une œuvre considérable tant le boyau est long et il lui faut plusieurs années pour que l'ensemble des parois soit enfin couvert de ses gravures colorées. Mais le résultat est saisissant. La montée longue et pénible pour entrer dans la grande partie de la grotte se fait désormais entourée des animaux dont tous considèrent qu'ils sont les êtres qui permettent l'entrée de l'homme dans le monde des esprits.

La lueur vacillante des torches et des lampes à huile lors de l'ascension dans le boyau anime ce bestiaire fantastique et rend les animaux vivants. L'obligation de monter le dos courbé en s'inclinant devant eux, renforce l'impression de domination qu'ils exercent sur les dignitaires lorsqu'ils se rendent dans la grotte principale pour les cérémonies.

Une fois les gravures et peintures dans le boyau terminées,

Rao poursuit son œuvre inlassable dans les parties les plus basses de la grotte principale et dans le cœur de la grotte, là où se déroulent les rituels chamaniques. Les parois de la salle des cérémonies sont bientôt ornées, elles aussi, de tous les animaux gravés puis peints par Rao. Dans les parties les plus hautes, au-delà de ce cœur chamanique et dans la partie non utilisée de la grotte, Rao teste ses colorants sur les parois, son fils et Biche, responsables des couleurs, s'exercent en s'amusant à les projeter sur leurs mains posées à plat sur la paroi. Ils peuvent ainsi revenir sur les lieux des gravures avec le colorant exact désiré par Rao.

La réalisation de ces gravures dans le long boyau de montée ainsi que dans la partie cérémonielle de la grotte renforcent la position de Chaman de Rao. Il est vraiment considéré comme l'intercesseur obligatoire avec les esprits protecteurs pour l'ensemble de la tribu. Toute cette caverne est une œuvre fantastique qui fascine les chefs de la tribu et renforce aussi leur pouvoir auprès de ses membres. Même si la plupart de ces derniers n'ont jamais pénétré dans le boyau ni dans la grotte, ils savent qu'elle existe et qu'elle est le lieu des cérémonies les plus secrètes, renforçant ainsi son pouvoir mystérieux.

C'est un évènement extérieur qui va remettre en question la position et les pouvoirs de Rao dans le groupe. Deux années de suite, la période habituellement très froide où tout le monde se tient dans le Temple, se réchauffe soudainement, le niveau de la mer monte et la plage se rétrécit dangereusement.

Les vagues viennent lécher l'entrée du temple, les animaux si abondants et si faciles à chasser se font plus rares. Les réserves hivernales autrefois bien protégées par le froid se mettent à pourrir. Les pluies ravinent sans discontinuer les abris précaires de la tribu. Les hommes, les femmes et les enfants sont malades et meurent, sans que Rao puisse convaincre les esprits protecteurs de les aider à surmonter ces épreuves.

Il a beau faire cérémonie sur cérémonie, dans le Temple avec toute la tribu, ou dans la grotte avec les chefs, rien n'y fait. La colère gronde devant son impuissance. Les ventres vides alimentent les rumeurs et facilitent la remise en cause des certitudes.

Après la colère c'est la guerre. Deux clans se forment, l'un pour l'attaquer et remettre en cause son pouvoir de Chaman, l'autre pour le défendre et le soutenir dans ses tentatives désespérées de maintien de ses pouvoirs. Lorsque l'entrée du boyau est définitivement obstruée par la montée rapide des eaux, rendant inaccessible toute la grotte, Rao comprend qu'il doit partir.

Il interprète, avec ceux qui le défendent, cette impossibilité d'accéder au cœur chamanique de la tribu comme un signe des esprits protecteurs pour qu'ils abandonnent le lieu où ils ont vécu si longtemps. Ceux qui l'attaquent y voient une perte de ses pouvoirs et décident d'attendre que les eaux redescendent en s'installant sur le plateau au-dessus de la falaise.

C'est avec une peine infinie et une tristesse profonde que Rao, sa famille et la moitié de la tribu abandonnent définitivement leurs lieux de vie et décident de se mettre en route vers le soleil couchant, dernière direction donnée par les esprits protecteurs lors du dernier rituel tenu dans sa grotte. Le voyage n'est pas facile et ils sont peu habitués à se déplacer sur de longues distances, il faut franchir plusieurs rivières et plusieurs fleuves sur des radeaux construits à la hâte, escalader des falaises, parcourir des plateaux.

La végétation change brusquement et après dix jours de voyage, ils perdent leurs repères habituels. Ils ne sont rassurés que par la présence des mêmes animaux que chez eux paissant paisiblement au milieu de prairies à l'herbe abondante.

Après plus de vingt jours de voyage et en suivant une petite vallée où serpente une rivière, bien loin de la mer désormais, ils repèrent une série d'anfractuosités dans une falaise moyennement haute, qui semble pouvoir les abriter quelque temps. Ils décident de s'installer pour pouvoir explorer les alentours. La rivière abonde de poissons, les plateaux qui surplombent la falaise regorgent de cerfs, d'aurochs, de bisons et d'autres animaux qui constituent leurs proies habituelles.

A quelque distance de là, la petite rivière se jette dans une autre de dimensions un peu plus importantes et qui est aussi une réserve de poissons pour l'alimentation des membres de la tribu, habituée aux poissons de mer. Des forêts surplombent les falaises avoisinantes en alternance avec des grandes plaines. Le site n'a jamais eu l'air d'avoir été occupé auparavant.

Au cours de leurs premières explorations, ils ne rencontrent aucun autre être humain qui pourrait s'être installé dans la région. Même si la végétation n'est pas tout à fait la même que celle à laquelle ils étaient habitués, il semble y avoir aussi une grande variété d'arbres et de végétaux en tous genres. Rao a déjà repéré quelques plantes dont il saura faire bon usage pour les soins ou les cérémonies.

Après avoir consulté des esprits protecteurs, Rao et le reste de la tribu décident de s'implanter là pour l'hiver, ce qui leur donnera le temps d'explorer un peu plus avant l'ensemble des anfractuosités et de repérer d'éventuelles entrées de grottes leur permettant de rétablir les cérémonies indispensables à la conduite spirituelle du groupe. Ils retrouvent les hivers froids et font la connaissance avec étonnement de la neige qui tombe en abondance rendant les communications entre abris difficiles, mais conférant au paysage une beauté qui les ravit.

Très vite ils explorent le fond d'un des abris dans lesquels ils se sont installés et découvrent un petit boyau qui débouche sur deux très longues galeries qui partent de chaque côté d'une petite entrée. Ces deux galeries, peu accessibles, sont longues et étroites, tellement longues qu'ils ne les explorent pas complètement. Elles ont des parois blanches et assez lisses, qui pourront être des panneaux où réaliser les gravures et peintures facilitant leur communication avec les esprits.

Un de ces deux couloirs, à une distance moyenne de l'entrée, s'élargit en une série de salles plus vastes, tout à fait à même de pouvoir devenir un lieu de culte. Elles serpentent sous le plateau qui surplombe les falaises en des circonvolutions régulières, ce qui convient tout à fait à Rao pour pouvoir essayer de reproduire la même disposition des lieux que dans sa grotte qu'il a quittée avec autant de regrets. Le sol de cette nouvelle caverne est étonnamment plat. Ils remarquent sur celui-ci des litières et des restes osseux témoignant de la présence, sans doute occasionnelle, d'animaux, sans toutefois qu'ils puissent les identifier. Ils ne détectent aucune trace d'une occupation humaine antérieure.

Malgré cette interrogation sur la présence d'animaux, les chefs de tribu et Rao décident d'en faire leur nouveau site qui, de la même façon que sur le précédent, pourra abriter à la fois la famille du Chaman et l'entrée de la grotte sacrée où ils pourront communiquer avec les esprits. La tribu est rassemblée en fin d'hiver et la décision est prise de s'installer sur ce site, dans les cinq abris qui entourent l'abri principal que la famille du Chaman doit occuper, avec les mêmes tâches qu'auparavant.

Aussitôt, ils reprennent leur activité de graveurs et peintres sur parois. La vie de la tribu reprend progressivement, ses membres reprenant confiance dans les pouvoirs de Rao. Avec les mêmes outils et le même enthousiasme qu'auparavant, Rao entame une série de gravures qui vont représenter, une par une, les totems des membres adultes de la tribu. Les ayant baptisés un par un depuis longtemps maintenant, il les connaît parfaitement et s'attèle donc à cette tâche insensée de représenter les bisons, mammouths, chevaux, aurochs, oies, bouquetins, rhinocéros et félins qui ont été choisis lors de la cérémonie de baptême.

Par rapport à sa grotte antérieure Rao voit plus grand et représente quelques animaux en grand format, sur les larges et hautes parois de pierre blanche, ce qui nécessite de construire un échafaudage sur lequel il peut se tenir et travailler sans peine. Il est très fier du magnifique et imposant bison du grand panneau qui lui a demandé plusieurs semaines de travail acharné et qui se veut sa représentation picturale à lui, protecteur de la tribu et intercesseur pour elle avec les esprits.

Il se plaît aussi, beaucoup plus que dans sa grotte précédente à représenter des gravures pas forcément de totems animaux, mais des symboles destinés à attirer l'attention des esprits sur leur tribu et sur leur sort. Ainsi, et parce qu'il faut que la fécondité des femmes de la tribu soit préservée pour la pérennité de celle-ci, il grave aussi des symboles explicites indiquant aux esprits que les femmes doivent être particulièrement protégées et fécondes. Son objectif est bien de rétablir un chemin initiatique vers le lieu de culte, en passant au milieu des animaux en relief et colorés qui danseront dans la lueur des torches et des lampes à huile, constituant un bestiaire merveilleux animé par lui-même.

Sa femme et son fils le secondent assidûment dans cette lourde tâche qu'il doit faire alterner avec celle de la construction d'un nouveau temple sous l'abri principal. Faute des matériaux dont ils disposaient précédemment, le Temple est fait essentiellement de bois et de peaux. Il est moins vaste que le précédent mais sans doute plus agréable car à moitié situé sous le surplomb de l'abri où le soleil pénètre.

Leur emplacement est tout à fait satisfaisant car toute la tribu dispose à profusion du gibier habitant les plaines avoisinantes et des poissons des deux rivières les plus proches, des fruits ramassés dans la forêt ainsi que du bois pour aménager les abris et se forger des outils performants. A la fin du premier automne il font la connaissance d'un très grand ours qu'ils n'avaient jamais rencontré jusqu'à présent et beaucoup plus grand et plus agressif que ceux aperçus de temps en temps dans les collines du bord de mer. La première rencontre est violente car ce grand ours veut hiberner justement dans la grotte choisie par Rao, toutefois dans la partie où, pour l'instant, il n'a encore réalisé aucune peinture. La tribu le chasse avec difficulté, plusieurs membres sont blessés lors du combat et ils sentent bien que le combat avec lui n'est pas terminé.

A part cet événement le premier hiver se passe plutôt bien. Ils retrouvent une partie de la sérénité ancienne de la tribu. Rao retrouve son prestige et ses pouvoirs auprès des autres membres du groupe. Au cours du printemps et de l'été suivant, Rao et sa famille continuent les gravures et peintures avec acharnement pour que, lors des cérémonies d'automne, chacun ait son totem représenté dans la grotte. C'est chose faite à l'automne suivant leur installation. Rao et le chef de la tribu organisent alors une grande cérémonie de contact avec les esprits protecteurs. Exceptionnellement, afin de souder l'ensemble de la communauté, ils font pénétrer tous les baptisés dans la grotte. C'est un véritable enchantement et tous sont sidérés et saisis d'une émotion violente devant le magnifique ensemble de gravures peintes par Rao et sa famille. Chacun essaie de reconnaître son totem et admire la beauté de ceux des autres, s'interroge sur la signification des symboles, y voit des messages d'espoir pour l'avenir. Les femmes et les hommes de la tribu reconnaissent et commentent abondamment les signes explicites de fécondité, se sentant fières d'être celles et ceux qui assureront l'avenir de la tribu.

Puis la cérémonie se termine dans le nouveau Temple qui protège l'entrée de la grotte et tous félicitent Rao pour son œuvre incroyablement belle et porteuse de toute la force et tout l'espoir de la tribu dans l'avenir, sous la protection des esprits avec lesquels il communique.

Le drame se produit le lendemain soir. Tout s'effondre d'un seul coup lorsqu'un énorme ours mâle entre dans le Temple pour rejoindre à toute force sa grotte d'hibernation. Surpris par cette entrée soudaine, Rao et sa compagne tentent de s'y opposer avec les faibles armes dont ils disposent et c'est avec horreur que Rao voit ce grand mâle donner un violent coup de patte à sa compagne, puis l'emmener dans la grotte, suivi par son fils qui pousse des cris d'effroi. Il se précipite à son tour sur leurs traces mais l'ours est gigantesque et beaucoup plus fort que toute la famille réunie. C'est bientôt au tour de son fils d'être déchiré par les griffes de l'ours excité par la poursuite de Rao, puis bientôt par les membres des abris les plus proches alertés par les cris de la famille du Chaman.

Face à cet ours rendu fou de douleur par les coups portés par toute la tribu Rao, ravagé par la perte de sa famille, sent ses forces décupler. Il se bat avec l'énergie du désespoir en enfonçant à plusieurs reprises son épieu dans l'épaisse fourrure du plantigrade. Mais il n'est pas de taille à lutter et est emporté, comme sa compagne et son fils, par un large coup de patte. Il est lacéré par les longues griffes de l'animal. Ses entrailles se répandent sur le sol de la grotte.

Submergé par le nombre et vaincu par les épieux lancés par les chasseurs, l'ours est bientôt tué dans le fond de sa tanière, mais l'émotion et la consternation sont immenses dans la tribu. Quel contraste avec ce qui s'était passé la veille dans la grotte. Le Chaman tant soutenu et admiré, l'artiste graveur et peintre aussi talentueux, l'intercesseur avec les esprits protecteurs est sur le point de mourir ! Il est mort ! Comment est-ce possible ? Que va devenir la tribu privée d'un élément aussi essentiel pour sa survie et son avenir ? Ses derniers mots sont pour le chef de la tribu et pour demander à ce que son corps soit enterré dans cette grotte qu'il a tant contribué à décorer et à préparer pour communiquer avec les esprits. C'est là qu'il rejoindra sa femme et son fils.

CHAPITRE 15. L'HÉRITAGE HERGÉ

Nick Rockwell prend son petit déjeuner sur sa terrasse ensoleillée quand un faire-part de décès dans « Le Soir » attire soudain son attention. Le Comte Adriano Sforza vient de se tuer accidentellement au cours d'une excursion dans les Dolomites. Il sait que la grand-mère du Comte Sforza n'est autre que la fille du Comte Gaston Archambault de Zyuderzee, peut-être grand père biologique de Georges Rémi, alias Hergé. Habitué aux raisonnements rapides, Nick comprend tout de suite que le Comte Gaston, mort en 1929, est désormais sans aucune descendance officielle. Toute la fortune, amassée et transmise de génération en génération depuis celui-ci jusqu'à son arrière-petit fils Adriano, est désormais sans héritier direct, ce dernier n'ayant pas d'enfant. Si Georges Rémi est vraiment le petit-fils biologique du Comte Gaston, alors Fanny, sa deuxième femme et légataire, peut légitimement revendiquer son héritage. Nick a épousé Fanny après la mort d'Hergé. Il n'y voit que des avantages. Il lui semble logique de prendre immédiatement en mains ce dossier délicat qui ne peut aller que dans le sens d'un rétablissement, somme toute légitime, de la succession du Comte Gaston.

Avant de prévenir Fanny, il téléphone à un fameux généalogiste de Bruxelles pour qu'il enquête sur la descendance du Comte Gaston Archambault de Zyuderzee et confirme, de manière officielle, qu'il n'existe plus aucun descendant connu. Puis il demande à son ami directeur financier de la Société

Moulinsart, chargé de la gestion des droits du dessinateur, de faire procéder à un inventaire discret de la fortune du Comte Adriano Sforza. Il la croit assez considérable. Enfin, il téléphone à Fanny, restée à Bruxelles pour gérer un problème de navette entre le centre-ville et le Musée Hergé de Louvain-la-Neuve.

L'accueil de Fanny n'est pas des plus enthousiastes à l'idée de déterrer de vieilles histoires de famille de sa vie d'avant. Elle n'a même pas connu le père d'Hergé, fils présumé du Comte Gaston. Elle a assez à faire avec la gestion de l'héritage du dessinateur lui-même. Mais le chiffre donné par Nick, en attendant de disposer d'une estimation plus précise de la fortune de cette branche des Sforza, incite Fanny à ne pas empêcher Nick de poursuivre ses investigations. Il parle de plusieurs centaines de millions d'Euros en actions de différentes sociétés industrielles du nord de l'Italie, de biens immobiliers à Milan et Venise et de très nombreuses œuvres d'art inestimables conservées dans les palais milanais et vénitiens. Même s'il s'agit de partager le pactole avec la famille du frère de Georges, cela représente entre cinq et dix fois la fortune actuelle de Fanny, légataire universelle du fameux dessinateur.

Fanny n'a que 22 ans quand elle entre comme coloriste dans le studio d'Hergé. Le maître en a 49. Elle connaît Hergé de réputation comme dessinateur. Particulièrement fière d'avoir à réaliser les coloriages de ses planches, elle participe à la reprise des publications hebdomadaires du Petit Vingtième d'avant-guerre, pour être transformées en albums entiers publiés par la maison Casterman. C'est un travail méticuleux et qui la comble tout à fait. La transformation des planches aboutit à un résultat très satisfaisant et donne une nouvelle vie, plus intense et plus réelle aux histoires inventées puis dessinées par Hergé. Malgré la différence d'âge et bien que son éducation catholique stricte lui interdise de rêver à toute aventure avec un homme marié, de 27 ans son aîné, Fanny tombe tout de suite amoureuse du Maître.

Elle s'est battue pour que leur amour triomphe malgré les ragots et les oppositions. En premier lieu celle de sa première femme, bien sûr, à qui Hergé n'a cessé de faire confiance et qu'il n'a cessé de consulter pour critiquer et améliorer ses dessins, même après leur séparation. Puis, une fois divorcé et marié avec Fanny, seulement en 1977, cette dernière s'est battue pour l'aider à protéger son patrimoine artistique et le faire fructifier de son vivant, puis après la mort du dessinateur.

C'est grâce à Fanny que plus de 250 millions d'albums ont été vendus de par le monde et que la marque « Tintin » est protégée et rapporte chaque année des sommes considérables. Ces dernières années le nouveau mari de Fanny, Nick, l'aide à porter ce fardeau et à faire prospérer ce patrimoine. Elle est très à l'aise financièrement. Nick aussi. Ils n'ont certes pas besoin d'un éventuel héritage pour vivre. Mais Fanny se dit que ce serait rendre hommage à son premier mari. Finalement, sur le plan financier, pourquoi pas ? De plus, se sentir héritière d'une partie de l'illustre famille des princes qui ont dirigé Milan au quinzième siècle, qui ont été les protecteurs de nombreux artistes comme Léonard de Vinci et qui ont favorisé les arts et la culture, ne serait pas pour lui déplaire. Cela permettrait de clore le bec aux très nombreuses critiques dont elle et son mari font l'objet pour leur gestion de l'œuvre d'Hergé.

Enfin, pouvoir mettre la main sur des tableaux et des œuvres d'art inestimables du Quattrocento italien, voire vivre dans un palais vénitien entouré de ces trésors, la fait particulièrement rêver. Après une courte réflexion elle rappelle Nick pour lui donner le feu vert et lui demander de commencer à préparer les démarches qui pourraient faire reconnaître Hergé comme héritier du Comte Adriano Sforza.

Les recherches généalogiques vont vite et, moins d'une semaine après l'annonce du décès d'Adriano, Nick et Fanny rencontrent le généalogiste qui leur confirme que cette branche des Archambault de Zyuderzee s'est éteinte désormais sans descendance. Une recherche généalogique officielle va sans doute être entreprise par l'Etat italien. Il faut rechercher d'éventuels légataires situés dans les branches collatérales de la famille, notamment du côté Sforza. Selon lui, ces investigations seront rapides et aboutiront au même résultat que le sien, sans chercher plus loin, puisque ce serait ce même état italien qui bénéficierait, *in fine*, de l'héritage. Il leur conseille ensuite de s'adresser à un juriste spécialisé dans ces questions de succession en prenant soin de choisir un cabinet à même de traiter les questions internationales qui ne manqueront pas de se poser. Le dossier à traiter est, en effet, à cheval entre la Belgique et l'Italie.

Ils consultent ensuite une avocate afin de connaître quels sont les éléments dont il faudrait disposer pour faire valoir les droits de Fanny sur l'héritage. Celle-ci ne leur cache pas que, compte tenu du montant en jeu, la partie risque d'être extrêmement difficile. Il faudra détenir des preuves formelles, juridiquement très solides du lien intime ayant existé entre Gaston Archambault de Zyuderzee et la grand-mère d'Hergé, alors employée de maison chez les parents du jeune Comte. En l'absence d'une ou plusieurs preuves formelles, la justice italienne tranchera certainement en faveur de l'Etat italien.

Fanny n'a pas connu les parents de Georges. Il ne reste que peu de documents familiaux entre ses mains. La famille a déménagé de nombreuses fois dans Bruxelles et ses alentours au début du vingtième siècle. Malgré tout, elle se rappelle que Georges a gardé une malle dans laquelle il a entreposé des papiers et photos de cette époque. Fanny l'a conservée après son décès. Une exploration exhaustive de son contenu permet de retrouver les actes officiels de naissance des jumeaux établis à la maison communale d'Anderlecht, sur déclaration d'un ébéniste bruxellois qui vivait alors avec elle. Puis ils retrouvent les actes de reconnaissance des jumeaux par Philippe Rémi qui leur donne alors son nom et établit la famille de manière stable. En revanche, aucun document n'existe qui prouve sa mère a été employée de maison chez le Comte et la Comtesse Archambault de Zyuderzee. Pas plus que de documents qui établissent une quelconque relation entre leur fils Gaston et celle-ci.

Ce secret familial s'est transmis de bouche à oreilles dans la famille. Mais le fait qu'il soit encore présent dans les mémoires n'est absolument pas une preuve utilisable devant la justice.

L'avocate leur indique qu'il ne reste plus qu'un seul espoir, celui d'établir une filiation irréfutable en s'appuyant sur des preuves génétiques. C'est simple, il faut comparer l'ADN d'Hergé, ou de son père, avec celui du Comte Gaston Archambault de Zyuderzee. Ils ne disposent pas de traces biologiques indiscutables ni des uns ni des autres, éventuellement laissées sur des objets encore accessibles. Le seul moyen d'en obtenir et que ces échantillons puissent être utilisés sur le plan juridique, est donc de procéder à des prélèvements d'ADN sur les corps exhumés sur décision de justice.

Si l'exhumation du Comte ne pose pas de problème moral à Fanny, il en est autrement de celle d'Hergé. L'opération elle-même fait revenir à la mémoire de Fanny des moments heureux passés avec lui et qui lui donnent l'impression d'un véritable viol physique de son défunt mari. Elle s'interroge aussi sur l'image que pourrait donner cette démarche auprès des très nombreux lecteurs et personnes fidèles à la mémoire d'Hergé. Cela ne risque-t-il pas de provoquer une sérieuse baisse des ventes d'albums et de produits dérivés ? La fréquentation du musée de Louvain-la-Neuve, déjà insuffisante, ne va-t-elle pas encore chuter ?

Nick voit bien qu'elle n'est pas particulièrement enthousiaste à l'idée d'exhumer le corps du plus fameux dessinateur de bande dessinée de tous les temps. Mais elle doit aussi mettre dans la balance la perspective d'un formidable héritage qui lui permettrait de posséder une fortune qu'elle n'arrivera certainement pas à constituer avec les seuls revenus issus de Moulinsart. Si elle ne le fait pas, jamais elle ne pourra prétendre, ne serait-ce qu'un petit peu, récupérer une toute petite fraction de la gloire passée des Sforza. Jamais elle n'aura accès aux palais milanais et vénitiens remplis des œuvres d'art qui la font rêver.

Après tout, elle l'a bien mérité et Nick l'encourage dans le même sens. Accepter cet héritage vaut bien la peine de risquer une petite détérioration de leur image auprès du public. Ils en ont tellement subi et ils s'en sont remis sans aucune contrepartie. Là, l'enjeu est beaucoup plus important. Jamais ils n'auront à nouveau une telle occasion. Il faut absolument trouver un moyen de faire ces exhumations le plus discrètement possible. Ou bien les déguiser en autre chose pour ne pas risquer que le grand public connaisse la vraie raison de toute l'opération.

Une fois la décision prise, Nick et Fanny mettent en route tous les dossiers de demande des procédures légales qui permettront à la justice belge d'ordonner les exhumations. Elles pourront se réaliser dans le même cimetière puisque les deux hommes sont tous les deux enterrés à Dieweg, non loin de la dernière maison où habitait le dessinateur. Fanny sait où le Comte est enterré. Elle a déambulé avec Hergé de nombreuses fois dans le cimetière vers la fin de sa vie. Elle était là pour partager les reproches qu'il adressait avec humour à son présumé grand-père.

Si l'exhumation du Comte peut sans doute se faire sans prendre de précautions particulières à propos de sa confidentialité, il n'en va pas de même de celle d'Hergé. La demande faite à la justice porte sur l'identification de liens génétiques présumés entre les deux hommes, mais cette décision n'a pas besoin d'être rendue publique. Fanny pense qu'on pourrait prendre prétexte d'une rénovation de la tombe du dessinateur pour transporter provisoirement son cercueil dans un des bâtiments du cimetière. Ainsi on rénoverait la tombe et effectuerait plus facilement les prélèvements d'ADN, à l'abri des regards indiscrets.

Convaincre la justice d'ordonner l'exhumation du Comte n'est pas aussi facile que Fanny et Nick le pensaient. Leur avocate s'appuie sur la mémoire familiale encore vive et rapportée dans de nombreux documents publics, ainsi que sur le fait que le Comte n'a plus aucune descendance connue. La justice décide, *in fine*, d'autoriser l'exhumation. Trouver un laboratoire de génétique pour réaliser les prélèvements et les analyses d'ADN n'est pas une chose facile non plus pour Nick et Fanny. Ils n'ont que peu de contacts avec les domaines biologiques et médicaux. Mais Fanny se souvient qu'Hergé avait rencontré des membres du laboratoire de génétique humaine de l'Institut Royal Belge de Sciences Naturelles à l'occasion de la recherche de documentation pour *Tintin au Tibet*. Il avait fallu alors essayer d'en savoir un peu plus sur le Yéti dont Hergé imaginait qu'il était une sorte d'intermédiaire entre les ancêtres de l'Homme et ceux de Néandertal. Leur contact de l'époque était un spécialiste d'ADN ancien, ayant plusieurs fois publié sur les traces génétiques de Néandertal dans le génome de l'Homme moderne. Il est toujours chercheur à l'Institut, ce qui leur facilite la tâche.

Après avoir signé un accord de confidentialité, Fanny et Nick lui expliquent leur projet. Celui-ci accepte immédiatement de prendre la responsabilité des prélèvements et des analyses. En contrepartie et de manière assez classique dans ce genre d'opération, Nick et Fanny donnent l'autorisation que les prélèvements puissent, un jour, être utilisés dans des recherches fondamentales visant à explorer les génomes anciens. Le chercheur, qui a plusieurs fois publié avec Svante Dabôô dans des journaux prestigieux à propos des traces du génome de Néandertal chez Homo Sapiens, sait qu'il a été à l'origine des analyses faites récemment sur les génomes de Jérôme Bosch et de Léonard de Vinci.

Dès l'accord avec Fanny signé, il le contacte pour lui indiquer qu'il aura sans doute bientôt accès à l'ADN de celui qu'il considère comme un des plus grands artistes du vingtième siècle. La réponse de Svante est immédiate. Celui-ci se montre tellement intéressé qu'il propose de lui envoyer une spécialiste des prélèvements légaux sur cadavres pour l'aider à effectuer les échantillonnages dans de bonnes conditions de préservation.

Hélène se met en contact direct avec l'institut bruxellois pour organiser les prélèvements au Dieweg dès que possible. L'opération est fixée la première semaine de février, période pendant laquelle tout le monde présume que le cimetière sera peu fréquenté. Personne n'est au courant. Il ne faut qu'une heure aux fossoyeurs, sous contrôle de la justice belge et de la police de Bruxelles, pour transporter le cercueil d'Hergé dans la morgue principale, désormais désaffectée, du cimetière. L'ouverture du cercueil est un moment émouvant pour tous. Surtout pour Fanny, qui redoute de découvrir l'aspect de son ex-mari et pour le scientifique belge, qui se souvient avec émotion de sa rencontre avec le grand dessinateur lors de la préparation de Tintin au Tibet. Nick est serein.

Hélène est maintenant habituée à ce type d'opération qui s'avère moins conflictuelle que celle de Picasso il y a deux ans. Le corps est en bon état de conservation. C'est avec efficacité et rapidité qu'Hélène, comme d'habitude, fore deux os longs pour prélever plusieurs échantillons de quelques grammes de ce qui reste de moelle osseuse. L'ensemble de l'opération fait l'objet de photos de la part de la justice et des scellés sont immédiatement apposés sur les échantillons dont, comme à l'habitude, un double part à l'Institut de Sciences Naturelles pour séquençage immédiat, tandis que l'autre est conservé au Palais de Justice de Bruxelles dans les sous-sols réservés aux preuves. Le cercueil est refermé, scellé et doit attendre une semaine dans la morgue sous bonne garde avant de retourner dans le tombeau dont la restauration a commencé immédiatement après l'exhumation.

Le lendemain c'est au tour du Comte Archambault de Zyuderzee, dont le corps est sensiblement moins bien conservé, de faire l'objet des mêmes prélèvements. Les deux cercueils du grand-père et, peut-être, du petit-fils sont conservés quelques jours ensemble dans la morgue du Dieweg. Fanny et Nick, anticipant sur les résultats des recherches génétiques, ont décidé de faire procéder également à la restauration de la tombe du Comte, en bien mauvais état.

C'est avec une certaine excitation qu'Hélène et son collègue bruxellois retrouvent, vers la fin février, Svante qui s'est déplacé à Bruxelles pour analyser les résultats et en discuter avec ses deux collègues. Il est obligé d'en dire un peu plus sur son hypothèse, sans toutefois dévoiler complètement ses batteries, du lien entre la présence de certains gènes et les capacités artistiques des grands artistes de ce monde.

C'est avec une satisfaction qu'il n'a encore jamais connue que Svante, de nouveau, retrouve chez Hergé cette association de gènes. Tout à leur excitation, ils ont presque complètement oublié la demande de leurs commanditaires et doivent se remettre au travail encore pour quelques heures. Le résultat est complètement négatif.

Contrairement à ce que dit le secret familial transmis depuis plusieurs générations dans la famille Rémi, le Comte Archambault de Zyuderzee n'a aucun lien de parenté quelconque avec Georges Rémi, alias Hergé. Ce dernier est sans doute, plus simplement, le petit fils du compagnon ébéniste de sa grand-mère qui ne possédait, lui, aucune espèce de fortune.

CHAPITRE 16. LES SOUVENIRS D'ELISABETH VIGÉE LE BRUN

[Extraits des Livres de Souvenirs de Louise Elisabeth Vigée Le Brun, retrouvés par un de ses biographes pendant la Restauration ; nous n'en garantissons pas l'authenticité ; note de l'auteur]

Des tueries dans les prisons ont fait des centaines de mort. Les sans-culottes révolutionnaires, déchaînés, s'acharnent. Ils massacrent les prisonniers déjà très affaiblis par leur sort et leurs conditions de détention. Plus besoin désormais de simulacres de procès pour exécuter tous ceux qui s'opposent au régime de terreur imposé par Paris. Ou bien simplement ceux qui sont jalousés par leurs voisins. Ou bien encore ceux qui appartiennent à des classes sociales différentes de celle des émeutiers. Comment a-t-on pu en arriver là ? Comment est-il possible que la violence continue à se répandre comme la Peste dans un pays pourtant si beau et si plein de qualités ? A la Salpêtrière, au Châtelet et dans plusieurs autres prisons parisiennes, les morts ne se comptent plus. Les assassins entrent dans les locaux, sans qu'aucune autorité ne les en empêche, pour commettre leurs forfaits. L'amie de la Reine, la Princesse de Lamballe a été massacrée par la populace en colère, sans que personne ne s'y oppose, simplement parce qu'elle était l'amie de Marie-Antoinette, la Reine autrefois si aimée et maintenant si honnie.

La peur se répand dans le royaume.

Qu'allons-nous devenir ici, à Milan, protégés par les princes du lieu qui, comme nous, regardent avec effroi le Royaume de France sombrer dans un hiver noir et sanglant ?

Il n'est pas possible de ne pas penser à toute cette violence à chaque instant. Mais il faut essayer, pourtant, de ne pas s'enfoncer dans une profonde tristesse, dans une angoisse permanente et résister, résister toujours pour continuer à vivre. Depuis mon arrivée en Italie il y a maintenant presque trois ans, j'explore de manière approfondie le très grand nombre d'œuvres d'art, surtout des peintures, qui existent dans les différents palais des états italiens.

Hier, Julie et moi, étions devant cette magnifique *Cène* du réfectoire de l'église Della Grazie, peinte à même le mur par Léonard de Vinci. Quel enchantement devant une telle perfection d'exécution ! Ce très grand artiste a su rompre avec la monotonie des innombrables représentations de la Cène réalisées jusque-là par plusieurs centaines d'artistes. Il a osé représenter le moment crucial où Jésus annonce à ses disciples que l'un d'eux le trahira. Ceux-ci, par groupes de trois apôtres, n'osent pas penser que cette prédiction se réalisera.

Quelle rupture avec le classicisme de l'époque. Quelle leçon pour ses successeurs à la fois dans la composition de la fresque, dans son caractère novateur et dans sa réalisation ! La perspective, habilement organisée autour de la tête du Christ, fait ressortir l'illumination des visages de tous les apôtres, sauf du futur traître. Sa tête représente, sans que l'observateur le sache, l'axe autour duquel tout est articulé. J'admire aussi, un par un, les visages de ses disciples, dont on dit qu'ils sont directement inspirés de personnages véritables, alors proches de Léonard de Vinci ou membres de la société milanaise de l'époque. Ils donnent à la fresque sa véracité.

Je me plais à penser qu'il a, comme je le fais dans les portraits de mes modèles, fait passer dans le dessin un peu de leurs caractères, de leurs personnalités. C'est, comme pour mes œuvres, ce qui fait tout l'attrait de *La Cène* de Della Grazie.

Au bout de trois heures de contemplation de ce chef d'œuvre, Julie finit par m'obliger à quitter le couvent pour revenir à Milan finir de préparer nos bagages. Nous quittons la ville demain pour Vienne. Après ces longs mois italiens d'errance de ville en ville à alterner visites de collections privées et de palais, passés à répondre aux invitations et participer aux réceptions, tout en réalisant les commandes qui m'ont été passées. Je suis très angoissée à propos de la situation en France et de ma position en Italie.

Pourtant ma vie se déroule sans autre anicroche que mes éternelles interrogations sur le mélange des couleurs de ma palette ou la façon de mettre en confiance mes modèles pour que leurs portraits soient le plus près possible de leur personnalité profonde. Il faut qu'ils se sentent en parfaite harmonie avec leur représentation picturale. Ces trois années ont passé vite et m'ont apporté bien des satisfactions de tous ordres.

Elles m'ont aussi permis de découvrir un autre monde, de comprendre que les artistes existent partout, dans toutes les civilisations et tous les pays, tout au moins en France et en Italie. Je compte bien découvrir ce qu'il en est dans le reste de l'Europe que j'espère parcourir dans les prochains mois. Cette découverte d'une unicité de l'expression artistique quel que soit le pays, est une satisfaction personnelle. Elle me conforte dans mes convictions.

Lors de nos douces soirées de la rue de Cléry, à Paris, la présence de poètes, de musiciens, de chanteurs et aussi bien sûr, de dessinateurs et de peintres était propice à l'émulation, aux échanges, aux bavardages, mais aussi à la reconstruction d'un monde meilleur. Ce monde-là, nous le voulions sans violence, sans haine et avec ce qu'il faut de liberté pour que la création artistique puisse s'y développer sans contrainte, sans censure d'aucune sorte autre que la qualité des œuvres produites. Voir les artistes fraterniser ensemble lors de ces délicieux moments, perdus à jamais j'en ai peur, était pour moi un moment de paradis.

Il faut dire que j'ai commencé tôt en ce qui concerne le dessin et la peinture. Je me souviens du premier encouragement de mon père Louis alors que vers huit ans, je participais à ma première leçon de dessin d'après le modèle vivant d'un homme barbu. Ce jour-là, contemplant mon dessin au fusain, il m'a dit « tu es née peintre mon enfant ou il n'en sera jamais » ! Quel choc pour moi alors que j'avais réalisé ce dessin sans n'avoir encore jamais suivi aucun cours de quelque maître que ce soit.

Je réalise maintenant combien ces moments de l'enfance sont déterminants pour notre vie d'adulte, combien ils nous donnent confiance en nous pour le futur. Je me suis toujours sentie poussée par une irrésistible envie de dessiner des personnes réelles que je voyais devant moi. Mais cet encouragement paternel a certainement été déterminant pour ne pas laisser la vie me détourner de mon objectif enfantin de devenir peintre pour le restant de mes jours. Je suis très reconnaissante à ce père adoré, disparu quelques années plus tard, de m'avoir aussi fortement encouragée à devenir la grande artiste que je suis désormais. Il m'y a aidée par cette première réaction spontanée qui m'a guidée depuis lors, mais aussi en me faisant donner quelques cours par son ami Davesne, rue Montmartre. La mort de mon père lorsque j'avais douze ans a été un choc terrible. Je me sens désormais son héritière artistique et missionnée pour poursuivre son œuvre de portraitiste.

J'ai su aussi très tôt que l'art du portrait est une affaire qui peut me permettre de vivre de mon travail. Il y a beaucoup de portraitistes qui exercent leur talent sur la place mais tant de clients à satisfaire. Tous, depuis la noblesse jusqu'à la petite bourgeoisie, se font représenter pour pouvoir accrocher leurs têtes dans leurs salons, salles à manger et entrées. C'est une mode. Celle-ci rapporte tellement que toute une chaîne s'est mise en place, depuis les écoles et académies de peintures jusqu'aux fournisseurs de peintures et pinceaux et autres encadreurs, afin de permettre la satisfaction des clients de ces années des lumières.

Ce grand choc de la disparition paternelle, ce grand vide qui laisse place à une profonde angoisse, ont été très vite perçus par ma mère adorée, Jeanne. Comprenant que l'art est sans doute un remède formidable à ma peine, elle m'a entraînée dans un tourbillon de visites des collections privées de peintures des grands de ce monde. La visite du Palais du Luxembourg et de sa collection de Rubens constituée par Marie de Médicis, celle du Fermier Général Randon de Boisset riche de tableaux de Véronèse, de Rubens, de Brueghel, de Rembrandt, de Watteau, de Boucher, de Greuze et de Joseph Vernet m'ont éblouie véritablement. Leurs compositions, les attitudes de leurs personnages, les couleurs de ceux-ci et du décor qui les entoure m'ont remplie de joie autant qu'ils m'ont marquée à jamais.

Je suis loin, bien loin, de tous ces maîtres de la peinture, mais le fait que des tableaux aussi extraordinaires existent me suggèrent que je peux être capable un jour, à force de travail et d'audace, de faire la même chose. Telle une abeille butinant de fleur en fleur pour confectionner le meilleur miel du monde, je sais que je serai un jour capable de faire mon propre miel et que celui-ci égalera, voire dépassera en douceur, originalité, couleur, goût et arômes, celui de ces grands maîtres du temps passé.

Je dois à Jeanne d'y avoir consacré plusieurs mois de sa vie et d'avoir pu me faire connaître presque toutes les collections privées de cette époque bénie où la peinture était une des choses les plus importantes qui soit pour la noblesse et tous ceux qui possédaient la fortune suffisante pour les constituer. Les collections du marquis de Lévis, du duc de Praslin sont aussi celles qui m'ont permis de découvrir des maîtres italiens. Mais c'est surtout celle du Régent, au Palais Royal, qui m'a entraînée vers le monde merveilleux de perfection du Corrège, du Titien, de Raphaël et bien d'autres. Je me suis exercée à les copier afin de faire mon propre miel. Je l'élabore progressivement avec mes propres fleurs soigneusement choisies dans ma nature plutôt que dans la leur.

La mort de mon père Louis m'a aussi conduite à recevoir les conseils d'un de ses amis proches, Joseph Vernet dont la réputation et l'œuvre étaient déjà bien établies. Il faut copier, me disait-il, les plus grands peintres pour s'accaparer leur savoir et s'inspirer de leurs techniques ! Ils ont beaucoup travaillé avant d'en arriver aux œuvres majeures que nous connaissons. A nous de nous en inspirer et de ne pas avoir à réinventer une partie des techniques qu'ils ont utilisées. Mais la copie d'un tableau de maître faite par un jeune artiste ne doit pas être une copie à l'identique du modèle original. Elle doit s'en inspirer mais aussi essayer d'apporter quelque chose de nouveau, perfectionner l'œuvre du maître, ou tout au moins essayer de le faire.

Ne prends pas leurs œuvres, disait-il, comme celles d'une école. Prends le meilleur de chacune d'elles. Crée ta propre démarche pour arriver, un jour, à créer et faire reconnaître ton style qui ne sera alors qu'à toi. Je dois dire, ma modestie dût-elle en souffrir, que les quelques copies que j'ai faites des tableaux de mon maître Vernet ont été tellement abouties qu'au moins trois d'entre elles ont été achetées par un collectionneur comme des Vernet ! Nous avons gardé ce secret tous les deux jusqu'ici !

Mes premières sorties dans le monde ont été l'occasion de rencontrer des artistes absolument merveilleux. Je garde un excellent souvenir des soirées chez Jean-Baptiste Lemoyne qui, malgré mes seize ans, m'invitait régulièrement à ses dîners en même temps que bien d'autres. Membre actif de l'Académie des beaux-arts, il y conviait des sculpteurs, des poètes, des musiciens et, bien sûr des peintres comme le pastelliste Maurice Quentin de la Tour alors peintre du Roi à la renommée aboutie. J'étais aussi régulièrement invitée, quelle heureuse époque que celle-là, à des dîners de philosophes. Cela me changeait quelque peu de la compagnie exclusive, parfois un peu maussade, des peintres qui n'arrivaient pas à parler d'autre chose que de peinture.

Ces dîners parisiens ont certainement été aussi un des creusets dans lesquels j'ai pu forger ma réputation de portraitiste et qui ont déclenché de nombreuses commandes. Pendant toute cette période heureuse j'ai travaillé dur pour répondre à toutes ces demandes tout en perfectionnant ma technique. Très tôt également, j'ai compris que je pouvais acquérir une certaine indépendance en vendant cher les portraits que je faisais de la noblesse et de la bourgeoisie. A dix-neuf ans, j'avais déjà peint plusieurs dizaines de portraits de nobles et de bourgeois, essentiellement des pastels.

Suffisamment en tous cas pour entrer à l'Académie de peinture Saint Luc. Dès lors, une fois ma réputation lancée, je n'ai eu qu'à choisir parmi les nombreuses commandes.

Il y avait aussi des très nombreux étrangers présents à la Cour de France ou à Paris, alors capitale européenne incontestée des arts et de la liberté. Ces temps ont, hélas, bien changé. C'est maintenant une capitale de la terreur que bien des esprits ouverts et modernes ont été obligés de fuir pour ne pas mettre leur vie en danger.

Mais avant cette fuite des artistes fin 1789, trois portraits m'ont vraiment lancée dans des genres différents, signe de mon éclectisme. Il s'agit de ceux du Prince de Nassau, de mon maître et ami Vernet et de l'acteur Lekain. Je dois sans doute à ces portraits la suite de ma carrière, tant leur renommée a été grande dans cette France bénie de la fin du siècle.

Le prince de Nassau était un homme jeune et aventureux. Il avait accompagné Bougainville dans son tour du monde, et avançait précédé d'une réputation d'invulnérabilité. J'ai mis plusieurs séances de pose avant de pouvoir faire transparaître sur la toile ces éléments essentiels. Mais je l'ai fait en représentant sa main appuyée sur un globe terrestre. La peinture est tellement réussie que non seulement le prince en question a augmenté le prix initialement fixé pour sa réalisation, mais que la toile a été exposée dans les salons de l'Académie, déclenchant une fréquentation encore jamais vue jusque-là. Les longues séances de pose avec le prince de Nassau ont été aussi une occasion de raconter dans le détail ses souvenirs de voyage les plus pittoresques et, ainsi, de dévoiler devant moi sa personnalité. J'attendais ces moments privilégiés pour la lui voler et projeter sur la toile, un peu de son âme de voyageur perpétuellement en mouvement.

Le portrait de *Joseph Vernet* est bien différent car je connais l'homme, ami de mon défunt père, depuis ma plus tendre enfance. Je sais son caractère tranquille et sa force d'artiste à qui les honneurs de la société n'ont pas tourné la tête. Les séances de pose sont l'occasion de raviver les bons souvenirs des moments qu'il a passés avec mon père et, pour moi, d'en apprécier toute la valeur. Je le représente les cheveux poudrés, vêtu sobrement d'une veste de velours d'où dépassent une cravate et de discrètes manchettes de dentelle. Il tient le pinceau du peintre entre ses doigts délicats. Il regarde son modèle, qu'on ne voit pas, avec sérénité et sérieux. La réputation de Joseph est telle que le tableau connaît un succès incroyable dans les milieux artistiques d'abord, puis dans tout Paris ensuite.

Le portrait de Lekain, un des derniers amis de Voltaire, relève d'une toute autre démarche que j'effectue alors pour la première fois et dans laquelle je ne m'engagerai que très peu souvent ensuite. Lekain ayant été un des animateurs les plus appréciés de nos dîners, sa brutale disparition a été un choc pour tous. Nombreux ont été ceux qui m'ont alors demandé de réaliser son portrait de mémoire. J'ai accepté sans réaliser la complexité de l'affaire. J'ai essayé, sans doute encore plus que pour les portraits précédents où les modèles vivants avaient toujours la possibilité de se comparer à l'image du tableau, de rendre sur la toile l'intériorité du modèle. Lekain y est porteur d'une force placide. Ses traits suggèrent sa détermination et une certaine forme d'animalité positive que j'avais perçue chez ce grand homme.

Là aussi, peut-être aussi à cause du vide que l'acteur avait laissé dans son entourage et dans la société, mon portrait a connu un succès fou. C'était bien au-delà de tout ce que j'aurais pu espérer. Cela m'a confortée dans l'idée que l'art du portrait, tel que j'essaie de le pratiquer désormais, relève plus de la compréhension de l'esprit du modèle que de sa plastique.

Ce qui ne me déplaît pas non plus dans la réalisation de ces tableaux, c'est que j'allie le plaisir de les confectionner, qui associe échanges avec le modèle et peinture en elle-même, avec les gains que ceux-ci occasionnent. C'est Jean-Baptiste Pierre, mon mari, qui encaisse cet afflux important et permanent d'argent issu de mon activité artistique. Il nous facilite la vie et nous rend plus insouciants vis à vis des choses matérielles. Les prix très élevés de mes tableaux sont critiqués par les envieux. Mais ils contribuent aussi fortement à grandir ma réputation de peintre d'exception.

La demande est forte, tout le monde souhaite disposer des portraits de toute sa famille, mais la concurrence est rude. Tout est bon pour se placer parmi les plus grands artistes de mon temps. C'est la juste place à laquelle je peux prétendre. Mon jeune âge excite aussi les jalousies. La plupart des grands artistes reconnus sont beaucoup plus âgés, exception faite des génies précoces bien connus en musique et dont je suis peut-être une représentante dans le monde de la peinture.

Tout ceci est en grande partie responsable, sans doute, de la formidable nouvelle, reçue en 1778, d'une commande d'un portrait de la Reine Marie-Antoinette. Il serait transmis à sa mère l'Impératrice Marie-Thérèse d'Autriche ! Quel honneur pour moi. Quelle angoisse aussi ! Vais-je me montrer à la hauteur de la tâche devant cette souveraine si aimée des français ? Mon tableau sera-t-il suffisamment fidèle et réussi pour plaire à la fois à la Reine, à sa mère et au Roi ? Il me faut retourner, un peu, en enfance auprès de la calme assurance de ma mère pour me convaincre que je pourrai réaliser ce portrait comme je l'ai fait pour des dizaines d'autres. Elle m'apaise suffisamment pour ne pas être paralysée de terreur lors de la première séance de pose avec sa majesté. Cette dernière est, contrairement à mes angoisses injustifiées, douce et attentionnée à mon égard.

Les séances s'enchaînent comme avec mes autres modèles, avec sérénité et confiance. Ces bonnes dispositions me permettent de relever avec précision ses proportions, sa haute taille, les particularités de son corps avec son embonpoint et ses membres harmonieux. Toutes choses indispensables à l'équilibre du dessin et à la fidélité générale du portrait. La démarche, le port de tête, gracieux et imposants, sont bien ceux d'une reine. Le regard est apaisé et spirituel. En accord avec elle, j'apporte un soin tout particulier à la représentation du visage avec ses qualités et ses imperfections. Les traits sont plutôt petits. L'ovale de celui-ci un peu étroit. Les lèvres sont fortes mais le nez est fin. Les yeux sont d'un bleu éclatant.

Après une discussion approfondie avec elle- aurais-je jamais pensé avoir un jour une discussion de ce type avec la Reine de France ? - j'essaie de prendre en compte ces imperfections afin de séparer les caractéristiques physiques des effets qu'elles produisent. Plus que la beauté de la souveraine, c'est son éclat que je cherche à rendre. C'est la transparence de sa peau et la luminosité de son teint que je dépose sur la toile comme le trésor qu'elle porte en elle.

Sa position de trois-quarts sur *L'Archiduchesse Marie Antoinette, Reine de France,* la Reine regardant en dehors de l'œuvre, en direction de l'extérieur, est aussi une décision mûrement réfléchie avec la souveraine. Elle veut s'inscrire dans un classicisme éprouvé, mais également rompre avec les poses frontales traditionnelles. Sa robe de satin blanc à paniers brodés d'or, les rubans et les dentelles qui la décorent, sont en harmonie avec les tentures et les voiles de l'arrière-plan. Il faut obtenir un équilibre dans le sens de la profondeur de la toile. Le siège disposé derrière elle montre que la Reine semble en mouvement. Elle vient de se lever, suggérant l'impatience de la jeunesse malgré le caractère figé du tableau. Enfin, un buste de Louis XVI placé en hauteur sur le meuble adjacent et une couronne royale posée sur un coussin à proximité d'un vase rempli de fleurs, associent royauté et douceur.

C'est l'image que les souverains veulent donner à leur règne. Il me faut de nombreuses séances et de nombreuses heures de peinture pour aboutir au résultat final. Celui-ci rencontre toutes les espérances initiales, tant à la cour de France qu'à celle d'Autriche. Ma réputation augmente. J'ai gagné une amie avec la Reine qui se sent bien seule et que j'ai convaincue d'ouvrir son coeur pour que le portrait soit aussi réussi. C'est le prix d'achat le plus élevé que j'ai jamais obtenu pour un portrait. Les années qui vont suivre cette réussite sont aussi celles de la poursuite des relations avec la souveraine. Mais est-ce une amie vraiment ? Si elle n'était pas Reine, aurions-nous pu devenir de vraies amies ?

Je me lance à cette même période dans les autoportraits pour essayer de capter, moi aussi, la partie cachée du modèle, mon caractère secret que, finalement, je ne connais pas encore.

Depuis lors, j'en ai fait plusieurs dizaines. C'est aussi l'occasion, suite à un voyage à Anvers et à la découverte d'un portrait de jeune femme peint par Rubens sur un panneau de bois, de faire évoluer ma technique vers l'utilisation de ce type de support. Celui-ci me semble permettre plus de latitude dans l'utilisation des différents types de lumières auxquelles sont exposées mes modèles, la lumière du jour et la lumière du soleil. Je comprends soudain qu'elles peuvent toutes les deux être des atouts dans l'expressivité de mes peintures. Certains, mes détracteurs, voient dans cette embellie soudaine des autoportraits un néfaste penchant narcissique. D'autres, mes proches, un trop-plein de la fureur de peindre qui m'habite depuis toujours. Personne ne voit l'exutoire de mon introspection personnelle.

Je dois dire aussi, et personne ne le sait, que j'ai étudié ces années-là un nu féminin assez facile d'accès : moi dans une glace en pied dans ma chambre. Ainsi, *La Paix ramenant l'Abondance*, ou bien encore *La Bacchante* du salon de 1785, sont des modèles issus de mon propre corps ! L'Abondance n'a pas ma tête, mais le reste, voilé ou non, est bien celui-là. Si la Bacchante a bien la tête de Sophie de Tott, le modèle que j'ai fait poser, le reste du corps est le mien. Personne ne le sait et tout le monde me complimente sur la grâce de mes personnages, sur leur beauté, sur la douceur de leur peau, sur la rondeur de leurs bras sans savoir que c'est à moi, et à moi seule, qu'ils adressent ces compliments flatteurs. J'en ris encore !

Ce que j'aime le mieux faire, ce sont les portraits de mes amis. C'est le cas de celui d' *Hubert Robert* sur panneau de chêne. L'histoire le dira, mais c'est le tableau dont je suis le plus fier jusqu'à présent, tant il traduit bien le caractère de son modèle. Mon ami Hubert, un mouchoir blanc négligemment noué autour du cou est habillé d'une veste de travail bleu foncé dont je maîtrise parfaitement le glacis. Il tient à la main sa palette et ses pinceaux. Il laisse son regard s'égarer en dehors du tableau, à l'instar des portraits hollandais qui font mon admiration. Le fond éclaire le personnage d'un halo verdâtre comme à contre-jour qui fait ressortir sa couronne de cheveux grisonnants pourtant bien ordinaires mais qui prennent ici une place bien singulière.

Le nouveau projet de portrait de *Marie-Antoinette, Reine de France et ses enfants*, lancé en 1785 me comble simultanément de bonheur et d'angoisse. Il ne s'agit plus, comme dans les trois portraits précédents, de mettre en valeur la Reine seule, mais bien sa Majesté avec ses enfants. Ce sont les sujets les plus précieux du royaume après le roi. De la même façon que je l'ai fait pour les autoportraits avec ma fille Julie, il faut que je fasse exprimer sur ce nouveau tableau de grandes dimensions la puissance de Marie-Antoinette en tant que Reine de France, toute son aura et toute la dimension symbolique qu'elle porte. En même temps, doit apparaître sa plénitude de mère de famille qui porte à la fois l'amour de ses enfants et la responsabilité de la protection du futur roi de France. L'ouvrage est d'autant plus délicat que l'image de la reine se dégrade dans l'opinion.

De très nombreuses rumeurs, pamphlets, libelles et scandales se répandent sur son compte de manière injuste. L'œuvre ne sera pas seulement artistique, mais aussi politique. C'est une tâche dont je me passerais bien tant je me sens fondamentalement pacifiste et traditionnaliste. Mais l'histoire, qui va s'accélérer brutalement avant la fin de la décennie, est en cours et mon portrait de la Reine et ses enfants n'y pourra rien changer, à mon plus grand regret. Le processus d'élaboration du tableau est, cette fois-ci, beaucoup plus précis. Plus contraint que les précédents, il me faut passer par une période de validation de l'ensemble de la scène à l'aide d'une esquisse grandeur nature. Je me félicite d'avoir demandé l'avis de Jacques-Louis David, spécialiste de ces tableaux de grand format et des compositions à plusieurs personnages comme dans son fameux *Serment des Horaces*. Au bout de plusieurs mois j'aboutis à une proposition calquée sur *La Sainte Famille* de Raphaël. Cette esquisse fera l'objet de plusieurs allers et retours avec le couple royal et ses conseillers.

Ce n'est qu'environ un an après la commande initiale que je peux lancer les séances de pose avec la Reine et ses enfants. C'est dire que tout est calculé au plus près de la situation politique. Tous les éléments présents, ou absents, du tableau ont une force symbolique très grande. La Reine n'a aucun collier qui pourrait rappeler l'affaire à laquelle elle a été injustement mêlée. Elle est entourée tendrement de ses trois enfants. Sa fille aînée Marie-Thérèse la regarde avec amour, repoussant ainsi tout soupçon de la perversité dont elle a été injustement accusée dans les pamphlets. J'ai joué sur les lumières dans ce tableau plus que dans les autres. Placée en léger contre-jour de la lumière provenant de la Galerie des Glaces, la famille royale est éclairée par une lumière douce venant du dessus et d'en face. Comme si la lumière divine venait les éclairer et proclamer à la face du monde, voici la famille royale !

Je suis très fière de ce tableau qui est d'un équilibre parfait et d'une puissance symbolique inégalée. Marie-Antoinette y porte non seulement sa force de mère mais aussi celle de la France toute entière, sous la bienveillante autorité royale conférée par la puissance divine à laquelle nous obéissons tous. Cet avis est partagé par la Reine, le Roi et ses conseillers. C'est avec confiance, teintée malgré tout d'une certaine angoisse que je le présente au salon de 1787. Malgré la situation politique, le tableau est très bien reçu par la critique qui complimente la composition, le rendu des personnages et des tissus ainsi que la lumière émanant du tableau. Ouf !

Les années qui suivent cette intense activité artistique sont, assez paradoxalement je m'en rends compte maintenant, assez insouciantes. Nous dansions au bord du volcan. Nous le voyions tous les jours. Il fumait. Ses flammèches nous atteignaient assez fréquemment. Cependant, nous continuions à vivre comme avant. Un autre tableau officiel de la Reine, *Marie-Antoinette, reine de France*, est réalisé en 1788, avec beaucoup moins de contraintes que le précédent.

J'en tire aussi une grande fierté car il sera le dernier. Il a été précédé de longues et fréquentes séances de pose où nous avons échangé, sa Majesté et moi, bien d'autres choses que de simples considérations sur sa position en tant que modèle ou sur les accessoires et couleurs du tableau. Sur celui-ci elle arbore fièrement un collier de perles, signe de son triomphe final sur l'abominable rumeur du pamphlet qui a tant affecté la monarchie.

Elle tient fièrement dans sa main droite un livre indicateur de sa foi dans les bienfaits des Lumières. Elle regarde avec confiance et bonté le contemplateur du tableau d'un regard assuré et bienveillant. Son bras droit repose sur un coussin lui-même posé sur une table qui accueille la couronne royale et un bouquet de fleurs. La lumière, là aussi, vient de l'arrière pour placer la Souveraine un peu en contre-jour, mais aussi de devant pour faire ressortir les contrastes entre le rose de la peau, les blancs des dentelles et le vert de la robe. L'équilibre est parfait et le tableau reçoit un accueil enthousiaste au salon de 1789, en même temps que mon meilleur autoportrait avec ma fille Julie.

Mais la situation politique et sociale se dégrade brutalement et je commence à avoir peur pour ma fille, mes proches et moi au printemps 1789. Les critiques les plus violentes ciblent la famille royale et leur entourage direct, dont je ne fais pas partie. Elles me visent aussi du fait de ma position de peintre officielle de la Cour et parce que j'ai réalisé, en 1784, un portrait de *Charles Alexandre de Calonne*. Celui-ci a été obligé de s'exiler en Angleterre depuis cette date, du fait de la pression populaire. Une correspondance intime entre lui et moi, inventée de toutes pièces, circule dans Paris et essaie de mettre à mal ma situation et mon honorabilité. Calonne étant impliqué fortement dans la convocation des états généraux, on cherche à l'atteindre en passant par moi. Il est quasiment impossible de répondre à la rumeur.

Le plus inquiétant en ce début d'année 1789, est bien la répétition des émeutes, non pas seulement à Paris mais aussi en de nombreuses villes de province à l'occasion de l'élection des représentants aux états généraux du royaume. Qui faut-il croire ? Ceux qui prédisent le pire et m'incitent à partir en attendant que la situation se calme, ou bien ceux qui pensent que tout va encore s'arranger ? Je n'ai vraiment compris la gravité de la situation que lorsque j'ai réalisé qu'une partie de ceux qui auraient dû être des soutiens indéfectibles de la famille royale, en particulier des membres de celle-ci, payaient les émeutiers pour aboutir à un renversement du régime. Dès lors, ma décision a été prise de préparer un voyage en Italie pour quelques mois, dès que possible et au plus tard juste après la tenue du salon du mois d'août où plusieurs de mes tableaux doivent être exposés.

Je ne regrette pas ce choix car tous mes tableaux sont accueillis avec enthousiasme, en particulier, une œuvre originale et d'esprit nouveau, celle du polonais le *Prince Henry de Lubomirski en Génie de la Renommée*. Ce tableau déclenche un véritable embrasement de la critique pour l'audace de sa représentation et l'incroyable dégradé de couleurs qui y est présent. Ces critiques me ravissent d'autant plus que, à l'instigation de ma commanditaire la Princesse Maréchale Anne-Marguerite-Gabrielle de Beauvau-Craon, j'ai complètement laissé libre cours à mon imagination et aux techniques les plus nouvelles pour peindre son petit neveu âgé de onze ans.

Ce tableau me rapporte une coquette somme, beaucoup plus que les tableaux de la Reine. Il me permet de préparer le voyage en Italie, en même temps qu'il contribue à conforter, encore une fois, ma réputation. Un des autres tableaux qui ont connu un succès important lors de ce dernier salon est celui de *La Duchesse d'Orléans*, épouse délaissée de Philippe Egalité, sans doute à la fois pour la popularité de son modèle et pour la finesse de mon exécution. Plusieurs commentateurs ont souligné que j'avais réussi à capter le caractère de la princesse en peignant à la fois cet air de bonté et cette sensibilité profonde que porte son âme.

Malgré les compliments parfaitement justifiés qu'occasionne cette peinture réussie et où, effectivement, j'ai su faire passer une douce mélancolie en même temps qu'un message de désespoir pour la situation dans laquelle se trouve la duchesse, le succès inattendu de cette dernière peinture me met mal à l'aise. La situation politique dans laquelle le pays se trouve actuellement fait que toutes les circonstances sont bonnes pour renforcer le message politique ambiant. Soutenir et louer ce tableau et son modèle, même délaissé, qui appartient à la famille d'Orléans, en ces temps troublés, revient à critiquer la Reine et la famille régnante. Malgré les compliments et le renforcement de ma réputation artistique, je comprends qu'il est temps pour moi de réaliser ce fameux voyage en Italie dont je rêve depuis longtemps.

Le départ de la diligence pour Lyon se fait à minuit le six octobre. J'ai choisi la diligence pour plus de discrétion, plutôt que la voiture particulière plus facilement repérable par les émeutiers dont je sais bien qu'ils surveillent nos faits et gestes. Le voyage est éprouvant et nous avons failli être reconnues deux fois au cours des cinq jours de voyage pour rejoindre la cité Rhône alpine. Mais le Dauphiné nous accueille enfin et le passage du col du Mont Cenis représente la dernière étape à franchir avant de rejoindre la liberté.

C'est une fuite et non un voyage vers les richesses artistiques italiennes que nous avons fait, je m'en suis rendue compte dès le départ de Paris. Ce qui me poussait ce n'était pas le désir de découvrir les peintures de la renaissance, mais belle et bien l'angoisse de sauver nos vies de ce déferlement de violence qui s'abat sur la France. Néanmoins, nous sommes sauvées et les trois ans passés en Italie sont un vrai délice. Les découvertes des trésors de Turin, de Parme, de Modène, de Bologne, de Florence, de Rome, puis de Naples, de Venise et le passage à nouveau par Milan sont absolument merveilleux.

Combien de chefs d'œuvre avons-nous vus dans ces différentes villes, tous des artistes les plus talentueux et les plus reconnus que la peinture ait jamais créés ? Quel délice dans toutes ces églises, tous ces palais, toutes ces collections privées de voir ces œuvres sublimes, certaines dont la réputation a déjà traversé les frontières, mais tant d'autres encore ignorées aux qualités aussi remarquables que méconnues.

L'accueil dans ces différentes cités est un véritable bonheur également. Munies de recommandations et précédées par des messages annonçant notre visite, la plupart des Académies de peinture m'invitent à faire partie de leurs prestigieuses organisations. Ils me sollicitent pour réaliser une œuvre à cette occasion, ce que je ne manque jamais de faire. Comment résister à de tellement charmantes invitations qui nous ouvrent également les portes de bien des maisons et bien des palais où nous sommes reçues avec joie ?

Ce mélange de découverte des œuvres des plus grand maîtres de la peinture et d'accueil chaleureux dans les foyers des artistes italiens me donne l'impression d'entrer dans la même famille que ces grands peintres. A Rome, où nous séjournons le plus longtemps, je reprends avec ardeur mes activités de portraitiste et ma réputation est établie avec une grande rapidité. Cela nous permet de nous installer confortablement et de vivre de ma peinture comme jamais je n'avais pu le faire auparavant.

Comme à Paris, la communauté étrangère installée à Rome est très riche et très active sur le plan culturel et artistique. Les commandes ne tardent pas à affluer me permettant de retrouver avec bonheur mes pinceaux et mes couleurs. Je reprends mon activité favorite de capture des particularités de mes modèles pour les jeter sur la toile. Naples est aussi une étape importante de mon périple italien. J'y renoue des relations avec la grande famille de Marie-Thérèse d'Autriche où ma position de peintre officielle de Marie-Antoinette est bien connue. C'est aussi l'occasion de rencontrer plusieurs représentants des grandes familles russes qui me font mille invitations pour une visite à Saint Pétersbourg où règne, en impératrice des arts et des cœurs, la Grande Catherine de Russie.

Ce grand voyage de trois longues années a été d'une richesse et d'une intensité incroyable pour moi, pour ma fille et ceux qui m'accompagnent. Malheureusement, le temps écoulé n'a vu qu'une dégradation progressive de la situation dans ma belle France. Au moment où, revenue à Milan, je m'interroge sur le chemin à prendre, je sens que ce n'est pas encore le moment de rentrer chez moi rue de Cléry. Malgré les efforts de mon mari pour sauver ma réputation et notre patrimoine, je suis inscrite sur la liste des émigrés et je risque gros en rentrant en France, non seulement pour mes biens mais surtout pour ma vie. La mort dans l'âme, je décide donc de poursuivre mon errance européenne vers le centre de l'Europe. Nous nous mettrons en route pour Vienne très bientôt.

CHAPITRE 17. AVIDA DOLLARS

Parmi les grands peintres admirés par Svante, Salvador Dalí a une place de choix. Il est, pour le généticien qui a remis en cause bien des dogmes sur l'ADN ancien, un de ceux qui ont fait preuve d'une très grande capacité d'innovation dans le monde de l'art. Ses très nombreuses œuvres picturales associées au surréalisme témoignent, pour Svante, d'un incontestable talent pour remettre en cause la vision du réel et faire entrer dans celle-ci le monde du rêve et de l'imagination comme aucun autre peintre ne l'avait fait auparavant. Ses *Montres molles* ou ses nombreuses peintures sur la crucifixion en sont des témoignages particulièrement éclatants. Une visite récente au Théâtre- Musée de Figueras n'a fait que le conforter dans cette idée.

Elle lui a aussi fait découvrir que Dalí, comme bien des autres artistes auxquels Svante s'est intéressé récemment, était atteint d'une frénésie permanente pour l'activité artistique, le dessin et la peinture, en particulier. Comme Picasso, Vinci ou Hergé, il avait une soif inextinguible de création, remplissant des carnets et des feuilles de ses dessins et peintures. Comme pour eux, il est impossible de recenser complètement les œuvres de Dalí et d'en faire un « catalogue raisonné » tant il en a produit.

Cette hyperactivité artistique va dans le sens des hypothèses de travail de Svante. D'après ce qu'il a pu comprendre de la biographie de Dalí, elle semble avoir émergée très précocement lorsqu'il était enfant et s'est poursuivie tout au long de sa vie.

Une hypothèse génétique sous-jacente de ce comportement est donc assez plausible et justifie son inclusion dans le groupe d'artistes étudiés. Le fait qu'il soit un artiste contemporain est attractif aussi pour Svante qui se rappelle, étant enfant puis adolescent, l'incroyable talent provocateur de Dalí, omniprésent dans les journaux, à la télévision et la radio. Même dans les publicités pour le « Chocolat Lanvin » !

De surcroît, un des énormes avantages du choix de Dalí pour Svante est qu'une grande partie du travail d'obtention de l'ADN du peintre est déjà réalisé. En effet, comme pour Picasso, la justice, espagnole cette fois, a ordonné en juillet 2017 l'exhumation du corps de Dalí pour effectuer une recherche de paternité à la demande d'une hypothétique descendante du grand artiste. L'analyse s'est finalement avérée négative, l'hypothétique fille a été déboutée et l'héritage est resté aux mains de l'Etat espagnol et de la Fondation Dalí, le peintre étant mort sans descendance.

Si tout se passe bien, et le fait qu'il n'y ait pas de descendants le conforte dans cette perspective, il suffit d'obtenir l'accord de ces deux institutions pour que la recherche soit réalisée. Svante active au préalable ses contacts au sein de l'Institut de Toxicologie et de Médecine Légale de Madrid pour vérifier que des échantillons d'ADN ont bien été conservés depuis 2017. Il faut que le matériel génétique de base soit disponible. Soucieux de faire les choses dans les règles, il sollicite un rendez-vous à Madrid avec le Ministre de la Culture et à Cadaquès avec le Secrétaire Général de la Fondation Dalí. Il faut les convaincre de l'autoriser à utiliser une partie de l'ADN restant à Madrid.

Le courrier adressé au Ministre de la Culture reçoit une réponse rapide avec une proposition de rendez-vous avec le Chef de Cabinet du Ministre et l'ancien Ministre de la Culture en poste en 2017. Comme il l'a fait par le passé pour Léonard de Vinci, Svante expose en détail son projet en soulignant l'intérêt scientifique du projet et les retombées positives pour le Ministère et l'art espagnols.

Ils sont d'autant moins difficiles à convaincre que l'ancien ministre garde un souvenir assez désagréable de l'exhumation forcée de 2017. En effet, il avait dû donner son autorisation en se pliant à une décision de justice qui pour lui, était la conséquence de la sollicitation d'une déséquilibrée. Il est donc tout à fait ravi que les efforts déjà faits puissent se traduire par une avancée scientifique potentiellement porteuse d'un accroissement de la renommée de l'artiste. Il accepte de se charger de contacter la conseillère du gouvernement Catalan à la culture et le Maire de Figueras qui donnent leur accord immédiatement, sous réserve de celui de la Fondation Dalí.

Svante se rend à Figueras pour exposer le dossier devant son Conseil d'Administration. Il est en contact avec l'avocat de la Fondation aussi membre du conseil, afin de préparer l'audition. Manifestement, tout le monde est aussi traumatisé par l'exhumation de 2017. Svante doit prendre connaissance de l'ensemble du dossier et doit être pleinement conscient de l'effort qui a été fourni par la Fondation, avant que celle-ci donne son accord à l'utilisation du matériel génétique conservé à Madrid. De la même façon que le Ministre de l'époque, ils ont été forcés par décision de justice, de réaliser cette exhumation. La plaignante, Pilar Abel Martinez, était bien connue localement. Elle avait déjà, depuis de nombreuses années avant 2017, harcelé la Mairie de Figueras et la Fondation pour se faire reconnaître comme la fille de Salvador Dalí.

Toute l'histoire commence, selon elle, par une relation sexuelle entre le peintre et sa mère pendant que celle-ci travaille comme garde d'enfants dans la maison d'amis de Salvador Dalí et de Gala à Port Lligat près de Cadaquès. C'était l'été 1955. Sa mère est une jeune femme qui travaille comme garde d'enfants pour de riches familles passant leurs étés là-bas. Elle aurait gardé le secret de cet enfant issu d'un amour clandestin et se serait mariée rapidement avec un autre homme lorsqu'elle était enceinte. Ce n'est qu'à ses 8 ans que la grand-mère de Pilar Abel lui aurait révélé sa véritable histoire.

Soucieuse de préserver la mémoire du peintre, et sans doute aussi afin de ne pas écorner son image de « vierge impuissant » qui contribue à sa renommée, la Maire de l'époque avait entamé, avec l'appui de la Fondation, une série de démarches pour essayer de savoir si ces dires pouvaient avoir un fond de vérité. La mère de Pilar étant atteinte de démence sénile et son témoignage direct ne pouvant pas être reconnu, la Mairie avait engagé un détective privé pour retrouver des témoins de l'époque. Ils attestèrent, en effet, qu'elle avait travaillé plusieurs années à Port Lligat. Notamment dans la maison d'amis des Dalí où ceux-ci se rendaient fréquemment.

La possibilité d'une liaison entre Dalí et la nounou était donc plausible. Mais cela ne voulait pas dire qu'elle avait eu lieu. Il fallait trouver des preuves concrètes et solides allant dans un sens ou dans l'autre. Le Secrétaire de la Fondation, après avoir contacté des scientifiques de l'Université Autonome de Barcelone, décida de confier à celle-ci plusieurs objets détenus par la Fondation, ayant appartenus à Dalí et sur lesquels pourraient être faits des prélèvements d'ADN. Pilar Martinez accepta de son côté d'être l'objet d'un prélèvement de salive pour pouvoir effectuer la comparaison. Les résultats furent négatifs. Mais les difficultés de prélèvements sur les objets issus de Figueras, et dont Pilar avait été malheureusement informée, n'avaient pas permis de clore complètement le dossier.

Dans l'année qui suivit, sur demande de la Fondation et de la Mairie, le biographe de Dalí confia alors à l'Université de Barcelone de nouveaux objets de sa collection personnelle. Ils donnèrent le même résultat : Pilar Martinez n'avait aucun lien de parenté avec Salvador Dalí. Cette dernière n'avait pas lâché pour autant l'affaire. Elle avait refusé la nouvelle proposition de comparer son ADN avec celui de son père à l'Etat Civil qui avait pour but de savoir si elle était bien la fille de celui-ci, ou non. Elle avait continué à réclamer une exhumation du corps de Dalí. Ayant déjà fait un effort considérable, notamment sur le plan financier, la Fondation et la Mairie stoppèrent la discussion avec Pilar Martinez. Tous les éléments jusque-là accumulés, s'ils étaient transmis à la justice, ne pourraient en aucune façon, selon eux, conduire à une décision de justice en faveur de celle-ci.

Ils se trompaient complètement. De manière assez inattendue, l'exhumation fut ordonnée en juin 2017 par le Tribunal de Première instance n° 11 de Madrid, avec application en juillet. La Fondation déposa immédiatement un recours qui ne put être examiné dans les temps. Après saisie du Tribunal de Cadaqués celui-ci ordonna une exhumation dans la nuit du 20 au 21 juillet. Il fallait, en effet, que l'opération puisse être réalisée de nuit à cause des nombreux visiteurs du Théâtre-Musée au milieu duquel repose Dalí depuis 28 ans.

De nombreux médias relatèrent la façon dont cette exhumation s'était déroulée. Un public très nombreux attendait à l'extérieur que le Maître soit sorti de son sommeil éternel. Mais ni les très nombreux journalistes, ni le grand public ne purent assister à l'opération. Celle-ci nécessitait les compétences des techniciens de l'institut madrilène sous le suivi des hommes de loi et avec le concours de celui qui avait embaumé Dalí en 1989. C'est sans doute lui qui exprima le mieux l'émotion qui suivit, à 22h20, la levée de la pierre tombale de plus d'une tonne et l'ouverture du cercueil en chêne. Lorsque le couvercle fut dévissé puis levé précautionneusement, la figure du Maître apparut, cachée sous un mince mouchoir magnifiquement brodé que l'embaumeur souleva délicatement. Et la magie avait saisi tous les assistants. La figure de l'artiste était intacte et parfaitement reconnaissable avec ses célèbres moustaches « à 10 heures 10 ». L'émotion était palpable. Tous avaient le cœur battant et l'esprit bouleversé par ce retour soudain du grand artiste dans le monde moderne.

Tout le monde se taisait. Le silence de la nuit rendait encore plus émouvant la vision de ce cadavre mort depuis si longtemps et encore incroyablement présent. Il émanait de lui à la fois une force impressionnante et une énergie insoupçonnée. Personne n'aurait été étonné de le voir ouvrir les yeux, se lever et s'exprimer avec le dynamisme et la verve qui ont fait sa renommée. Peut-être ceux qui, parmi l'assistance, avaient été les plus proches de lui, attendaient-ils inconsciemment une nouvelle provocation du Maître ? Pourquoi ne pas ressusciter et leur asséner à nouveau un de ses bons mots sur la Gare de Perpignan ? Mais rien de tout cela ne se passa.

C'est le Président de la Fondation qui rompit le charme et brisa le profond silence du Théâtre-Musée. Il prononça, avec une forte émotion, les quelques mots qu'il avait préparés. Il demandait à Salvador Dalí de bien vouloir les pardonner pour la démarche qui était en train de se dérouler. Il lui demandait aussi de bien vouloir les excuser pour la violation de son repos éternel en raison d'un motif auquel personne ne croyait véritablement, dont la vulgarité n'avait d'égale que le montant de l'héritage culturel laissé par le Maître à l'Etat espagnol et à la Fondation.

Puis les techniciens se mirent à l'ouvrage pour prélever les échantillons nécessaires à l'extraction d'ADN. Ce fut assez facile de prélever des ongles de la main droite et des cheveux derrière la tête mais beaucoup moins facile pour les échantillons osseux, indispensables pour éviter une remise en cause ultérieure. L'embaumement avait été bien fait. Le corps de Dalí était dur comme du bois. Les techniciens de l'institut, aidés de l'embaumeur, durent attaquer le corps du défunt à la scie après avoir découpé une manche de veste et une jambe de pantalon. Certains, parmi les participants, pleurèrent de voir la dépouille du Maître ainsi profanée, malgré le soin et le respect que les techniciens mirent à réaliser leur tâche.

Un humérus et un fémur ayant été extraits, coupés en deux, puis scellés et étiquetés, l'opération se termina vers 02 heures 30 le 21 au matin. Le cercueil fut refermé sans toutefois le sceller à nouveau puisque les échantillons du corps de Dalí envoyés à Madrid devaient être ré-inhumés après l'obtention du résultat des analyses.

Et ainsi que le savait déjà la Fondation avant l'exhumation, les résultats de l'analyse ADN montrèrent que la plaignante Pilar Martinez n'était pas la fille de Salvador Dalí. Toute la Fondation en fut soulagée en pensant que, désormais, il n'y avait plus qu'à demander à la justice de faire supporter les frais judiciaires et d'exhumation à la plaignante. Cette dernière partie de ce long et difficile processus judiciaire était encore en cours.

Après ce long exposé permettant à Svante de bien connaître la façon dont les échantillons présents à Madrid avaient été obtenus, le Secrétaire Général de la Fondation lui indique de bien préparer son projet. Il faut emporter l'accord du conseil d'administration dont la réunion est programmée deux jours plus tard. Au jour dit, Svante présente son projet tout en restant volontairement vague sur les bases génétiques et neurobiologiques de celle-ci. Il insiste sur le fait que Dalí prendra place parmi les plus grands artistes peintres que l'humanité ait connus, depuis la Grotte Chauvet il y a plus de 35 000 ans, jusqu'à l'époque moderne.

Les délégués institutionnels de l'Etat espagnol, du Gouvernement autonome de Catalogne et des Mairies de Cadaqués et de Figueiras ayant été préalablement informés par leurs instances de leur soutien au projet, il n'y a plus qu'à convaincre les 12 autres membres du Conseil. La discussion porte surtout sur la violation de la tombe et du corps du Maître qui fait l'objet de leur part, d'une rancoeur encore très vive vis-à-vis des « exhumateurs » dans leur ensemble. Mais Svante n'en fait pas partie. Il leur donne l'occasion, justement, de redresser un peu le tort fait à Dalí en risquant de le faire entrer, *post mortem*, dans la série des plus grands artistes de l'humanité.

Dès l'accord de la Fondation, c'est Hélène qui se déplace à Madrid pour récupérer les échantillons d'ADN puis les transporter à Leipzig dans le laboratoire de Svante. La méthode est désormais bien rôdée et il ne faut que deux semaines pour que les résultats parviennent à Svante qui en fait aussitôt l'analyse bioinformatique. La déception est à la hauteur de l'effort et de la quantité de salive fournis par le chercheur pour l'obtenir.

Malgré plusieurs analyses répétées et la vérification à plusieurs reprises des données utilisées, directement issues du laboratoire, il ne retrouve absolument pas les résultats d'association génétique trouvée chez Hergé il y a quelques mois. Salvador Dalí ne dispose pas de la même caractéristique génétique que Vinci, Picasso, Bosch ou les artistes des grottes Cosquer et de Lascaux. Cette découverte, ou plutôt cette absence de découverte, plonge Svante dans un abîme de perplexité, tant il lui semblait tout à fait certain que le grand Maître catalan, avec sa faconde, son goût permanent de la provocation et l'œuvre immense qu'il laisse à l'humanité, aurait la même association génétique.

Peut-être cette activité provocatrice permanente était-elle finalement le moyen que Dalí avait trouvé pour s'imposer dans le monde surréaliste, mais que cela ne sous-tendait pas pour autant une réelle activité artistique du même niveau que les autres maîtres chez qui il a identifié l'association ? En tant que généticien, Svante a du mal à croire qu'une telle obsession, qui s'étendait quasiment du berceau à la tombe, n'ait pas été génétique. Peut-être ce comportement obsessionnel était-il le fait d'une association génétique différente de celle déjà identifiée antérieurement par Svante ?

Mais ce dernier sait bien aussi, en tant que généticien, qu'il existe des cas où c'est l'effet du milieu qui conditionne certains comportements. Il ne pouvait pas s'empêcher de penser, mais il n'en dirait rien aux membres du conseil de la Fondation, que cela pouvait être, pour Salvador Dalí le moyen de perpétuer son succès et de continuer à faire fortune.

N'était-ce pas André Breton qui l'avait surnommé Avida Dollars ?

CHAPITRE 18. JE SUIS LE PEINTRE DU CLAIR-OBSCUR

Il y a déjà plusieurs jours que je suis entre la vie et la mort dans ce qui doit être un hôpital. Plusieurs jours que mon esprit vagabonde entre la réalité, des souvenirs de ma vie et des cauchemars impossibles. Dans mes moments de lucidité et avec l'aide des sœurs qui me soignent tant bien que mal, je me souviens de ces derniers moments avant que je perde connaissance sur la plage de Porto Ercole. J'attendais mon bateau pour rejoindre Rome et, enfin, recevoir le pardon et la grâce de sa Sainteté le Pape. Il y a de nombreuses années que j'attends ce moment et mon impatience d'effectuer cette dernière partie du voyage était aussi grande que celle, plus immédiate, de voir arriver enfin le bateau que j'avais commandé.

Mais la felouque ne venait pas et la perspective de m'être fait posséder a peu à peu laissé place à la colère qui a pris le dessus, comme d'habitude, sur la raison. L'homme à qui j'avais payé d'avance mon passage entre le petit port et Ostia a eu beau me dire que le bateau allait bientôt arriver, je ne l'ai pas cru et le ton est monté rapidement jusqu'à en venir aux mains. Mais cette fois-ci, je n'ai pas eu le dessus et la bagarre a dégénéré en ma défaveur. Je ne me souviens que de l'éclair de sa lame et du coup de couteau final. C'est sans doute lui qui m'a expédié dans cet hôpital où j'erre entre la vie et la mort comme une âme à la recherche de son corps mortel. Mes moments de lucidité sont brefs et, la plupart du temps, mon esprit vagabonde dans mes souvenirs et dans mes tableaux.

Curieusement, ce sont les souvenirs de mes premières années à Rome qui sont les plus présents dans mon errance. Ce sont sans doute celles où je suis encore dans l'innocence de la jeunesse et où mon passé ne me poursuit que pour me rappeler les bons souvenirs de ma mère et de mes frères et sœurs à Milan et à Carravagio. Ces premières années romaines sont aussi celles de la découverte de l'amour et de la liberté. Amour pour aimer à la folie de la jeunesse, liberté d'aimer qui l'on veut, amour de la peinture, liberté de s'exprimer sur la toile pour y jeter ce que j'ai de plus profond en moi.

Non que mes vingt premières années ne m'aient rien apporté. Mais elles n'avaient pas ce goût de la liberté dont je jouis désormais en vivant comme les Romains. Enfin, je peux, dépassant toutes les conventions apprises à Milan dans l'atelier de Simone Peterzano mais en m'appuyant sur les techniques apprises chez lui, me lancer dans l'exploration d'autre chose que les œuvres religieuses dont le carcan m'étouffe.

Cette intense activité de création artistique que je ressens au plus profond de moi, est-elle innée ? L'ai-je toujours eue en moi, ou bien résulte-t-elle de la soudaine liberté et de l'amour profond que je porte à Luigi, à la fois mon amant et mon modèle ? Tout s'entremêle dans ma tête aujourd'hui, tout s'entrecroise, le présent, le passé et un autre monde. Un monde parallèle mais qui est le véritable centre de ma vie, celui de mes tableaux. Ma fièvre les fait vivre, les fait se mélanger et mon premier vrai tableau, ce *Garçon à la corbeille de fruits* est aussi présent aujourd'hui, dans ce sinistre hôpital où j'ai peur de mourir, qu'il l'était lorsque mon premier amour était devant moi, en train de poser avec ses adorables boucles brunes et son air enfantin. Je l'aime encore, même s'il y a longtemps qu'il a disparu de ma vie. Son tableau est gravé dans mes souvenirs, même s'il y a longtemps que je m'en suis séparé. J'en revois tous les détails.

Reviennent à ma mémoire toutes les étapes de son élaboration. Cette toile reste présente dans mon œuvre comme le premier tableau que j'ai peint avec autant d'habileté et a révélé mon style de peinture. Celui qui allait révéler ma vraie nature. La commande de Monseigneur Pandolfo Pucci était bien de peindre son jeune protégé, mais il n'a pas deviné, puis n'a pas compris que j'allais lui chiper. Il m'avait lui-même donné l'instrument de notre trahison. La carnation de Luigi était très réussie. C'était la première fois que je comprenais, que j'inventais, une des règles que j'appliquerai ensuite à tous mes tableaux. Il faut que le modèle se détache sur un fond éclairé, mais que le modèle soit éclairé aussi par une autre source de lumière que celle du fond afin qu'il se détache et paraisse véritablement sortir du tableau comme une image en relief et comme savent le faire les sculpteurs.

Bien sûr, un tel jeu d'éclairages n'est guère possible dans la réalité sauf à mettre en œuvre des miroirs comme le faisait Léonard de Vinci pour ses portraits. Mais rien n'empêche le peintre d'imaginer dans sa tête les jeux lumineux complexes qui feront la réussite du tableau. La seconde règle, que je connaissais déjà depuis longtemps lorsque je peignais Luigi, est de faire apparaître des couleurs vives et contrastées. Ce sont les fruits de la corbeille de Luigi, fruits défendus s'il en est, qui m'ont donné l'occasion de faire éclater ces couleurs. Aujourd'hui, dans mon délire fiévreux, je suis avec Luigi, je déguste avec lui les fruits de sa corbeille. Nous échangeons les grains de raisin comme tous les amoureux du monde. Nous nous délectons de leur goût sucré et de leurs odeurs, témoins de notre bonheur d'être ensemble.

A ma grande surprise, le commanditaire m'achète ce premier tableau sans barguigner et en me recommandant même auprès de plusieurs de ses amis de la bonne société romaine. C'est bien cette première œuvre qui va m'entraîner sur la pente du succès qui ne m'a pas quitté depuis.

Dans ma tête aujourd'hui tout se mélange. Je suis le jeune chevalier abusé par ma *Diseuse de bonne aventure*, fier dans mon pourpoint beige aux manches bouffantes et au col blanc, tenant mon gant droit avec élégance dans ma main gauche, mon épée bien accrochée au côté et mon chapeau à plumes solidement posé sur ma tête. Je regarde *La Diseuse de bonne aventure* avec dans les yeux l'espoir qu'elle me prédise un monde meilleur, qu'elle me guide pour tout l'avenir qui me reste. J'en aurais bien besoin aujourd'hui de celle-ci, d'ailleurs.

Vais-je mourir ici avant d'avoir recueilli le pardon de l'Eglise ou bien retrouverai-je enfin la vie trépidante et folle de la Rome éternelle ? Elle ne me dit rien, je la regarde mais elle est muette et je suis muet, comme sur mon tableau.

Je suis aussi le barbu de mes *Tricheurs* qui regarde avec sa moue dubitative la « main » du joueur en s'apprêtant à faire un signe à son complice. Là aussi, je m'y sens bien dans ce tableau que j'ai pris beaucoup de plaisir à construire et à peindre, tant il représente pour moi un de mes attraits préférés pour la vie romaine. Je me revois en train de dessiner puis peindre la figure du barbu, prenant un soin particulier à représenter mon œil écarquillé et inquisiteur, mes rides du front et ma moue dubitative, travaillée grâce à mon image dans la glace disposée dans l'atelier. Mon riche pourpoint brodé aux manches rayées est du plus beau chic et rivalise d'élégance avec celui de mon complice. Mes mains gantées aux doigts percés de trous pour mieux saisir les cartes et mon chapeau à plumes témoignent de ma distinction.

Sous l'emprise de la fièvre, tout se mélange dans ma tête. Suis-je vraiment ce personnage du tableau ou bien suis-je le peintre, ou bien encore le Cardinal del Monte, grand amateur d'art et de jeunes garçons, qui me l'a commandé espérant bien, à juste titre, obtenir mes faveurs ?

Je me vois aussi dans une de mes œuvres préférées, être à la place du Christ quel blasphème induit par la fièvre ! - et désigner Saint Matthieu de ma main alanguie pour lui conférer sa vocation. C'est sans doute que je me sens particulièrement bien aussi dans cette *Vocation de Saint Matthieu* où j'ai imposé au Cardinal del Monte plusieurs des techniques soigneusement élaborées depuis plusieurs années et déjà apparentes dans mes premiers tableaux. Sur un fond éclairé, des rayons de lumière illuminent une partie seulement des visages appartenant aux personnages de la scène, laissant dans l'ombre du chapeau une partie de ceux-ci. C'est, en particulier, le cas du mien. Cette volonté d'alterner le clair et l'obscur sur un même visage est désormais une de mes marques de fabrique que tout le monde s'empresse de copier ! Mon tableau génère une profusion d'imitations plus ou moins heureuses, toujours avec plusieurs personnages en train de boire et manger tandis que d'autres jouent de la musique, le tout dans une atmosphère ténébreuse entrecoupée de zones de lumière vive.

Je me vois errer dans mes tableaux vivants, tantôt étant un personnage de ceux-ci, tantôt un observateur oublié par le peintre et tantôt le peintre qui les a faits. En cette chaude après-midi d'été où la douleur et les affres de l'infection travaillent mon corps avec ardeur, tous mes tableaux repassent dans ma tête, mélangés entre eux, les personnages des uns dans les décors des autres et sans ordre logique.

Marie-Madeleine n'est plus repentante mais recueille à la place de l'Archange Gabriel, l'extase de Saint François, Bacchus ne tenant plus sa coupe remplie de vin est mordu par un lézard, Marthe et Marie Madeleine jouent du luth et Saint Jean Baptiste sacrifie Isaac !

Quelle confusion dans ma pauvre tête ! Vais-je guérir et sortir d'ici pour m'agenouiller enfin devant Paul V et lui demander le pardon ? Rien n'est moins sûr car les heures s'écoulent, alternant douleur et somnolence, conscience et inconscience, me faisant parcourir une sarabande infernale, celle de ma vie.

Je rejoue aussi les nombreux combats auxquels j'ai participé pendant ma vie de débauché et de jeune membre de la bourgeoisie romaine. Je participe à nouveau, dans ma tête, aux grandes fêtes données par les seigneurs et prélats romains pour tout ce que Rome compte du monde de l'art. Quelle époque bénie pour un grand artiste tel que moi de pouvoir côtoyer d'autres peintres, dont bien peu m'arrivent à la cheville, mais surtout des poètes, des musiciens, des sculpteurs, des écrivains et des architectes chargés, tous, de mettre en évidence la grandeur et la richesse, de la chrétienté !

Je me revois allant d'église en église, de chapelle en palais, pour y représenter avec mon pinceau, mes couleurs et mon sens de la lumière, des scènes de la vie du Christ et de la vie des Saints. Il faut, en effet, instruire le bon peuple par l'image, puisqu'il ne sait pas lire. Tout se mélange dans mon esprit aujourd'hui, les peintures murales de la chapelle Contarelli, mon combat à l'épée avec Giovanni Baglione, mes disputes avec bien d'autres peintres jaloux de mon succès, tout cela se joue simultanément alors que ma raison sait bien que je n'ai combattu personne en duel dans une église !

Mes amours aussi se mélangent et je ne sais plus si j'ai fait l'amour avec le Cupidon nu de mon *Amour victorieux* ou bien avec Vincenzo le commanditaire du tableau, un des financiers les plus puissants de la place de Rome qui m'aime comme un fou au point d'assurer ma sécurité matérielle à un niveau jamais atteint jusqu'alors. Initialement réservé à sa collection privée, le tableau lui plaît tellement et il est tellement fier de notre liaison qu'il décide de l'exposer publiquement, révélant ainsi notre relation. Quel scandale !

La vie s'écoule à Rome avec presque autant de tumulte que dans mon cerveau dans ce maudit hôpital, mais j'ai peur que l'issue n'en soit pas identique. Je suis transporté dans mon rêve dans ma maison romaine, tout près du Palais Borghèse dans la ruelle dei Santi Cecilia e Biagio. C'est l'époque où je passe souvent mes soirées à traîner dans les tavernes avec mes compagnons, tous effrontés, spadassins ou peintres. Nous jouons aux cartes, buvons, faisons de la musique et fréquentons les bordels interlopes de la capitale des états pontificaux.

Au cours d'une de ces grandes fêtes de rue, à la veille de l'anniversaire de l'élection du pape Paul V, de nombreuses bagarres se déclenchent dans la ville. Je me souviens comme si c'était hier et malgré ma fièvre, que dans l'une d'entre elles, Onorio Longhi, Troppa et moi faisons face à des membres de la famille Tomassoni, parmi lesquels Ranuccio Tomassoni et son frère Giovan Francesco, pourtant gardien de l'ordre. Cette rixe a pour objet une ancienne querelle portant sur mes peintures et la nature de mes relations avec mes commanditaires, en particulier Vincenzo.

Pendant ce combat, que je revis aujourd'hui étape par étape dans mon délire fiévreux, je tue Ranuccio d'un coup d'épée et je suis moi-même blessé. Troppa, est également tué par Giovan Francesco. A la suite de ce drame et pour échapper à ma condamnation certaine à la décapitation, je fuis alors vers Naples, bien tranquille alors de ne plus être sous la férule de Rome mais sous celle de la couronne espagnole. Cet exil forcé est un bienfait pour ma peinture et ma renommée est telle que je reçois plusieurs commandes financièrement très intéressantes de la part surtout du clergé napolitain pour des œuvres religieuses.

La compagnie de mon ami et ex amant Louis Finson, qui m'accueille dans son atelier sur place, est aussi pour moi un vrai réconfort. J'y retrouve la nostalgie d'un ancien amour renaissant en même temps qu'un bain de jeunesse qui me ramène aux premières années consacrées à la peinture et à la peinture seule. C'est une période heureuse et féconde. Je partage avec Louis mes commandes qui dépassent de loin mes capacités de production.

Nous faisons ensemble plusieurs œuvres que je signe seul pour bénéficier des prix de vente élevés liés à ma renommée. J'essaie aussi de lui transmettre une partie de mes techniques que je crois responsables du formidable succès que connaissent mes peintures. C'est un élève attentif et assidu que j'ai aussi aimé profondément en son temps. Faire que les arrière-plans de mes tableaux s'assombrissent jusqu'à devenir une grande surface d'ombre qui contraste violemment avec les personnages touchés par la lumière, est l'une de mes inventions les plus productives. Dans la plupart des cas, le rayon de lumière pénètre dans l'espace représenté sur un plan qui coïncide avec le plan du tableau, selon un axe oblique venant d'en haut depuis la gauche.

Je lui enseigne aussi l'usage des ombres portées, qui doivent être très travaillées et plus précises que chez les autres peintres, grâce à mes connaissances dans le domaine de l'optique. Dans notre atelier de Naples, ville inondée de lumière toute l'année, nous montons ensemble un dispositif optique de miroirs. J'en rêvais depuis longtemps, il s'inspire de ce que je connais de l'atelier de Léonard de Vinci, lorsque j'étais jeune peintre à Milan. Ainsi, une lumière puissante et crue provient d'un point surélevé au-dessus du tableau sous forme de plusieurs sources naturelles de lumière d'angles incidents différents. Cela découpe les personnages placés sur le fond noir des murs de l'atelier.

Dans toutes nos commandes napolitaines, comme je l'ai fait à Rome, nous imaginons, en allant sur place, le tableau placé dans son cadre final, en général une église, et les jeux de lumière auxquels il sera exposé une fois en place. L'utilisation des couleurs est aussi un des points que je lui enseigne avec bonheur. Il faut éviter les dégradés à l'intérieur de chaque ton et ne pas craindre de juxtaposer abruptement des couleurs saturées, rendant ainsi le tableau plus contrasté et contribuant à la construction du clair-obscur auquel je tiens tant.

Mon délire fiévreux de Porto Ercole fait aussi resurgir en moi la peur de la décapitation à laquelle j'ai été condamné par contumace à Rome, même si cette peine est maintenant abrogée. Toutes les nombreuses représentations de décapitations que j'ai faites depuis *La Décollation de Saint Jean Baptiste* et de sa tête entre les mains de Salomé, jusqu'à David tenant la tête de Goliath le glaive à la main en passant par le glaive vengeur de Judith tranchant la tête du tyran dans *Judith et Holopherne*, se mélangent dans ma tête pourtant encore bien en place. Les images s'entrecroisent et se répondent dans un seul tableau dans lequel je suis un des participants actifs, craignant sans doute de subir le même sort qu'eux ! Je me réveille alors en sursaut et sors de mon cauchemar en criant, faisant venir auprès de moi les sœurs qui accompagnent mes hallucinations.

Malgré leurs soins, je sens bien que mon état se dégrade petit à petit. J'ai peur que cette infection ne finisse par gagner et que ma fin soit proche désormais. Pardonné par sa Sainteté *Paul V*, je mourrai en espérant ne pas passer trop de temps au Purgatoire avant de rejoindre le paradis des artistes.

CHAPITRE 19. EST-CE UN AUTHENTIQUE TABLEAU DU CARAVAGE ?

Je suis un grand amoureux de la peinture italienne, mais surtout, je suis un amoureux fou du Caravage. Je le considère comme un des plus grands peintres de toute l'humanité. Aussi, quand un de mes amis et expert américain en peintures italiennes m'appelle un dimanche matin pour me dire qu'on avait peut-être retrouvé un tableau du Caravage, ma tension artérielle fait un bond. Quand il me dit que c'est un *Judith et Holopherne*, mon excitation est à son comble ! Une famille toulousaine vient de retrouver dans le grenier d'une propriété familiale un tableau d'assez grandes dimensions représentant la scène biblique. Un des meilleurs experts français l'attribue sans aucun doute au Caravage.

L'œuvre, citée par certains chroniqueurs de l'époque comme ayant été réalisée à Naples, a été mentionnée comme disparue jusqu'à présent. Il subsiste encore quelques doutes quant à l'attribution au Caravage ou à un autre peintre et marchand d'art avec qui il travaillait, Louis Finson. Mon ami expert m'indique qu'il serait sans doute très intéressant de pouvoir rapidement en savoir plus sur le tableau. Nous pourrions, en tous cas, essayer de nous faire une opinion avant que le tableau ne soit mis en vente.

C'est peut-être l'occasion pour le Metropolitan Museum, dont je suis administrateur, de renforcer la collection d'œuvres du Caravage avec une peinture dont le sujet m'a toujours passionné. Faire la preuve de sa réalisation par le maître plutôt que par

Finson ne s'avère sans doute pas si facile. Je sais bien que les batailles d'experts qui s'appuient uniquement sur la peinture en elle-même, essayant de distinguer, ou non, les caractéristiques du peintre, auront lieu quoi qu'il arrive. Aucun document attestant de l'origine du tableau n'est retrouvé dans le grenier de ce château toulousain. Même si ce dernier a été construit au seizième siècle, il semble peu probable que le tableau ait été conservé depuis la fin du seizième dans ces conditions.

Notre contact, commissaire-priseur à Toulouse, indique que l'origine probable résulterait d'un pillage fait par les troupes napoléoniennes en Italie. Le tableau aurait été transmis ainsi aux aïeux des propriétaires du château. Il existe, en effet, un général napoléonien dans les ancêtres de ces derniers. Mais aucun document ne vient appuyer cette hypothèse et le lien entre Naples et Toulouse reste à faire.

Avec des investisseurs comprenant la plupart des entreprises publiques, des fonds de pension, des fonds souverains et des banques centrales, l'entreprise que je dirige dispose de moyens considérables. Cela permet de s'intéresser à d'autres choses que la finance. L'art et la peinture en particulier, peut-être parce que ma mère était artiste peintre et que je suis resté célibataire, ont toujours pris la seconde place dans ma vie après les fonds spéculatifs. Marqué par la première œuvre du Caravage je suis resté très attaché à ce peintre. Il n'y a que très peu de ses œuvres que je n'ai pas pu contempler encore de mes propres yeux.

Après *Le Petit Bacchus malade*, c'est *Bacchus*, conservé à la Galerie des offices à Florence, qui est le tableau que je préfère, tout au moins pour la période de jeunesse du peintre. Il date de la même époque que le premier. L'artiste a-t-il répondu à une commande d'un des princes romains ou bien s'est-il laissé guider par son instinct et son talent ? Cette série de portraits individuels représentent des thèmes très audacieux pour l'époque. Ils mettent en scène les personnages avec une vivacité que les autres peintres de son temps n'ont pas. A chaque fois, des couleurs et des lumières inattendues donnent véritablement vie à la courte scénette mise sur la toile.

Bien sûr, je suis aussi extrêmement admiratif des tableaux du Caravage plus avancé en âge et en technique. Mais je me plais à penser que, dès ses premiers tableaux, toute la puissance de l'artiste était déjà là. Le reste de sa vie, le reste de ses œuvres, n'a été, finalement, que la démonstration de cette capacité qu'il possédait en lui depuis le début. Faire surgir de sa tête la représentation des couleurs, la combinaison des clairs-obscurs, la façon dont le rayon de lumière vient frapper la scène, donne toute sa force au tableau.

En même temps que l'annonce de la découverte du tableau toulousain, je me souviens d'avoir vu passer une information capitale il y a quelques mois dans la presse à propos de l'attribution de tableaux encore incertaine à Jérôme Bosh et à Léonard de Vinci, grâce à une technique de détection de l'ADN sur les tableaux eux-mêmes. Cette découverte avait été rendue possible par la mise au point, difficile et pas à la portée de n'importe quel laboratoire, d'une technique de collecte puis d'amplification d'échantillons prélevés sur les tableaux de ces deux grands maîtres de la peinture des quinzième et seizième siècles. Dans les deux cas mentionnés, la détermination de l'appartenance des échantillons et, *in fine*, l'authentification des tableaux, s'appuyaient également sur l'existence d'ADN attribué avec certitude au peintre ou à quelqu'un de sa famille proche.

Dans le cas du Caravage, pour lequel je suis avec délectation les moindres évènements concernant sa biographie, je me souviens aussi qu'il y a quelques années, deux équipes italienne et française avaient travaillé sur la cause possible de la mort du peintre, toujours restée très controversée dans son historiographie. Ainsi, une équipe d'anthropologues italiens a démontré que ce qu'il restait du corps du Caravage pourrait être caché parmi des dizaines d'autres corps enterrés dans une crypte en Toscane. L'équipe a étudié les restes qui ont été exhumés pour savoir s'il s'agit bien du peintre et, si oui, découvrir comment il est décédé.

Le certificat de décès de Michelangelo Merisi, surnommé Le Caravage, est daté de 1610. Il avait 39 ans. Il serait mort à l'hôpital après trois jours d'hospitalisation, et pas seul sur une plage comme on le pensait généralement. Ceci signifie que le corps a sans doute été enterré dans le cimetière de San Sebastiano, la petite ville côtière de Toscane où il aurait été hospitalisé. En 1956, les corps enterrés dans ce minuscule cimetière ont été transférés à Porto Ercole, une ville des environs. D'après une datation au carbone 14 et d'autres analyses, certains des ossements transférés à Porto Ercole ont appartenu à un seul homme qui est décédé à la même période que l'artiste, alors qu'il avait entre 37 et 45 ans. Outre ces concordances chronologiques, les os présentent une forte teneur en plomb et en autres métaux largement utilisés à cette époque en peinture.

Le Caravage n'a pas eu d'enfant, à leur connaissance, mais en épluchant le registre des décès de Caravaggio, village d'où était originaire sa famille, les scientifiques ont identifié une vingtaine de descendants portant le même patronyme Merisi ou Meresi et qui pourraient être des parents éloignés du Caravage. Leur ADN a été comparé à celui des os retrouvés et les scientifiques italiens, aussi bien que les marseillais, ont la conviction qu'il s'agit bien des restes du grand peintre. En effet, 11 marqueurs génétiques microsatellites sur 17 présents dans le chromosome Y de l'ADN ancien sont compatibles avec les ADN modernes des familles Meresi et/ou Merisi.

Cette étude, publiée dans un grand journal scientifique en 2018 n'a pas eu, pour le moment, de conséquence pour l'authentification du tableau retrouvé à Toulouse. Peut-être personne n'a-t-il fait le rapprochement entre les deux affaires ? Peut-être personne n'a-t-il entre les mains les techniques d'échantillonnage délicates sur des tableaux anciens ? Une autre hypothèse est, peut-être, que les détenteurs actuels du tableau ne souhaitent pas, finalement, en vérifier l'authenticité puisque celle-ci, pour le moment est faite vers Le Caravage plutôt que Finson. Quoi qu'il en soit, pour mon ami expert et moi, la situation est claire. Il faut essayer d'acheter ce tableau en vérifiant avant cela s'il est bien de la main de Caravage lui-même.

Nous pensons qu'il faut s'appuyer sur les techniques et les compétences du généticien allemand, Svante Dabôô. Il a conduit les recherches récentes sur de Vinci et Bosch et vient d'obtenir le prix Nobel de Médecine. Quoi demander de plus ? Je charge mon ami de le contacter et d'organiser une rencontre en Europe le plus vite possible afin de dégager une démarche originale qui permettrait une authentification indiscutable de l'œuvre retrouvée à Toulouse.

La rencontre a lieu à Paris et rassemble quatre interlocuteurs : Svante, Hélène Lucaux sa proche collaboratrice, mon expert et moi-même. Il ne faut que peu de temps, après avoir présenté mes objectifs et que Svante ait rappelé ses résultats, pour trouver un accord. Le financement est assuré par le département de recherches du Metropolitan Museum et par ma fortune personnelle. J'ai l'impression que Svante et Hélène sont ravis. Ils sont plus habitués à traiter avec d'interminables appels d'offres aux résultats aléatoires qu'avec un financier aux moyens très importants !

Je leur explique que, pour moi, Le Caravage est une incroyable ode à la lumière et au dessin. De mon point de vue, c'est un des artistes qui a révolutionné la peinture en inventant véritablement le clair-obscur. Il l'a l'appliqué avec un incroyable mélange de délicatesse et de brutalité aux sujets traités, parfois très violents eux-aussi. Dès la vue de son premier tableau, *Bacchus malade* peint à 22 ans, annonciateur de toute la vie du peintre, j'ai a été saisi par l'originalité de l'œuvre. La précision du dessin, la cruauté avec laquelle le peintre n'a pas hésité à représenter un dieu en mauvaise posture et les teintes des couleurs, annoncent déjà tout le reste de l'œuvre du grand artiste.

Lors de ma première visite à la Galerie Borghèse à Rome, avec ma mère il y a bien longtemps maintenant, j'ai été profondément marqué par ce portrait. Il a été peint à une époque où il était plus fréquent de représenter, sous la pression de la très sainte église catholique, des épisodes plutôt instructifs de la vie des saints. Que Le Caravage ait pu réaliser un tel tableau, d'une telle originalité picturale en plein seizième siècle, était pour moi une véritable énigme. Au cours de mes nombreux voyages réalisés ensuite, comme étudiant puis comme membre dirigeant du Crédit Suisse, puis « CEO » du plus grand fonds spéculatif mondial allocateur discrétionnaire de fonds de couverture, je n'ai jamais manqué d'aller contempler les tableaux du Caravage détenus par différents musées dans le monde.

Au-delà de ces deux tableaux de jeunesse, comment choisir parmi les autres, parmi les très nombreux tableaux où le génie du maître s'est exprimé pour réaliser une œuvre aussi parfaite, aussi novatrice pour son siècle et qui a traversé le temps avec autant d'aisance ? *La Diseuse de bonne aventure* et *Les Tricheurs* font aussi partie de ma « short list ». Ils combinent avec autant d'habileté et de complexité, toutes les caractéristiques liées à la scène et au tableau. Dès le premier coup d'œil, le contemplateur de *La Diseuse de bonne aventure* voit le charme qu'elle déploie pour séduire son client et le faire pleinement adhérer à ses dires. On s'attendrait à ce qu'elle regarde la main de son partenaire pour en extraire le destin qu'elle lui prédit d'après les lignes qui s'y déploient. Mais non, elle le regarde dans les yeux avec une telle malice et une telle force que celui-ci, malgré sa tenue élégante et son épée au côté, ne demande qu'à croire à ses boniments. Le dessin des deux personnages est incroyablement fin et précis. Les habits sont d'une véracité incroyable tant par leur couleur, leur texture, que par les nombreux plis qu'ils présentent. Les visages sont criants de vérité. Ils ressortent du fond du tableau pourtant éclairé par une fenêtre qu'on ne voit pas. Il émane de celui-ci une force impressionnante en même temps qu'un équilibre parfait des personnages, de leur disposition dans l'œuvre, de leurs couleurs et de l'ambiance lumineuse dans laquelle le peintre les a placés.

C'est cet équilibre et cette force parfaite que je ne manque jamais une occasion d'aller contempler avec émotion lors d'un de mes nombreux passages à Paris.

La seconde version de *La Diseuse de bonne aventure*, celle détenue à Rome par le musée Capitolini, me semble un peu moins aboutie que la première. Notamment en ce qui concerne la présence des deux personnages et l'équilibre des lumières, moins parfait que dans la version détenue par Le Louvre. Je me suis souvent demandé si cette seconde version n'était pas plutôt le fait d'un compagnon d'atelier que du Caravage lui-même.

Les Tricheurs sont de la même facture que le premier *Diseuse de bonne aventure*. On y retrouve la même disposition des personnages et les mêmes techniques picturales. Les trois hommes ont la face éclairée. Les traits bien visibles sont présentés devant un fond lumineux lui aussi. Ce dernier les fait apparaître au premier plan, comme s'ils sortaient du tableau lui-même. Nul doute que les deux œuvres ont utilisé une technique identique, qu'on sent très réfléchie et très aboutie pour l'époque. Cette fois-ci, ce n'est plus une diseuse de bonne aventure qui tente de duper un pauvre naïf, mais deux joueurs de carte qui trichent ouvertement. Dans une tonalité un peu différente, le naïf, cette fois-ci, ne semble pas être impressionné plus que ça par les efforts des deux tricheurs. Il conserve une attitude d'une sérénité tranquille, comme si la « main » dont il disposait était suffisante pour triompher malgré les tricheries !

Comme dans l'œuvre précédente, je ne manque pas, lorsque je vais admirer le tableau à Forth Worth, de m'émerveiller devant la finesse et l'extrême qualité de réalisation non seulement des visages des trois personnages, mais encore de leurs chapeaux à plumes d'une vérité et d'une fraîcheur étonnantes.

Evidemment, je suis aussi amoureux des *Musiciens*, exposé à New-York au Métropolitan Museum. C'est moi qui ai incité, il y a longtemps maintenant, le musée à se porter acquéreur de cette toile magnifique alors que le prix des œuvres de ce type était encore raisonnable. Dans celle-ci, Le Caravage donne la pleine mesure de son talent pour représenter les corps et les visages de ces quatre jeunes et beaux musiciens. Résultant probablement d'une commande, ce tableau est d'une grande originalité pour l'époque. Il montre que la musique était aussi un art très prisé par les classes dirigeantes de Rome.

La religion, malgré sa puissance et l'emprise dont elle

disposait sur les esprits, n'était pas la seule force motrice de cette période. Dans ces *Musiciens* j'aime particulièrement les visages de ces beaux éphèbes qui, bouches légèrement entr'ouvertes comme un appel, sont en train de préparer le morceau de musique qu'ils s'apprêtent à jouer. C'est l'alliance de la beauté de l'Homme et de la musique que l'artiste a voulu représenter ici. Il les rend indissociables, comme si l'un ne pouvait jamais aller sans l'autre en ce bas monde.

A l'époque où le musée a acheté cette toile, plusieurs esprits puritains se sont élevés contre moi au sein du conseil d'administration. Ils dénonçaient le caractère potentiellement licencieux, voire ouvertement homosexuel, de ce tableau en argumentant que son exposition pourrait entraîner de jeunes visiteurs dans la débauche. L'achat du *Joueur de Luth* peu de temps après, mit fin à la polémique, installant Le Caravage, à mon grand bonheur, comme un des peintres favoris du musée.

Parmi les très nombreux tableaux d'inspiration, et probablement de commande, religieuse peints par Le Caravage dans le reste de sa courte carrière, j'avoue avoir un faible pour encore deux tableaux. Le premier est celui de *La Vocation de Saint Matthieu*, que je vais contempler fréquemment à Rome dans l'église Saint-Louis-des-Français.

Cette scène, dont l'architecture et la technique me rappellent *La Diseuse de bonne aventure* ou *Les Tricheurs*, est d'une complexité extrême. Elle met en jeu plusieurs personnages que le peintre a situés dans des positions et des attitudes fort différentes. Chacun d'eux est en mouvement ou montre une attitude interrogative forte. Le contemplateur du tableau a envie de prêter l'oreille pour entendre les mots, sans doute puissants et profonds qu'ils prononcent. L'ensemble de la scène est éclairé avec une habileté extrême par une fenêtre que, encore une fois, on ne voit pas mais qui éclaire le fond du tableau. Elle fait ressortir les personnages avec un relief presque palpable. La main du Christ qui désigne Saint Matthieu est semblable à celle de Dieu sur le plafond de la Chapelle Sixtine. C'est sa direction qui guide l'ensemble du tableau. Elle indique la marche à suivre pour toute l'humanité. Les costumes sont aussi superbement vivants que les personnages qu'ils habillent. Les couleurs des tissus, très vives lorsqu'elles sont éclairées, deviennent foncées et presque noires lorsqu'elles sont dans l'ombre, révélant l'incroyable talent du Caravage. J'adore ce jeu de lumières sur les tissus.

Le second parmi ces tableaux inspirés de la religion est celui de *Judith et Holopherne*. Pourtant maintes fois représentée et présente dans de nombreux musées et collections de peintures, cette scène biblique m'attire par le contraste entre la violence de la scène et la méticulosité avec laquelle l'artiste a représenté les protagonistes et le décor.

Dans la version du Caravage que je connais bien pour l'avoir vue à plusieurs reprises à Rome, il est très probable que l'auteur s'est représenté lui-même à la place d'Holopherne, la gorge à moitié tranchée par le glaive de Judith.

A l'époque, il était très fréquent et pour ainsi dire une règle, que les visages représentés sur les tableaux de commande soient ceux du commanditaire ou, plus simplement, ceux de personnages réels que l'artiste connaissait et dont il avait saisi le dessin pour les mettre en scène dans de futurs tableaux à leur insu.

Faut-il y voir simplement le fait que le commanditaire n'a pas souhaité y figurer, et on le comprend, soit que le peintre n'a pas voulu représenter un innocent dans cette situation cruelle, soit encore qu'il a voulu se punir par la peinture des péchés commis dans la vraie vie ? Là aussi, difficile de savoir où est la vérité. Le visage de Judith est également criant de vérité. Il est porté par la soif de vengeance en même temps que par la concentration sur le geste de décapitation du général assyrien et que par l'horreur de celui-ci. Le peintre fait aussi porter cette soif de vengeance par la vieille servante accompagnant Judith et qui s'apprête à recueillir la tête d'Holopherne pour l'emporter en dehors de la tente. Les tissus portés par les protagonistes sont aussi superbement représentés.

Au contraire des *Tricheurs*, de *La Diseuse de bonne aventure* ou de *La Vocation de Saint Matthieu*, le fond de la scène est étrangement absent, sombre et sans lumière aucune, comme si la violence de la scène s'imposait, intemporellement et en dehors de tout lieu. Comme dans ces trois tableaux les visages de *Judith et Holopherne* sont illuminés par une forte lumière, sans doute divine.

La détermination de l'authenticité du *Judith et Holopherne* toulousain que je convoite dépend donc désormais de deux éléments. Le premier est de pouvoir disposer d'échantillons d'ADN du Caravage, soit auprès de la Commission nationale italienne pour l'héritage culturel, qui a effectué les prélèvements dans le cimetière de Porto Ercole, soit auprès de l'équipe marseillaise qui a identifié les causes de la mort du peintre à partir de la pulpe de ses dents.

Hélène est chargée de contacter en premier lieu l'équipe italienne en s'appuyant sur le généticien de renom qui a participé au projet Léonard de Vinci. S'il s'avère impossible de récupérer de l'ADN depuis cette équipe, elle contactera alors l'équipe marseillaise. Le second élément est de pouvoir prélever des échantillons sur le tableau lui-même, avec les mêmes techniques et les mêmes précautions que pour les tableaux de Vinci et Bosch. C'est mon ami expert, assisté d'Hélène apportant les précisions techniques indispensables, qui est chargé de contacter les propriétaires via le commissaire-priseur qui suit le dossier pour eux. Afin d'éviter toute interférence avec les expertises faites sur la base de la peinture elle-même, il n'est pas prévu, pour l'instant tout au moins, d'informer l'expert parisien.

Les choses vont vite et nous obtenons l'accord du responsable de la Commission italienne pour l'héritage culturel. Celle-ci est toujours intéressée par une consolidation des preuves de l'attribution au Caravage des restes trouvés à Porto Ercole. Par ailleurs, les prélèvements d'échantillons dans le cimetière ont été faits de manière assez exhaustive et de grandes quantités d'ADN sont disponibles pour d'éventuelles analyses. Un échantillon est envoyé à Leipzig dans le laboratoire de Svante Dabôô et un échantillon au laboratoire de la police scientifique à Marseille. Pour plus de sécurité. Svante attend que le tableau toulousain soit, lui aussi, prélevé pour avoir la certitude absolue que les restes de Porto Ercole sont bien associés à une des œuvres du Caravage.

Les discussions avec les propriétaires du tableau ne se passent pas de la même façon. Ceux-ci refusent de laisser l'équipe de Svante accéder au tableau et ne se laissent pas convaincre par l'innocuité des échantillonnages pour l'intégrité du tableau. Hélène a beau leur expliquer qu'elle réalisera exactement les mêmes techniques que pour les tableaux de Léonard de Vinci et de Jérôme Bosch et que les musées auxquels ils appartenaient ont donné leur accord, puis pleinement reconnu que les œuvres n'avaient pas été altérées, la famille reste inflexible.

La bataille d'experts qui fait rage autour du tableau toulousain n'est pas étrangère à ce refus. L'issue paraît incertaine quant à son attribution définitive. En effet, au départ de Naples le 14 juin 1607, le Caravage laisse deux tableaux – *La Madone du Rosaire* et *Judith et Holopherne* - dans l'atelier partagé avec les deux peintres et marchands d'art flamands Abraham Vinck et Louis Finson. Après Naples, Finson déménage vers 1615 à Amsterdam. Les deux tableaux sont à nouveau mentionnés, cette fois dans le testament de Finson du 19 septembre 1617.

Dans son testament, ce dernier laisse à Vinck sa part dans les deux tableaux du Caravage qu'ils possèdent en commun depuis Naples. Finson décède peu de temps après, suivi par Vinck deux ans plus tard. Après la mort de Vinck en 1619, ses héritiers vendent *La Madone du Rosaire* à un comité de peintres et amateurs flamands, dirigé par Pierre Paul Rubens, pour l'église Saint-Paul d'Anvers. En 1786, l'empereur Joseph II d'Autriche ordonne la fermeture de tous les ordres monastiques et revendique ce tableau du Caravage pour sa collection d'art. *La Madone du Rosaire* est maintenant visible au Kunsthistorisches à Vienne. Cependant, depuis le début des années 1619, il n'y a aucune trace du deuxième Caravage représentant Judith décapitant Holopherne, détenu par Finson et Winck.

Une preuve importante pour les partisans de l'œuvre en tant que véritable Caravage est le support documentaire. Selon eux, il soutient l'origine du tableau toulousain appartenant à Finson et Vinck qui a disparu en 1619. Ils font référence à une lettre datée du 25 septembre 1607, que le peintre flamand Frans Pourbus Le Jeune envoie de Naples au duc de Mantoue Vincent 1er. Il y décrit deux œuvres «bellissimi» du Caravage à vendre, dont une *Judith et Holopherne*. Les partisans de l'attribution au Caravage estiment que la lettre fait référence au tableau appartenant à Louis Finson et Abraham Vinck depuis Juin 1607 et dont toute trace est perdue depuis 1619. Il n'y a cependant, pour l'instant, aucune preuve permettant de relier la *Judith et Holopherne* mentionnée par Pourbus avec la toile retrouvée à Toulouse.

Le camp pro-Caravage a en outre souligné plusieurs caractéristiques de la toile propres au maître lombard. La préparation, les incisions et les ombres en font partie. La présence d'un dessin de conception et de repentirs sous la couche de peinture montre bien qu'il s'agit de l'œuvre d'un artiste au cours de son processus de création et non de celle d'un copiste.

Au contraire, les experts qui doutent de l'attribution au Caravage notent que certains détails ne correspondent pas au style du maître lombard. Les rides resserrées sur la figure de la femme de chambre et le visage brut et défiguré d'Holopherne en font partie. Le tableau présente, par ailleurs, des éléments techniques représentatifs de Louis Finson comme peintre : la même toile que celles utilisées dans certaines de ses œuvres, le cerne noire et la technique «del risparmio», développée par le Caravage, qui consiste à laisser le fond sombre à découvert pour qu'il fonctionne comme une demi-teinte. Finson a appris cette technique du Caravage notamment dans leur atelier à Naples. Ceci expliquerait également l'utilisation de matériaux similaires. C'est sur la base de ces constatations que certains historiens d'art voient dans le *Judith et Holopherne* de Toulouse non seulement une œuvre de Finson, mais qu'il s'agit d'une création originale de celui-ci plutôt que d'une copie d'après un Caravage perdu.

Nous avons beau plaider que les arguments des uns et des autres peuvent être utilisés dans les deux sens et que seule une autre approche, telle que l'ADN, pourra leur permettre de connaître in fine l'auteur du tableau, la famille et leurs conseillers restent fermes dans le refus de ma proposition de prélèvements sur le tableau. Je soupçonne alors une autre raison que les batailles d'experts pour expliquer le refus catégorique de ces prélèvements.

En effet, si les analyses ADN montrent que le tableau est du Caravage, tout va bien. La famille pourra alors espérer vendre le tableau au moins 120 millions d'Euros. Si ce n'est pas le cas et que le tableau est attribué à Finson, sa valeur pourrait alors redescendre aux alentours de 50 millions seulement. Le risque est donc important et la décision lourde de conséquences s'ils acceptent les prélèvements. Ils préfèrent donc laisser planer le doute et les experts poursuivre leurs querelles, ce qui ne devrait pas nuire à la valeur du tableau mis aux enchères.

Après un retour vers Svante et grâce à mon expérience consommée des négociations financières du plus gros fonds d'investissement mondial, je propose aux propriétaires du tableau deux options. Soit, ils refusent l'offre de prélèvements sur le tableau et je ferai alors officiellement part à la presse de ma proposition d'échantillonnage pour connaître avec certitude l'auteur de *Judith et Holopherne*. Le risque serait alors pour eux une perte potentielle d'environ 70 millions d'Euros. Soit, ils vendent le tableau au Metropolitan Museum pour la somme de 80 millions d'Euros, avant tout prélèvement sur l'œuvre, et c'est ce dernier qui se chargera alors des échantillonnages et analyses d'ADN une fois la transaction effectuée.

La famille est d'autant plus perplexe que le Ministère de la Culture, après avoir classé le tableau trésor national lors de sa découverte, pour éviter toute sortie du territoire français, a finalement fait savoir qu'il n'exercerait pas son droit de préemption lors de la vente aux enchères publiques et a levé l'interdiction de sortie. La vente doit avoir lieu avec un prix d'estimation avancé de 120 millions d'Euros. Le désengagement du ministère est un très mauvais signal pour les futurs éventuels acquéreurs qui peuvent penser que les experts du Musée du Louvre, parmi les meilleurs au monde pour la peinture des dix-septième et dix-huitième siècles, se sont définitivement prononcés en faveur d'une attribution à Finson.

J'ai fait valoir cet argument auprès des propriétaires en leur indiquant que, pour le Metropolitan Museum, un achat de l'œuvre à 80 milllions d'Euros serait en effet une bonne affaire s'il s'agit d'un Caravage et un achat bien au-dessus des prix du marché s'il s'agit d'un Finson. Mais le musée a une politique de long terme sur des œuvres de cette ancienneté. Il a les reins suffisamment solides pour l'assumer. La famille, de son côté, risque de perdre 30 millions d'Euros pour avoir essayé d'en gagner 40 de plus, alors que le tableau n'a été acheté à personne mais a émergé de l'oubli où il était plongé depuis quatre siècles.

Finalement convaincue par nos arguments, la famille décide de vendre le tableau au Metropolitan Museum et le retire de la vente aux enchères. C'est une surprise pour les commissaire-priseurs et experts français qui comptaient bien, quel que soit le prix final des enchères, profiter un peu de la manne financière associée à la vente.

La transaction est faite sans que le nom de l'acheteur soit dévoilé officiellement. Je souhaite, en effet, attendre les résultats officiels de l'attribution issus de l'analyse ADN, afin d'en faire une opération médiatique mondiale. Svante et Hélène se mettent immédiatement au travail sur le tableau avant même son départ de Toulouse vers New York. Les échantillons sont rapidement envoyés à Leipzig, puis analysés en même temps que ceux prélevés dans le cimetière de Porto Ercole.

Les résultats nous sont présentés par un beau matin de printemps à Paris. Les traces ADN d'un très grand nombre de personnes sont retrouvées sur les différents endroits de l'œuvre où des échantillons ont été prélevés et notamment, comme dans le cas de Vinci, sur l'arrière et les bords du tableau. Un des ADN est beaucoup plus présent que les autres. Il existe une excellente coïncidence entre les marqueurs retrouvés dans le cimetière de Porto Ercole et ceux identifiés sur le tableau.

La probabilité que le même ADN se retrouve, par hasard, à la fois dans les restes du cimetière toscan et sur le tableau toulousain est quasiment nulle et la conclusion s'impose. Le tableau retrouvé dans le grenier de ce château près de Toulouse est bien de la main du Caravage. C'est aussi une confirmation que les restes de Porto Ercole sont bien ceux du grand peintre.

Nous sommes comblés et ravis de ce résultat que nous décidons de conserver secret jusqu'à l'organisation d'une opération médiatique d'importance au Metropolitan Museum à New-York, en présence du gratin mondial du marché de l'art.

Hélène, de son côté m'a confié ultérieurement, même si elle se doutait du résultat en voyant la mine réjouie de Svante, qu'elle avait avait piaffée d'impatience pour qu'il lui dise s'il avait retrouvé la même combinaison dans l'ADN de Porto Ercole et s'il pouvait ajouter Le Caravage à son tableau de chasse du déterminisme génétique de l'aptitude à la création artistique. Connaissant l'engagement de sa collaboratrice dans le projet il lui avait alors dressé le tableau complet des résultats des neuf artistes suivis depuis le début du projet, dont certains qu'elle ne connaissait pas.

Le résultat était positif aussi pour Le Caravage dont on retrouve la bonne combinaison dans les restes prélevés à Porto Ercole.

Pour l'instant, sur les sept artistes contemporains, Vinci, Bosch, Picasso, Bashkirsteff, Hergé, Dalí et Le Caravage, plus deux artistes préhistoriques des grottes de Lascaux et Cosquer, sur lesquels une analyse avait pu être faite, huit portent la même combinaison génétique.

CHAPITRE 20. EXTRAITS DU JOURNAL DE « GALA »

[Extraits du journal d'Elena Ivanovna Diakonova, épouse Eluard puis Dalí, dite « Gala », transmis à l'auteur par sa petite fille ; note de l'auteur]

Ma rencontre avec celui qui allait être un des peintres les plus farfelus et les plus riches du vingtième siècle est encore très présente dans ma mémoire, alors que nous sommes à moitié séparés depuis maintenant plusieurs années.

J'étais mal mariée à une espèce de poète qui m'avait permis d'intégrer le petit cercle des surréalistes parisiens où les mœurs étaient des plus libres. Après cet amour de jeunesse que fut Paul *[Eluard ; note de l'auteur]* et qui me donna ma chère fille, je les ai presque tous essayés les uns après les autres, ou les uns en même temps que les autres, ces fous de dadaistes et de surréalistes. Max *[Ernst ; note de l'auteur]* était certainement le plus doué sexuellement mais il était d'une inconséquence rare et d'un ennui suprême en dehors des parties de jambes en l'air que nous pratiquions avec ardeur et avec Paul dans son atelier montmartrois.

Cette relation à trois, très mal vue à l'époque dans le quartier où nous vivions, fut une des meilleures périodes de ma vie d'alors. Les peintures de Max se vendaient bien, je posais pour lui. Ces séances de pose déclenchaient chez Max une activité créatrice ultérieure assez féconde. Elles se terminaient toujours de la même façon sans que le tableau avance beaucoup. Nous vivions, Paul, ma fille et moi, à ses crochets sans que celui-ci s'en offusque particulièrement, mais, il le considérait, au contraire comme un remerciement des bienfaits, surtout sexuels, que nous lui apportions quotidiennement. André *[Breton ; note de l'auteur]* et Hans *[Bellmer ; note de l'auteur]* étaient d'une nature moins expansive mais ils savaient déclencher en moi des émotions fortes, surtout lorsque nous pratiquions tous les trois ensembles, tout en inventant et imaginant les principes d'un surréalisme débridé. René *[Char ; note de l'auteur]* était le plus timide de la bande et ce n'est qu'au bout de plusieurs mois que j'ai réussi à l'entraîner dans nos partouzes où la poésie se mêlait à la peinture et à la sculpture, aussi bien qu'avec le sexe.

Nous étions jeunes alors et ces amants étaient ardents et infatigables quand il s'agissait d'inventer des jeux nouveaux et de s'en inspirer pour écrire des poèmes ou bien dessiner ou bien peindre, ou bien encore proposer de révolutionner la société des bourgeois. Depuis lors, je me suis souvent demandé quelle part avait joué cette activité sexuelle intense, multiple et sans tabous, dans l'émergence et la solidité des mouvements artistiques de cette époque qui ont connu, depuis, une notoriété incroyable. Y a-t-il un lien dans notre tête, dans le cerveau de tous ces artistes, entre la soif de créer, le désir d'innover, que ce soit en poésie, en peinture ou en sculpture et le désir puis l'assouvissement sexuels ? Je crois que oui car nombreux sont ceux qui, dans l'histoire de l'Art ont conjugué les deux avec bonheur et, surtout, avec réussite.

J'ai aussi, plus occasionnellement, goûté de ces fruits défendus par la bonne société, avec Pablo Picasso, qui était déjà alors un des grands maîtres reconnus de la peinture. Sensiblement plus âgé que nous tous, il était néanmoins d'une vigueur sans pareille et disposait d'un instrument d'une taille dont la réputation le précédait dans tous les cercles surréalistes. Cela attirait particulièrement la curiosité des femmes libres dont j'étais. Pablo sautait sur tout ce qui passait à sa portée, comme s'il était dévoré d'une soif inextinguible pour libérer son activité sexuelle en même temps que son activité créatrice. Je dois avouer qu'il a été un de mes meilleurs amants de cette époque. Dans les rares moments passés ensemble où il n'était pas occupé à nous faire jouir, j'essayais d'en savoir un peu plus sur ce qui le conduisait à une telle frénésie artistique.

Il se confiait volontiers et avouait, comme je l'avais déjà pressenti en pratiquant la chose avec ses amis surréalistes et dadaistes, que cette dernière était intimement liée au désir sexuel qu'il entretenait vis à vis des femmes, de toutes les femmes. Il trouvait sa créativité en elles, ou plutôt dans la communion à laquelle il aboutissait avec elles dans ces instants de frénésie érotique, voire pornographique.

Malheureusement, si les femmes exerçaient sur lui une attirance indéniable, permanente et indispensable, d'après lui, à son activité artistique, c'était un conquérant du très grand nombre. Je voyais bien que je n'arriverais certainement pas à me l'attacher, tant il méprisait les femmes aussi bien qu'il les aimait. Aucune d'entre elles ne réussissait à l'attirer sous sa coupe pour en recueillir le plus petit bénéfice.

J'en étais là lorsque Paul et moi, avec quelques autres, allâmes visiter un jeune peintre qui se prétendait surréaliste dans un petit village catalan. Il était déjà venu à Paris quelques années auparavant sans que je l'aie rencontré. Il tenait déjà une place intéressante dans le monde surréaliste pour avoir fait un premier court-métrage avec Luis Buñuel et pour s'être manifesté assez bruyamment dans ce petit monde clos de l'art moderne.

Ce fut un coup de foudre réciproque entre lui et moi. Dès que je le vis pour la première fois, je sus que j'allais quitter Paul pour vivre avec lui. Malgré la présence de Paul ce coup de foudre se traduisit immédiatement par une relation charnelle dont nous étions tous les deux très désireux et qui fut pour moi, malgré mon expérience antérieure de la chose, une véritable révélation ! Nous n'avions plus que ça en tête et malgré les lamentations de nos deux surréalistes Paul et René qui nous sollicitaient pour aller au bord de mer, nous passâmes la presque totalité du séjour enfermés dans la chambre de Salvador (permettez-moi de l'appeler Salvador, tandis que vous l'appellerez Dalí).

C'est au cours de ce premier séjour à Cadaquès que nous décidâmes de continuer notre vie ensemble, malgré le fait que j'étais déjà mariée à Paul et mère de ma fille Cécile et, surtout, malgré l'opposition farouche de ses parents, catholiques très pratiquants de la bonne société catalane de l'époque.

Cet attachement charnel devait persister en moi pendant presque toute notre vie commune et je dois avouer que Salvador était un véritable artiste non seulement pour ce qui concerne la provocation et la peinture mais aussi pour les choses de l'Amour. Cet éloge des prouesses sexuelles de Salvador étonnera sans doute plus d'un lecteur de ces lignes puisque la réputation qu'il s'était construit et qu'il entretenait avec soin, était plutôt celle d'un impuissant notoire. Il se disait incapable du moindre rapport sexuel et ne s'intéressant à ma personne que pour son esprit et pour ses propriétés miroir lui permettant de faire émerger son esprit créatif.

Alors que je m'étonnais quelque peu de cette contradiction, évidente pour moi, entre son image publique de vierge impuissant et ses aptitudes sexuelles tout à fait étonnantes, il avait fini par m'avouer que cela faisait partie de sa stratégie de conquête d'une place bien à lui dans le monde surréaliste. Cette caractéristique, pensait-il, lui permettrait d'attirer à lui l'intérêt du public puisque tous les surréalistes pratiquaient et prônaient l'amour libre, tandis que lui ne s'intéressait qu'à la création artistique pure et parfaite. Se positionner comme un être asexué constituait donc une marque de différenciation qui lui permettrait d'attirer l'intérêt du public.

Et c'est ensemble que nous avons construit la réputation de Dalí sur cette image de « virginité impuissante » alors qu'il n'en était rien, bien au contraire, dans la vraie vie. Mais c'était, pensait-il et je le rejoignais pleinement sur ce point, un des moyens de se différencier par une opposition des contraires d'avec les pratiques des surréalistes dont il voulait incarner une des figures majeures.

Evidemment, cette démarche supposait de sa part une fidélité absolue et, de la mienne, une capacité à le satisfaire complètement, renouvelant sans cesse nos jeux amoureux et répondant à ses désirs les plus fous. Notre pacte amoureux a bien fonctionné de très nombreuses années, à part quelques écarts restés sans conséquences sur son image.

Les moments les plus difficiles sur ce plan ont sans aucun doute été ceux où Dalí, alors en pleine forme sexuellement, était probablement un peu lassé déjà de nos étreintes et que cet état se combinait avec l'abus de cocaïne dont il usait pour générer l'imagination fertile à l'origine de ses œuvres.

Il y eut, notamment, un été « chaud » à Portlligat où je le soupçonnais d'utiliser cet argument d'aveuglement cocaïnique pour entretenir une relation sexuelle discrète avec une des jeunes et jolies gardes d'enfants employées par les amis chez qui nous résidions alors. Cela n'aurait pas eu de conséquences dramatiques si cette jeune femme n'avait pas compris immédiatement, peut-être le savait-elle déjà avant d'entamer sa relation avec lui, que l'existence d'une relation charnelle était à même de ruiner complètement la réputation du peintre si elle la dévoilait au grand public. J'avais donc dû prendre des mesures pour la piéger puis la menacer d'une (fausse) dénonciation pour vol si elle révélait quoi que ce soit à la presse. L'accompagnement financier que je lui ai fourni pendant des années a aussi contribué à ce qu'elle conserve le silence jusqu'à aujourd'hui.

Salvador était un créatif très prolifique dont le talent reposait sur une volonté de provocation permanente associée au désir sexuel inassouvi issu de son image publique. Ces deux traits sont à la base de pratiquement toutes ses créations. La muse que j'ai été pour lui a œuvré plus pour l'appuyer dans sa difficile ascension vers les sommets de la gloire picturale que pour constituer une inspiratrice de ses tableaux.

Je me demande bien, alors qu'il est considéré parmi les plus grands peintres de ce siècle finissant et que ma fin approche, si son œuvre n'a, finalement, pas été guidée plus par son penchant très prononcé pour la provocation et par son image de désir sexuel en apparence insatisfait, que par un véritable génie artistique.

Quoi qu'il en fût, c'était bien moi qui, une fois revenue à Paris avec lui et pour pouvoir vivre, organisait ses expositions, essayait de vendre ses tableaux et interagissait avec les marchands d'art et les amateurs. Tout à son ambition d'être considéré comme un des peintres surréalistes de l'époque malgré son jeune âge, il se consacrait à son image en fréquentant assidûment les cercles surréalistes et les dîners mondains, alors que j'assurais l'intendance.

C'est à la fois sa relation avec moi, femme mariée et mère de famille, et l'une de ses premières œuvres qui provoqua la rupture définitive avec ses parents. Son goût pour la provocation avait été jusqu'à lui faire inscrire sur un tableau du Sacré Cœur qu'il « crachait par plaisir sur le portrait de sa mère » ! C'était pour lui le moyen d'attirer la lumière sur ses créations, quel qu'en soit le prix. Il ne cessa jamais de développer cette image de lui au fur et à mesure des années et c'est sans doute ce que les critiques et le grand public retiendront de lui.

Evidemment, ses compétences acquises lors de sa jeunesse madrilène où il étudia à l'Académie San Fernando étaient en contradiction avec l'image qu'il voulait donner. Salvador possédait incontestablement des techniques picturales issues des plus grands peintres, surtout espagnols, et qui étaient enseignées dans cette école. A de nombreuses reprises, surtout au début de notre relation, lorsqu'il peignait, il ne manquait pas de m'indiquer qu'il utilisait à cet endroit précis la façon dont Velasquez représentait les visages, dont Goya réalisait ses clairs obscurs, dont Vinci pratiquait le sfumato ou dont Bosch représentait ses démons.

Il s'inspirait également non seulement de la peinture mais aussi de la littérature et de la poésie encore embryonnaires de ses compagnons madrilènes Garcia Lorca, Bello ou Garfias. Il reconnaissait volontiers que son ambition n'était pas d'inventer de nouvelles techniques picturales mais plutôt d'utiliser des techniques existantes pour les mettre au service de ses idées provocatrices. C'était, pensait-il, le meilleur moyen de s'attirer la visibilité nécessaire à la gloire à laquelle il aspirait. Je partageais pleinement cet avis. L'avenir allait lui donner raison.

Son talent de provocateur était tellement développé qu'il excellait aussi, je dois le reconnaître, dans l'art d'inventer de nouvelles écoles de pensée visant à s'inscrire dans le mouvement surréaliste. S'appuyant sur ce qu'il avait appris lors de ses études à Madrid sur l'analyse des rêves et des enseignements de Freud, une fois revenu à Paris et bien implanté dans le milieu surréaliste il inventa la « méthode paranoïaque critique » qui selon lui, permettait d'accéder au subconscient et de libérer les énergies artistiques créatrices !

Je savais bien, moi, que ce n'était que, là encore, une étape lui permettant de poursuivre la construction de son image avant-gardiste et créatrice au sein des surréalistes. Le pire est que ça fonctionnait et que tous les leaders du mouvement, André Breton en tête, ne tarissaient pas d'éloges sur le génie de sa méthode applicable à toutes les composantes du monde artistique, la peinture, la poésie, le cinéma et j'en passe !

Soucieux de traduire dans ses peintures ses idées novatrices, il réalisait des toiles originales et bien composées, aux couleurs criardes. Me réclamant directement des surréalistes et de cette méthode paranoïaque critique, je les vendais bien, sans vraiment savoir si cela n'était pas une complète fumisterie !

Cultivant chaque jour plus avant son goût pour la provocation sans limites, il avait aussi entrepris une étude d'Hitler et de la croix gammée qu'il portait aux nues, ce qui commença à sérieusement agacer et inquiéter le leader des surréalistes. La coupe fut pleine lorsque Salvador exposa publiquement ses rêveries érotiques avec des jeunes filles impubères, puis qu'il se présenta chez Breton déguisé en malade avec un thermomètre dans la bouche pour finir par un strip-tease annonciateur de ses fantasmes oniriques et homosexuels. Il m'avait dit qu'il voulait savoir jusqu'où il pouvait pousser la provocation et prendre ainsi Breton à son propre jeu. Ce fut une réussite totale, il fut exclu du groupe des surréalistes. Nous partîmes pour les USA sur le champ.

Ce fut pour moi l'occasion de comprendre pleinement son

mode de fonctionnement et de confirmer que le talent de Salvador ne reposait pas tant sur son génie pictural que sur son génie de la provocation et de l'autopromotion. A New-York comme à Paris, il s'employa frénétiquement à être reconnu par le public. Les collectionneurs et la critique le dépeignirent comme le plus grand artiste surréaliste de son époque et disposant d'une image d'artiste d'exception. Mais ce diable d'homme, comme il l'avait fait à Paris, continuait tout aussi frénétiquement à peindre des toiles dans la même veine que ses activités provocatrices.

Je les vendais des sommes folles aux galeries et aux collectionneurs. Ce fut une excellente affaire financière qui nous permit non seulement d'être à l'abri du besoin pour plusieurs années, mais encore de disposer de réserves pour revenir en Europe y faire le même exercice. La guerre d'Espagne nous permit de découvrir l'Italie fasciste et ses trésors, puis la deuxième guerre mondiale nous renvoya aux USA où nous reçûmes un accueil fantastique à nouveau et où nous pûmes continuer à constituer notre fortune actuelle. Salvador était, en effet, très sollicité par des galéristes et des collectionneurs de ses peintures, mais aussi par l'industrie du cinéma, par le monde du théâtre pour réaliser des illustrations de toutes sortes, des scénariis, etc. Sa popularité était à la hauteur de sa fortune.

De retour en Catalogne après la guerre, nous partageâmes notre temps essentiellement entre Cadaquès et Paris où Salvador continua à entretenir de plus belle sa réputation de provocateur. Contrairement à d'autres artistes retirés sur leur Aventin, il déployait une activité incroyable de participation à la vie mondaine, politique et artistique. Sa signature était toujours la même : innover et provoquer pour faire parler de lui et de son génie.

Il cultivait son image d'artiste star en donnant de lui-même et en gérant cette image avec soin tandis que je m'occupais des aspects financiers. J'étais la muse Amalthée qui gérait la corne d'abondance de l'artiste. Notre fortune nous permettait de mener une vie luxueuse et tapageuse, pleine de fêtes, de dîners, de voyages, remplie de relations nouvelles et fugitives. Salvador était partout à la fois, sur le front des découvertes et inventions. Il se passionna pour l'ADN et pour l'holographie, pour des nouvelles techniques picturales. Il explora les calembours visuels, tout en restant fidèle à son fonds de commerce. Il représenta Jésus-Christ crucifié en quatre dimensions. J'admirais son inépuisable énergie créatrice et son incroyable présence dans la presse et dans la toute nouvelle télévision.

Après plus de 30 années passées ensemble et presque au bout de 50 ans d'observation attentive de Salvador, lorsque je fais l'inventaire de toutes ses œuvres, en particulier de ses très nombreuses peintures, je m'interroge sur qui est réellement cet homme, ce compagnon dont je fus la muse sinon inspiratrice au moins conspiratrice.

C'est incontestablement un des plus grands artistes du Vingtième siècle dont la réputation va bien au-delà de la peinture qu'il a produite. Il a marqué de sa très forte empreinte le mouvement surréaliste. Il peut même être considéré, Breton m'en excuse dans son caveau, comme celui qui a fait le plus fortement évoluer le mouvement par son goût de la provocation incessante, par son désir d'aller plus loin que les autres, plus loin que la morale ne l'accepte dans ses créations.

La meilleure preuve que Salvador pourrait ravir à André Breton le titre de « Pape des surréalistes » est que à cause d'une de ses provocations, dépassant les bornes mêmes du mouvement qui se voulait pourtant à l'avant-garde de l'avant-garde, il en a été exclu ! Un extraordinaire provocateur exclu par les plus provocateurs eux-mêmes ! Ou alors, oserais-je le dire, si Breton est le Pape des Surréalistes, comme il le revendiquait lui-même parfois, alors Dalí en est le Dieu !

C'est véritablement ce que je crois, Salvador est un génie de l'innovation provocatrice. Je n'ai pas en tête d'artiste qui soit à sa hauteur dans ce domaine. Même Picasso, dont l'audace créatrice est fort justement reconnue, n'a pas cet aspect provoquant qu'ont les œuvres de Dalí. Elles sont novatrices et ont entraîné avec elles des écoles entières de peinture. Mais elles ne sont pas provocantes comme les peintures de Dalí.

C'est là qu'il excelle ! Dès ses premières peintures « achevées » on reconnaît cette association entre nouveauté et pensée hors du cadre habituel. Sa *Persistance de la Mémoire [aussi appelé « Les Montres Molles » ; note de l'auteur]* en est le premier exemple qui me vient à l'esprit. Personne, jusqu'à cette peinture, n'avait imaginé et osé déformer des métaux pour faire ressembler des montres de gousset à des camemberts. Personne n'avait fait un tableau d'homme invisible et personne n'avait osé revisiter avec autant d'audace et d'imagination la métamorphose de Narcisse que Dalí.

C'est bien, à mon sens, ce qui caractérise le mieux l'ensemble de son œuvre qu'il a su poursuivre toute sa vie, de manière opiniâtre et résolue, sans jamais s'écarter de son dogme provocateur, suscitant parfois l'opprobre tant il poussait loin ses vaisseaux. Certains critiques lui reprochent, sans doute comme un contrepoids de l'excellence de son imagination féconde, de n'avoir fait qu'emprunter à des peintres antérieurs les techniques picturales qu'il a mises en œuvre au cours de sa vie, sans en inventer aucune nouvelle.

Mais que diable, ces critiques sont bien exigeants et je me plais à croire que Salvador a bel et bien créé une œuvre immense, originale, basée sur une démarche qui n'avait jusqu'alors jamais été entreprise dans l'histoire de la peinture et des arts. Elle restera comme une des plus belles du Vingtième siècle.

CHAPITRE 21. EXTRAITS DU JOURNAL INTIME DE FRIDA KAHLO

[Découvert lors du ré-aménagement du paquebot Normandie en 1941 et consulté par l'auteur à Mexico. Cette traduction a été assurée par l'auteur ; note de l'auteur]

Le Havre, 25 de Marzo de 1939

Me voilà dans le bateau du retour vers New-York après ces trois mois de folies parisiennes.

Paris est sale et, contrairement à ce que peuvent penser et dire ces putains de français, on y bouffe plutôt mal à mon goût. Le raffinement de leurs plats qu'ils présentent comme les plus succulents et les plus emblématiques de la cuisine française, sont fades et sans arômes comparés aux trésors de notre cuisine traditionnelle mexicaine. Aucune trace de piment dans la cuisine. Je dois avouer que je suis heureuse de retrouver prochainement, après New-York, les burritos et tacos simples et délicieux de mon enfance plutôt que des « tournedos Rossini » ou autres plats prétentieux et sans relief.

Cette cuisine va d'ailleurs assez bien avec ces fils de pute lunatiques que sont les Surréalistes qui m'ont pourtant invitée pour ce séjour en France. Comme elle, ils sont fades et prétentieux, ramenant toutes les productions artistiques du Monde, la mienne en particulier, à des sous-produits de leur art orgueilleux. Je dois dire que s'il n'y avait pas eu d'autres distractions bien agréables je serais repartie depuis longtemps pour les fuir et mettre entre eux et moi au moins l'océan

Atlantique.

Celui qui m'énerve le plus parmi eux, qui pourtant m'a invitée lorsqu'il est venu chez nous à Coyoacan, c'est leur chef, ou tout au moins celui qui prétend l'être. André Breton est non seulement prétentieux, suffisant et sans aucun humour, mais, en plus, il ne se lave sûrement pas tous les jours. Il pue le vieux bouc à vingt pas. Je m'en suis tapé des mecs, mais celui-là certainement pas ! De surcroît, ce vieux con, après m'avoir invitée à présenter mes tableaux dans sa galerie, m'a laissée choir lamentablement une fois arrivée à Paris. Non seulement il n'a même pas été foutu de dédouaner mes tableaux, mais, en plus, je me suis aperçue qu'il m'avait menti puisque ce crétin ne possède même pas de galerie de peinture contrairement à ce qu'il claironnait au Mexique et dans ses courriers à Diego.

Heureusement que parmi tous ces connards, il y en avait au moins un qui ne l'était pas et qui m'a vraiment aidée pour que je puisse récupérer mes œuvres et au moins les présenter pour l'exposition. Même si cela ne s'est pas passé, là aussi, comme je l'attendais, on le verra, Henri m'a vraiment sortie de la merde dans laquelle j'étais. En plus, c'était vraiment un bon coup et il m'a permis de comprendre que la réputation que trimballent les amants français n'était pas usurpée. Je suis pourtant une presque professionnelle du sexe, mais ce gars-là m'a vraiment épatée. Il m'a appris un tas de trucs que je ne connaissais pas encore, ce qui m'a tout à fait surprise et ravie. De ce côté-là mon séjour parisien a été particulièrement réussi.

En revanche, cette histoire d'exposition est un bordel monstre, non seulement Breton ne s'est occupé de rien, mais lorsqu'il montre enfin mes tableaux à un galériste susceptible de les exposer, celui-ci me dit que seulement deux d'entre eux pourraient être exposés, les autres étant susceptibles de choquer le public ! Je me voyais déjà ayant fait tout ce voyage pour exposer et pouvoir vendre seulement deux tableaux. Et avec ça, ils se disent surréalistes et ont pour objectif de rénover l'ensemble du mouvement artistique, la peinture en premier lieu ! Ils se disent révolutionnaires mais refusent mes peintures parce qu'elles sont susceptibles de choquer. Quelle farce et quels connards vraiment !

Résultat, au lieu d'avoir comme je l'avais imaginé, une exposition où seulement mes tableaux seraient exposés, j'ai été obligée d'accepter à côté de mes œuvres que soient présentées des photos du Mexique et des objets d'artisanat que ce con de Breton a rapporté de son voyage chez nous. J'aime bien notre artisanat national mais ce crétin a rapporté un bric-à-brac merdique au possible, bien loin de la collection que Diego rassemble depuis des années. Le seul truc qu'il a rapporté qui me semble être au niveau de ma peinture, c'est le retablo, l'ex-voto que ce foutu mal élevé a carrément volé dans une église l'an passé au Mexique ! J'étais furieuse après tous ces incapables, Breton en premier, ce bouc puant, voleur et prétentieux.

Au bout du compte, je n'ai vendu aucun tableau lors de cette exposition. Mais le vernissage, il y a quinze jours seulement, a été un incroyable succès. Le tout Paris artistique, pas que surréaliste heureusement, était là. Kandinsky m'a embrassée et chaudement félicitée, Juan Miró m'a complimentée. Pablo Picasso m'a même offert une paire de boucles d'oreilles que je rapporte dans mes bagages. J'ai eu l'impression, à voir ses yeux, qu'il aurait bien aimé une petite baise s'il n'avait pas eu sa compagne avec lui qui le marquait à la culotte. Quand je dis que je n'ai rien vendu, ce n'est pas tout à fait vrai puisque le Musée du Louvre m'a quand même acheté *Le Cadre* que j'ai peint l'an dernier et où je me suis représentée coiffée d'une tresse entremêlée d'un ruban vert et dans laquelle j'ai fiché trois grosses fleurs jaunes. Ca paie mon voyage de retour et c'est déjà pas mal.

Océan Atlantique 26 de Marzo 1939.

Pour discuter, ils discutent beaucoup nos Surréalistes de merde, tout le temps même, au lieu de travailler à leur art. Ils s'assoient des heures dans des cafés à boire de l'alcool, ça je suis plutôt pour, et discutent en se prenant pour les rois du monde et en ébauchant des théories fumeuses qui ne s'appliquent jamais.

Evidemment, comme ils ne produisent quasiment rien, ils n'ont rien à vendre et donc rien à bouffer le lendemain de leurs beuveries. Ils vivent comme des parasites sur le dos d'un tas de riches salopes qui admirent leur génie d'artistes alors qu'ils ne sont que de la merde, rien de plus. Heureusement que mon Diego n'est pas comme ça mais un vrai Homme, pas un artiste merdique ! Avec tous ces bons à rien, pas étonnant que l'Europe soit maintenant aux mains de fous comme Mussolini ou Hitler qui semblent s'ingénier à foutre le bordel dans les différents pays proches de chez eux. Comme ils n'ont que des couilles molles en face d'eux en France et ailleurs en Europe, ils en profitent et la situation s'envenime comme jamais.

Tout ce bordel français est plutôt le fait des hommes que des femmes, comme d'habitude. Mon séjour s'est plutôt bien passé de ce côté-là, des femmes veux-je dire. J'ai mis à profit ces semaines parisiennes pour approfondir ma relation avec Jacqueline, la femme d'André, avec laquelle j'avais commencé de sérieux préliminaires lors de son séjour chez nous au Mexique. A l'époque, cela n'avait pas été facile matériellement car j'avais deux de mes amants proches qui me surveillaient jalousement. Tromper leur vigilance n'était pas facile puisque nous passions toutes nos journées ensemble. Diego voyait d'un sale œil ma relation avec mon Barbichette *[Léon Trotsky ; note de l'auteur]*, lequel était surveillé par sa femme et voyait bien que Jacqueline et moi étions furieusement attirées l'une par l'autre. Mais, sauf à faire une partie à quatre, nous n'avions pas été plus loin, Jacqueline et moi, que quelques baisers passionnés et caresses furtives entre deux portes, sans pouvoir nous retrouver libres et nues dans un lit, pouvant assouvir notre passion amoureuse et réaliser nos fantasmes.

A Paris, c'était facile car je logeais chez les Breton, rue de la Fontaine, dans la chambre de leur fille. Breton était souvent hors de Paris par monts et par vaux et leur fille allait au collège toute la journée. Puis, une fois logée à l'hôtel Régina place des Pyramides, nous nous retrouvions plus facilement, Jacqueline et moi, sans aucune contrainte de temps ni risque d'être surprises par sa fille ou par André.

Je dois dire que parmi mes nombreux amants et maîtresses, Jacqueline Amba tient une place à part. D'abord par l'amour que je lui porte, un vrai amour qui permet la tendresse, le plaisir et un sexe abouti et complet. C'est avec elle que j'ai joui le plus pleinement, le plus profondément, sans doute parce que le cœur était de la partie également. C'est aussi parce qu'elle était une experte de l'art d'aimer, comme j'essaie d'être une experte de la peinture et qu'elle devait avoir une pratique très complète des relations entre femmes, sachant lentement faire monter le plaisir jusqu'à l'éblouissement qui dure, qui dure, sous ses mains délicates et sa bouche chaude.

Je dois aussi reconnaître que ce qui m'attire en elle c'est peut-être aussi le fort contraste avec moi et avec la plupart de mes amants et maîtresses passées. Jacqueline est aussi blonde que je suis brune, elle a la peau aussi claire et translucide que la mienne est mate et foncée, sa chatte est finement implantée sans déborder de sa culotte alors que la mienne est foisonnante et indomptable, son odeur intime est douce et vanillée et elle dit que la mienne est forte et sauvage. Je suis l'héritière des peuples incas et elle des peuplades scandinaves. C'est ce contraste aussi qui alimente notre amour.

En dehors de ces séances de baise intense, Jacqueline m'a aussi fait découvrir les nuits parisiennes, le jazz au Bœuf sur le Toit et fait rencontrer Paul Eluard, Max Ernst et quelques autres, un peu moins cons que ces bâtards de Surréalistes. Dans ces lieux de plaisir pour les oreilles on dansait souvent et c'est là que je libérais mon trop-plein d'amertume et d'animosité vis-à-vis de Breton et ses acolytes. Le meilleur spectacle que j'ai vu a été celui des Folies Bergère où Joséphine Baker arborait une ravissante jupe en bananes et se trémoussait sans soutien-gorge au son d'un air de jazz endiablé. Ce soir-là, j'ai absolument tenu à aller la saluer dans sa loge et Jacqueline, qui la connaissait bien, m'a accompagnée. C'est une bien jolie petite mulâtresse qui m'a bien plu. Nous avons le même âge et elle nous a semblé, à Jacqueline et moi, tout à fait délurée et incroyablement attirante. J'ai aussi eu l'impression que nous ne l'avions pas laissée indifférente non plus. Je l'ai revue ensuite, j'en parlerai plus loin.

Lors de ces soirées dans les cabarets, mon pied droit m'a cependant fait souffrir. Pas facile de danser de manière endiablée avec des doigts de pied en moins ! Mais l'alcool et la fête aidant, regardée par sa maîtresse et des beaux mecs, ça atténue la douleur. J'ai aussi bien aimé la cathédrale de Chartres et les châteaux de la Loire. C'est la preuve que les français n'ont pas toujours été aussi cons mais capables de construire ces merveilles du Monde.

Je gueule après Breton, mais il savait quand même faire la fête notamment en pratiquant, aux dépens de ses hôtes, le Jeu de la vérité. En guise de gage surréaliste et pensant sans doute que je ne le ferai pas, il m'a donné comme gage lors d'une soirée bien arrosée, de faire l'amour à un fauteuil ! Mais il ne me connaissait vraiment pas cet imbécile car tous mes amis savent que je suis capable de n'importe quoi, surtout lorsque je suis bien imbibée. Et je l'ai fait ! Nul doute qu'une bonne partie des spectateurs mâles avaient sans doute la braguette sous forte tension et les spectateurs femelles avaient leur petite culotte mouillée, car je me suis vraiment démenée comme une belle diablesse. Peut-être le fauteuil était-il, lui aussi dur et mouillé ? En tous cas, ceux qui ont assisté à la scène s'en rappelleront sans doute longtemps. Mais bon, c'était quand même n'importe quoi et ce n'est pas cela qui a fait avancer le Surréalisme d'un pouce.

Océan Atlantique 28 de Marzo 1939.

Toute cette activité a été pour moi fort bien venue comme dérivatif car j'ai quand même continué à souffrir horriblement de mon dos pendant ces trois mois. En plus, je me suis chopée une inflammation bactérienne rénale qui a nécessité mon hospitalisation quelques jours, ce qui me rend toujours horriblement nerveuse et de mauvais poil.

Je regrette de n'avoir pas emporté avec moi tout mon matériel de peinture car je n'ai pas pu dériver toute cette douleur vers la création de tableaux comme je le fais habituellement.

Néanmoins, je reviens avec mes valises pleines de dessins et croquis et la tête farcie d'idées folles à mettre sur la toile dès mon retour. Ce voyage n'aura finalement pas été complètement inutile de ce côté-là. J'ai aussi longuement discuté avec Jacqueline de ma relation avec Barbichette puisqu'elle n'avait pas complètement compris, lors de son voyage chez nous à Coyoacan que Léon était bien mon amant à ce moment là. Ayant toujours plusieurs fers au feu de ce côté-là, le fait que je baise avec Trotsky et en même temps avec Diego n'était pas pour la surprendre. Mais elle se demandait si nous n'avions pas entamé, Barbichette et moi, une relation plus profonde, plus intellectuelle. Je dus avouer à Jacqueline que c'était bien le cas et que mon engagement ancien au parti Communiste mexicain expliquait sans doute que cette relation n'était pas que sexuelle.

J'ai dû lui avouer que, tout d'abord, le personnage m'avait fortement impressionnée de par son aura de révolutionnaire pur et dur ayant entamé la lutte parmi les premiers. Nos joutes oratoires post-coïtales portaient surtout sur la comparaison des deux mouvements révolutionnaires russes et mexicains. Ces derniers, nos révolutionnaires, avaient entamé et réalisé leur révolution en 1910, avant celle des russes et je réclamais de sa part une sorte de reconnaissance de la paternité mexicaine de la révolution. Mais il argumentait, en s'appuyant sur son immense connaissance de l'histoire révolutionnaire russe, que leur mouvement avait commencé avant le nôtre et qu'il n'était pas question de reconnaître leur seconde place par rapport à nous.

Evidemment, il ne connaissait pas bien la formidable révolution mexicaine, ses héros aussi courageux et prestigieux que sanguinaires et cupides. Il ne savait pas quelle place elle avait joué dans la construction du Mexique moderne, dans la reconnaissance du Mexique pré-colombien par lui-même. Il ne connaissait pas la profondeur de l'amour que je portais à cette formidable aventure humaine.

Dans ces débats oratoires, Barbichette gagnait presque à tous les coups, fort de nos 28 ans d'écart et de son expérience d'orateur politique. Mais cela se terminait presque toujours par une reprise souvent orale de notre activité sexuelle, forte que j'étais de nos 28 ans d'écart et de mon savoir-faire approfondi qu'il n'avait jamais certainement vécu avec sa femme Natalia.

Jacqueline, me dit-elle, avait imaginé tout cela et vu que notre relation n'était pas seulement charnelle comme avec d'autres sans doute, mais que Barbichette tenait une place à part dans ma vie. J'ai aussi avoué à Jacqueline que, la différence d'âge aidant, je voyais sans doute dans Léon une forme de substitut au Père permettant de combler mon complexe d'Œdipe.

Océan Atlantique 30 de Marzo 1939.

Jacqueline a raison, c'est vrai que je tiens à lui mon Barbichette, d'une relation spéciale bien que notre commerce charnel soit maintenant terminé. Natalia a sévèrement repris en mains son mari, mais nos échanges intellectuels se poursuivent. Cela ne m'est jamais arrivé auparavant et j'y vois sans doute le rôle paternel que je me complais à lui voir jouer encore dans ma vie. Je sais que cette relation est menacée et je suis inquiète devant le déséquilibre entre la puissance de Staline, qui a envoyé une horde de sbires pour le tuer et la faiblesse des moyens de défense que nous mettons en œuvre pour lui éviter ce funeste destin.

Comme en ce moment même, alors que je vois l'Océan Atlantique défiler par mon hublot, je pense souvent à ces moments de bonheur avec Léon, Natalia et Diego, ou bien toute seule avec Barbichette, lorsque insouciants du danger, nous arpentions les marchés mexicains ou les magnifiques paysages de la Sierra de las Cruces. J'espère que nous en connaîtrons bientôt encore d'autres ensemble malgré l'évolution de la situation internationale.

Je crois aussi qu'il m'a aidée à y voir plus clair sur le lien entre ma peinture et la douleur quasi-permanente chez moi depuis que ce foutu tramway a rencontré mon autobus à la sortie des classes. Ma vie, en fait, c'est la douleur qui ne me quitte jamais et la façon, les façons, que j'ai trouvées d'y échapper. Bien sûr, il y a les antidouleurs, dont je suis une consommatrice effrénée, et qui m'empêchent de sombrer dans la folie complète. Il y a l'alcool aussi et je sais que, même si ce n'est pas raisonnable de boire une bouteille de Cognac chaque jour ou presque, la circulation permanente de l'alcool dans mes veines calme aussi mes douleurs et m'apporte une dose d'insouciance et de légèreté sans laquelle je ne pourrais pas vivre.

Il y a le sexe aussi, effréné, multipartenaires, avec des hommes et des femmes, qui me transporte vers le septième ciel aussi souvent que possible. Mais, au bout du compte, au bout du bout, la douleur, l'infâme douleur est toujours là, incessante comme une sœur siamoise dont il est impossible de me séparer. Il faut bien que je finisse par l'apprivoiser sans ces artifices. C'est ma peinture qui le permet. Me représenter toujours en souffrance sur les toiles c'est leur transférer cette douleur infâme qui fait si pleinement partie de ma vie depuis quinze longues années. Barbichette avait compris ça tout seul. Je ne pensais pas qu'il me permettrait de le reconnaître en me poussant incessamment à peindre quoi qu'il arrive. La peinture c'est ta vie, me disait-il, c'est ta thérapie, sans elle tu n'es rien, avec elle tu es toi-même. Il a raison.

En vue des côtes de New York 1er Avril 1939

La traversée a passé vite et nous allons débarquer dans quelques heures, j'ai juste le temps maintenant que mes bagages sont bouclés de vite, vite jeter encore quelques mots sur mon journal à propos de ma virée parisienne. C'était finalement une bonne expérience que ce petit séjour en France et j'en reviendrai changée.

Malgré les difficultés rencontrées, j'en garde surtout le souvenir encore très présent de ma relation avec Jacqueline et c'est le moment de te raconter, petit journal, la formidable partouze, le plan à trois que nous nous sommes faits avec Jacqueline et Joséphine, la belle danseuse mulâtre aux bananes. J'ai déjà fait de furieuses parties carrées dans ma vie, mais je n'avais encore jamais fait une partie à trois avec uniquement des filles. C'était assez génial car nous étions vraiment de trois couleurs et origines différentes, toutes des femmes dans la plénitude de leurs moyens sexuels et avec une expérience incomparable dans ce domaine. J'avais bien vu que nous lui plaisions à la belle Joséphine lorsque nous sommes allés la voir aux Folies Bergère. C'est à la suite de la séance de l'amour au fauteuil chez Breton que nous nous sommes décidées à aller plus loin.

Elle était parmi les invités et j'ai caressé ce damné fauteuil en regardant alternativement Jacqueline et Joséphine, comme une invite à nous rassembler toutes les trois au lieu de m'exciter sur ce maudit siège. C'est ce que nous avons fait la même nuit après cette folle soirée surréaliste en nous retrouvant dans ma chambre d'hôtel. Joséphine n'en n'était certainement pas à sa première expérience homosexuelle et était comme moi et comme Jacqueline, parfaitement bisexuelle depuis son plus jeune âge.

Elle nous confia ensuite, après notre furieuse partie de jambes en l'air, qu'elle avait le dégoût des hommes depuis sa jeunesse. Violée plusieurs fois par son père et son oncle, c'était ce qui l'avait poussée vers les femmes. Je garde de cette nuit-là un délicieux souvenir sensoriel tant nous avons prolongé nos caresses réciproques qui nous maintenaient dans un orgasme profond. C'est aussi le souvenir du vrai plaisir visuel de nos peaux tellement contrastées allant du pâle translucide de Jacqueline au noir de Joséphine, à regarder nos tignasses si différentes, à explorer nos touffes si contrastées.

Au bout du compte, et c'était vraiment formidable de le constater, malgré ces différences, bien que nous venions toutes les trois de continents bien différents, notre anatomie sexuelle, au-delà de la peau, des cheveux ou des poils, était la même et la recherche du plaisir puis son obtention étaient identiques de l'une à l'autre. Les mêmes caresses produisaient les mêmes effets et procuraient le même plaisir. Quoi de mieux que cette constatation dans cette époque troublée où la discrimination raciale règne en maître sur une bonne partie de la planète ?

Mais il est vite apparu que nos destins ne s'étaient pas croisés uniquement à cause de nos différences. Au contraire de nos peaux, de nos cheveux ou de la couleur de nos yeux, nous étions parfaitement en harmonie sur les relations entre les hommes et les femmes, sur leurs places respectives dans la société et aussi sur le rôle fondamental de la liberté, non seulement comme moteur de la création artistique, mais aussi comme pilier de nos sociétés respectives.

C'est aussi à elles deux que j'ai confié mes douleurs intenses et permanentes et le pouvoir du sexe et de la peinture, deux de mes activités intenses pour les contrecarrer.

Un autre de nos points communs avec Jacqueline et Joséphine qui est apparu dans nos séances post-orgasmiques, c'est la fascination exercée sur nous par un grand peintre de la fin du quinzième-début du seizième siècle : Jérôme Bosch. Je me souviens que la discussion est arrivée sur le tapis, à cause d'un voyage récent de Jacqueline au Prado où elle avait véritablement découvert *Le Jardin des Délices* qui l'avait proprement fascinée. Elle avait alors admiré toutes les œuvres de ce peintre immense présentes à Madrid, dont *Le Chariot de Foin* qui l'avait aussi subjuguée. Joséphine avait eu le même choc lors d'une de ses tournées à Vienne en voyant *Le Jugement Dernier* ; elle clamait « je l'ai vu et je suis restée devant, sans bouger et sans voix pendant de très longues minutes, avant de regarder et commenter tous les détails du tableau pendant des heures avec mon guide ». Pour ma part, c'est Diego qui m'avait montré des catalogues et des photos rapportées d'un de ses voyages en Europe et notamment *Visions de l'Au-delà* détenu par le Palazzo Grimani à Venise.

Comme c'était curieux de se retrouver toutes les trois amoureuses des peintures de ce gigantesque artiste dont la renommée et la célébrité des peintures étaient parvenues jusqu'à nous au travers des siècles. Notre attrait commun résidait dans l'incroyable capacité d'imagination de Jérôme Bosch pour inventer des personnages imaginaires, mi-hommes mi-animaux, voire mi-plantes, et de les mettre en scène avec des vrais humains voués aux tourments de l'enfer ou aux délices du Paradis.

Toutes les trois, nous le sentions de notre côté, capable de remettre en cause tous les dogmes et de projeter sur ses peintures tout un imaginaire profondément enfoui en lui. Nous nous sommes jurées de revenir en Europe pour, toutes les trois, organiser une tournée des musées détenant des tableaux de ce fou de Bosch, en profitant aussi des cabarets et des bars des villes concernées. Ce serait, avons-nous dit aussi follement que les peintures de Bosch, un voyage de noces à trois !

Le paquebot est à quai, je dois arrêter ce bavardage et saisir mes bagages pour rejoindre Nicolas, mon amant new-yorkais depuis longtemps maintenant. Il doit m'attendre sur le quai en rêvant sans doute de notre prochaine nuit d'amour avec moi, comme je le fais aussi en rêvant à la délicieuse pénétration qu'il me fera subir bientôt.

CHAPITRE 22. MA PASSION POUR ELISABETH VIGÉE-LE BRUN

[Extraits des notes de Geneviève Baroche-Houzinac, consultées par l'auteur; note de l'auteur].

Lorsque j'ai été contactée par Svante Dabôô ça a été une grande surprise et un grand honneur pour moi. Je le connaissais par ses publications scientifiques d'une originalité incontestable car il avait fait entrer la biologie, la génétique en particulier, dans l'Histoire.

Il venait de recevoir le Prix Nobel de Médecine et il m'appelait, moi ! Quel choc ! J'avoue ne pas avoir compris immédiatement que le travail que j'avais réalisé depuis de très nombreuses années sur Louise Elisabeth Vigée le Brun allait déboucher sur un projet scientifique original et très en dehors de mon domaine de recherches habituel. J'ai immédiatement accepté la proposition du généticien allemand.

La biographie extrêmement détaillée et précise que j'ai consacrée à l'artiste a été publiée en 2011 en français. Malheureusement aucune traduction n'a été faite jusqu'à présent dans aucune langue et c'est par l'intermédiaire d'une généticienne française amie de Svante que ce dernier a pu mieux connaître la vie de la portraitiste française. Il admire sa peinture depuis ses visites au musée de Saint Pétersbourg, lorsqu'il était jeune étudiant en génétique. L'œuvre de l'artiste de la fin du dix-huitième et du début du dix-neuvième siècle est extrêmement prolifique puisque les experts, dont je fais partie, estiment à plus de 900 tableaux dont 660 portraits, la production totale de Louise Elisabeth Vigée Le Brun.

Beaucoup de ses tableaux ont disparu, notamment dans la tourmente révolutionnaire dans laquelle l'artiste a été plongée. La plupart de ceux qui restent sont détenus par des collectionneurs privés et par des musées répartis un peu partout dans le monde. La France, sans doute à cause de l'étiquette attachée à la portraitiste proche de l'ancien régime, n'a que peu considéré son œuvre.

Depuis sa disparition, à Paris en 1842, au contraire de plusieurs autres grands artistes de son époque, elle n'a fait l'objet d'aucune rétrospective ni d'aucune exposition qui aurait pu rassembler une partie de ses tableaux. Peut-être faut-il voir aussi, et c'est mon analyse, dans la critique de l'œuvre et de la personnalité de Louise Elisabeth, un reste nauséabond de la période révolutionnaire et de l'esprit revanchard de certains intellectuels modernes qui ne lui arrivent pas à la cheville. Comment expliquer autrement, par exemple, les critiques stupides et infondées de Simone de Beauvoir dans le Deuxième sexe vis à vis de Louise Elisabeth et qui ont pourtant eu un certain écho ?

La biographie que j'ai publiée permet heureusement de rétablir la vérité historique avec précision et exhaustivité et de renvoyer les critiques là d'où elles n'auraient jamais dû sortir ! C'est dans cette disposition d'esprit que Svante me contacte pour me proposer une rencontre visant à m'exposer son projet. La discussion est une véritable révélation pour lui comme pour moi. Moi, une chercheuse en Sciences Humaines, je discute avec un généticien moléculaire comme jamais je n'avais eu l'occasion de le faire jusque-là.

Je présente à Svante à la fois les caractéristiques les plus détaillées et les plus pertinentes des peintures réalisées par Louise Elisabeth et les moindres détails de sa vie privée et publique. Je m'appuie, pour ce faire, sur les trois livres des Souvenirs de l'artiste, uniquement publiés en français, qui constituent un véritable trésor où les historiens peuvent puiser pour mieux comprendre quelle fut la vie de la portraitiste. Mais je fais aussi appel en permanence à l'une ou l'autre des plus de mille références présentes dans la biographie que j'ai publiée chez Flammarion. En fait, je sais tout de l'artiste de A à Z, je connais sa vie, ses désirs, ses émotions mais surtout ses peintures et les éléments qui lui ont permis de construire son immense œuvre artistique. Nous passons des heures, bientôt plusieurs jours, à retracer mois après mois, la vie de Louise Elisabeth. Svante m'interroge sur les conditions de commande et de confection de tel ou tel tableau, en même temps que sur sa vie et les nombreux lieux en Europe où l'artiste a erré à partir de 1789.

Il connait une partie de son œuvre, mais il ne sait pas vraiment combien sa vie a été difficile et bouleversée par la révolution française. Il comprend aussi que Louise Elisabeth a sans doute été saisie, dès sa plus tendre enfance, par un besoin irrépressible de dessiner, puis de peindre et c'est un aspect de la vie de l'artiste que Svante explore en détail avec moi. C'est la première fois, me dit-il, depuis qu'il a entamé son grand projet scientifique, qu'il a l'occasion de plonger ainsi dans la vie d'un des grands peintres choisis pour réaliser son projet. A de brefs moments, il comprend que si je suis tellement enthousiaste c'est que je me suis parfaitement intégrée dans la vie de Louise Elisabeth. Il a peut-être l'impression d'avoir l'artiste en chair et en os en face de lui. Il se surprend à presque à m'interpeller « mais alors qu'as-tu fait, qu'as-tu dit à Marie-Antoinette, comment t'es-tu échappée de Paris ce soir d'octobre 1789 ? »

Je comprends que cette plongée dans la vie intime de l'artiste est une approche très importante pour Svante. Elle lui permet d'essayer de mieux cerner scientifiquement ses pensées et son comportement, de mieux comprendre quels ont été ses pulsions et les moteurs de ses décisions, en particulier celles qui l'ont conduite à dessiner puis peindre très précocement, à se consacrer entièrement à la peinture et, enfin, à se perfectionner en permanence au cours de sa vie.

Evidemment, ce n'est pas à l'artiste elle-même qu'il pose ses questions inquisitrices, auprès de qui il enquête, mais il a compris qu'il a en face de lui une scientifique aguerrie, acharnée et monomaniaque qui a consacré l'ensemble de sa carrière, voire de sa vie, à entrer dans le personnage de Louise Elisabeth !

Il m'avoue comprendre aussi à ce moment-là que son projet ne sera pas complet, ne pourra pas être complètement démonstratif de l'effet des gènes qu'il pense avoir identifiés sur la création artistique, tant qu'il n'aura pas mesuré voire expérimenté aussi sur ce qui se passe chez des artistes vivants. Cette idée, complexe à mettre en œuvre, s'impose d'elle-même à Svante après nos deux jours de discussion et elle le plonge dans un abîme de perplexité, tant la tâche lui semble difficile.

C'est au tour de Svante de m'exposer son projet et les hypothèses qu'il entend démontrer en s'intéressant à la carrière, à l'œuvre et à la vie de Louise Elisabeth Vigée le Brun. En s'appuyant sur le caractère qui semble inné de l'aptitude de la jeune Louise Elisabeth à la création artistique, il m'indique que son hypothèse principale est celle de l'existence dans son génome d'une combinaison d'allèles de deux gènes qui pourraient contrôler l'architecture cérébrale et l'aptitude du cerveau à la représentation graphique.

Il expose en détail quelles sont les différences entre gènes et allèles et m'explique combien il est difficile d'en identifier seulement quelques uns dans un génome complet. Enfin, il m'indique que sa démarche a été appliquée déjà à plusieurs grands artistes du passé et, à la grande satisfaction de sa collaboratrice Hélène, un peu jalouse quand même d'avoir attendu cette entrevue pour les connaître, il nous donne les derniers résultats d'identification des allèles chez Vinci, Bosch, Picasso, Bashkirsteff, Hergé et Le Caravage, plus deux artistes préhistoriques des grottes de Lascaux et Cosquer. Hélène et moi sommes stupéfaites, abasourdies. Nous réalisons immédiatement quelles seraient les conséquences pour le monde scientifique, mais aussi médical et artistique, si cette découverte formidable était confirmée avec Louise Elisabeth

Vigée le Brun.

Evidemment, je ne peux qu'accepter avec enthousiasme de participer à une telle aventure génétique qui est centrée sur l'héroïne de ma vie professionnelle et qui a pris une telle place dans ma vie personnelle ! Mais la tâche s'avère compliquée car si on connaît la tombe de Louise Elisabeth dans le cimetière de Louveciennes où elle repose à côte de sa fille Julie depuis 1842, je pense difficile de trouver des bons arguments pour son exhumation.

Sa fille Julie, mariée deux fois n'a eu aucun enfant avant sa mort à 39 ans éteignant ipso facto cette branche. Louise Elisabeth a donc, lors de la dernière période de sa vie à Louveciennes rédigé son testament en faveur principalement de sa nièce, la fille de son frère Etienne Vigée. Même si l'héritage a été contesté au moment du décès de l'artiste par sa nièce par alliance du côté Le Brun, la justice a tranché depuis longtemps en faveur de la nièce de son sang.

Par ailleurs, du fait qu'il est bien établi que son autre nièce n'est pas de sang et que celle-ci est morte sans descendance, il ne semble pas envisageable de contester ce testament et de réclamer une quelconque exhumation du corps de Louise Elisabeth. A supposer qu'on soit capable de trouver de bons arguments pour une éventuelle exhumation, il est quasiment certain qu'il se trouvera quelqu'un parmi les descendants pour s'y opposer.

Si une demande d'exhumation pour raisons d'héritage ne semble pas possible, en revanche on pourrait essayer de convaincre les héritiers en leur expliquant une partie de l'hypothèse de Svante et en leur présentant tout l'intérêt qu'aurait une éventuelle inclusion de leur aïeule dans la grande étude génétique conduite par le chercheur allemand.

Tellement enthousiasmée par le projet et parce que je connais au moins cinq descendants actuellement vivants, je propose de les contacter pour leur demander d'autoriser une exhumation du corps de leur ancêtre au cimetière de Louveciennes.

Hélène se joindra à moi pour leur présenter le projet de Svante et essayer de les convaincre d'exhumer Louise Elisabeth. Cette démarche se heurte rapidement à un refus catégorique de tous les héritiers sauf un. L'argument principal du refus est de ne pas perturber la dernière demeure de celle qui avait déjà beaucoup souffert des affres de la révolution et qui mérite de reposer en paix.

Nous voilà donc tous les trois revenus au point de départ sans réelle possibilité de trouver une source d'ADN capable de fournir suffisamment de matériel pour une analyse fiable. L'hypothèse de prélèvements directement sur les tableaux est également discutée mais Svante n'est pas très chaud pour la défendre en l'absence d'une possibilité de comparaison avec de l'ADN ancien issu du corps de Louise Elisabeth et parce que les nombreux portraits qu'elle a réalisés étaient des commandes de clients à qui, la plupart du temps, les œuvres ont été remises après une exposition initiale.

Cela veut dire que ces tableaux sont très probablement passés en de nombreuses mains après que l'artiste y ait apposé sa dernière touche, rendant peu probable l'existence de traces résiduelles de l'auteur. Parmi les tableaux que Louise Elisabeth a emportés avec elle lors de sa fuite de Paris en 1789, je mentionne bien l'existence de deux d'entre eux qui servaient de tableaux de démonstration pour les futurs clients qu'elle souhaitait voir commander un portrait, mais ces toiles ont été montées, démontées puis remontées un grand nombre de fois par d'autres personnes que Louise Elisabeth elle-même, comme elle l'indique dans ses Souvenirs.

A force de discussion et parce que Svante mentionne soudainement que dans le cas de Marie Bashkirsteff il avait travaillé à partir de l'ADN des dents de lait conservées par la mère de l'artiste, mais qu'il aurait pu travailler aussi à partir de ses ongles ou ses cheveux, je me souviens d'avoir discuté il y a plusieurs années lorsque j'ai commencé mon travail de recherche sur Louise Elisabeth, avec une des descendantes de sa dame de compagnie. Celle-ci avait mentionné dans notre conversation que son aïeule avait été remerciée dans le testament de l'artiste par le don d'une forte somme d'argent et de plusieurs objets et bibelots lui ayant appartenus. Elle avait indiqué détenir encore une petite valise de toilette en cuir, au chiffre « L.E. », qui contenait divers objets.

Je me souviens encore de mon émotion il y a 25 ans, quand cette dame était allée chercher la petite valise en cuir fauve et l'avait posée sur la table du salon. De petite taille, elle avait des coins en cuivre, une poignée centrale et deux petits verrous à clé permettant de la transporter sans risque. Dans son testament, Louise Elisabeth avait indiqué qu'elle tenait beaucoup à cette petite valise et qu'elle savait que sa dame de compagnie en prendrait soin comme elle l'avait fait elle-même. Le nécessaire de toilette avait dû l'accompagner lors de ses nombreux voyages à travers l'Europe et représenter ainsi un témoin de la vie d'errance, malheureuse mais fantastique, qu'elle avait vécue entre 1789 et 1801.

J'avais ouvert celle-ci avec précaution et recueillement. A l'intérieur, pour autant que je m'en souvienne, étaient disposés, accrochés le long des parois internes, plusieurs flacons à bouchons d'argent de tailles différentes, une brosse à cheveux, quelques ciseaux et outils de manucure, tandis que le revers du couvercle portait un miroir.

Nous prenons aussitôt la décision d'essayer de retrouver cette valise de voyage, charge à moi de retrouver l'héritière, si elle est toujours vivante, et d'essayer de la convaincre de leur confier la brosse à cheveux de Louise Elisabeth pour essayer d'y trouver un peu de son ADN.

Dès mon retour à Orléans, je replonge aussitôt dans les volumineuses notes de ma thèse pour retrouver le nom et l'adresse de la descendante qui résidait, lors de notre rencontre, dans un petit village normand. Il ne me faut que peu de temps pour que la Mairie m'apprenne que la vieille dame était décédée depuis une vingtaine d'années maintenant. Je contacte alors le notaire ayant assuré la succession pour lui exposer notre démarche et lui indiquer que je souhaite vivement parler aux héritiers, s'il voulait bien les informer de ma requête. Moins d'une semaine se passe avant que je sois contactée par la fille de la vieille personne rencontrée qui m'informe que le nécessaire de toilette de l'artiste avait été mis en vente aux enchères à la salle des ventes de Bayeux très vite après la mort de sa mère, les héritiers souhaitant en tirer un bon prix.

Malheureusement, sans doute parce que Louise Elisabeth Vigée Le Brun reste encore une artiste méconnue, aucun musée ne s'était manifesté et la vente n'avait pas été à la hauteur de leurs espérances. L'objet avait été acheté par un antiquaire soucieux de faire un substantiel bénéfice à la revente. La piste de la valise de toilette semblait bien compromise, mais, avec l'accord de Svante, je contacte le Commissaire-Priseur normand concerné et lui demande s'il est possible de retrouver l'objet. Après tout, ils souhaitent l'utiliser pour effectuer un prélèvement qui ne changerait en rien ni l'aspect ni l'intégrité de celui-ci mais, au contraire, ne pourrait que lui donner une valeur supplémentaire.

Le Commissaire-Priseur remonte donc la piste de la valise et identifie rapidement le possesseur actuel de l'objet. C'est un collectionneur compulsif de beaucoup d'autres choses que des accessoires de toilette et qui accepterait, éventuellement et pour des raisons fiscales, de procéder à un échange de la petite valise de Louise Elisabeth contre un objet à même de renforcer une autre de ses collections. Il pense notamment à un bateau jouet de la fin du dix-neuvième siècle, que les familles riches offraient à leurs enfants et qui étaient des pièces uniques, souvent des bateaux de guerre avec des machines munies de petites chaudières à vapeur miniature.

Il connaît un certain nombre de ces bateaux-jouets à vendre sur le marché et se fait fort de convaincre le collectionneur de procéder à un échange. Toujours en accord avec Svante, je contacte alors le Musée du Château de Versailles où il existe le plus grand nombre de peintures de Louise Elisabeth. Celui-ci avait commencé lors de la vente de ses maisons à Paris et à Louveciennes en 1842 et au fur et à mesure de la dispersion des objets de l'artiste par ses héritiers, à rassembler quelques meubles et objets lui ayant appartenu.

Après un examen attentif des certificats d'authenticité produits par le Commissaire-Priseur, le conservateur donne rapidement son accord pour la transaction. Un des membres de la fondation du Château de Versailles accepte d'acheter directement le bateau-jouet puis de procéder à l'échange. Ce dernier se fait immédiatement et la petite valise de Louise Elisabeth rejoint le musée du Château de Versailles. Hélène et moi sommes présentes pour accueillir l'objet et effectuer les prélèvements d'ADN sur la brosse dès son arrivée, afin d'éviter toute contamination supplémentaire lors des manipulations qui ont déjà dû être très nombreuses depuis la mort de sa propriétaire.

Avec un luxe de précautions, gantée et munie d'un masque de prélèvements, j'ai a le plaisir d'ouvrir la petite valise devant les membres de la fondation désormais propriétaire de l'objet, sous l'œil bienveillant et satisfait du conservateur du château et sous les objectifs des journalistes et photographes invités pour l'occasion. La brosse à cheveux est bien là, il y en a même deux, une sur chaque paroi latérale de la valise, ce dont je ne me souvenais pas précisément.

Avec une émotion bien compréhensible, je demande alors à Hélène de procéder aux prélèvements. Hélène, également gantée et masquée, prélève à la loupe binoculaire les cheveux présents sur les deux brosses et les enferme dans plusieurs tubes à échantillons dont la moitié sont envoyés immédiatement à Leipzig au laboratoire de Svante et la moitié conservés dans l'échantillothèque de la Police Nationale à Versailles, ainsi que l'a souhaité discrètement le Ministre de la Culture.

Pour Svante et son équipe, la tâche est plus complexe que s'il s'agissait d'échantillons de tissus humains car il faut essayer de retrouver d'abord des restes de bulbes avant de commencer à procéder à l'amplification du matériel génétique. Svante sait que des prélèvements effectués sur une brosse à cheveux sont ceux pour lesquels il y a le plus de chances de retrouver des bulbes contenant de l'ADN. En effet, lors d'un brossage, une partie des cheveux sont arrachés et non coupés, entraînant ainsi une partie de leurs bulbes avec eux.

Il suffit alors de moins d'une dizaine de cheveux pour espérer réaliser une extraction puis une amplification avec assez de matériel. Il ne lui semble pas que les conditions de conservation puissent avoir amené une dégradation du matériel génétique puisque cette petite valise a été conservée fermée, à l'abri d'une humidité excessive. Il sait que, dans ces conditions, l'ADN peut se conserver pendant de nombreuses années.

Plus de cinq cheveux avec leurs bulbes sont retrouvés dans les échantillons des deux brosses et c'est avec confiance que Svante, Hélène et moi attendons les résultats du séquençage. La déception est immense quand les résultats parviennent à Svante et qu'il les analyse. Aucun des quatre allèles trouvés chez les autres artistes n'est retrouvé dans le patrimoine génétique de Louise Elisabeth Vigée le Brun.

Il faut que Svante vérifie et re-vérifie les résultats avant que nous acceptions celui-ci et commencions à le digérer. Mais, très vite après cela, le doute émerge dans mon esprit à propos de l'authenticité de la petite valise de toilette de Louise Elisabeth.

J'avoue avoir eu une interrogation au moment de l'ouverture de la valise car je ne me souvenais plus qu'il y avait deux brosses à cheveux dans le nécessaire de toilette. Ayant mis cette interrogation sur le compte du temps écoulé depuis ma visite à l'héritière de la dame de compagnie, confortée par les pompeux certificats d'authenticité produits par le Commissaire-Priseur et impressionnée par la présence des sponsors et des journalistes, je n'ai pas osé émettre de doute au moment de l'ouverture de la valise et arrêter tout le processus.

Mais je l'exprime maintenant avec force et réussis à convaincre Svante et Hélène que les cheveux prélevés sur les brosses ont de grandes chances de ne pas être ceux de Louise Elisabeth. Il faut en avoir le cœur net et Hélène, en bonne généticienne des populations qu'elle fut à son début de carrière, propose aussitôt de faire un test de proximité génétique entre les échantillons d'ADN des cheveux qu'ils viennent d'analyser et ceux des descendants. Il sera sans doute moins difficile de les convaincre de donner leur ADN que d'exhumer le corps de leur ancêtre.

Hélène et moi les contactons à nouveau et nous obtenons des échantillons de la part de cinq des dix descendants recensés. Le verdict tombe peu après, il n'y a aucun lien de parenté, même lointain entre la propriétaire des cheveux trouvés dans la valise de toilette et les descendants de Caroline Vigée. La valise de toilette n'est pas celle de Louise Elisabeth et c'est sur un échec que nous nous séparons tristement.

La valise du musée du château de Versailles, quant à elle, restera comme celle de Louise Elisabeth.

Chacun sait bien que les musées sont pleins d'objets moyennement authentiques.

CHAPITRE 23. COMMENT J'AI RETROUVÉ L'ADN DE FRIDA KAHLO, PAR JOSÉ ALBERTO

[Chapitre rédigé par un ami mexicain de l'auteur et traduit par ce dernier]

A de nombreuses reprises lors de congrès scientifiques de génétique ou de reproduction, j'avais discuté de Frida Kahlo avec Hélène Lucaux, mon amie et collègue française, tant la fascination que cette artiste exerçait sur moi était forte.

Je l'admire d'abord pour ses peintures d'une originalité extrême. Jamais aucun peintre dans le monde ne s'est représenté ainsi dans presque toutes ses toiles et avec une plongée aussi profonde dans son intimité, dans sa chair. Je connais ses cent vingt-neuf tableaux un par un, d'abord pour les avoir vus de mes propres yeux à Mexico, à New-York et à Paris. Je les connais aussi pour les avoir vus et re-vus dans tous les livres que j'achète sur son œuvre et, désormais, sur le Web.

J'aime les couleurs vives de ses toiles, mais aussi la cruauté des sujets. J'aime l'exposition du corps de Frida d'une façon si particulière, de ses atteintes physiques mais aussi incontestablement psychiques. J'aime également toutes les atteintes chirurgicales qui explosent dans ses œuvres.

Elles constituent une partie de l'artiste elle-même. A chaque fois que je regarde une de ses œuvres, je suis saisi d'une émotion intense, d'une sorte de début de transe qui me fait entrer dans le tableau. Je partage alors avec Frida une partie de ses douleurs et de sa force pour se maintenir en vie quoi qu'il arrive, coûte que coûte, quel qu'en soit le prix à payer. Je ressens en moi, bien portant et bon vivant, à la fois les douleurs de son corps de femme meurtrie, mais aussi la joie de vivre qui émane d'elle à travers ses tableaux.

Je l'admire ensuite parce qu'elle représente une des figures les plus emblématiques et les plus fortes de la culture mexicaine. Elle réalise une synthèse parfaite des cultures pré et post-colombiennes, tiraillée comme je le suis, entre les gènes des anciens habitants du Mexique présents depuis plusieurs dizaines de milliers d'années, et ceux des nouveaux colonisateurs arrivés il y a seulement cinq siècles.

Frida est, pour moi, une vraie révolutionnaire mexicaine, qui défend la culture de son pays et porte fièrement ses couleurs et ses traditions. Elles le préservent de l'invasion « gringa » tout en ne refusant pas non plus cette dernière. Chacun est dans son pays. Les mexicains au Mexique et les Gringos aux USA. Chacun défend sa culture sans vouloir l'imposer aux autres en aucune façon.

Frida a aussi, à mes yeux, le courage d'aller jusqu'au bout de ses idées en les appliquant pour elle-même. La plupart du temps vêtue du costume des femmes de Tehuantepec, elle porte de vastes jupes colorées, des boucles d'oreille en argent qui s'harmonisent avec de lourds bijoux précolombiens et des bagues multiples. Elle arbore des rubans et des fleurs accrochés aux peignes de sa longue chevelure sombre. « Je m'habille pour le Paradis », disait-elle, à ma plus grande joie. Je suis aussi séduit par la beauté sauvage de cette femme indépendante, sûre d'elle et au franc parler incroyable.

La dernière raison de mon admiration c'est la liberté qu'elle affiche en matière de choix de ses partenaires, qu'ils soient hommes ou femmes. Le fait qu'elle soit capable de mener de front plusieurs liaisons simultanément en exprimant à chacun d'eux des sentiments amoureux intenses, fascine le chercheur que je suis et qui travaille sur le comportement sexuel des animaux au sein de mon université. Une telle liberté est, dans l'espèce humaine comme chez les animaux, généralement le fait du sexe mâle et rarement le fait des femelles. Ce qui place Frida dans une position vraiment à part dans le tableau général que je me fais des espèces.

Je contemple avec étonnement et admiration le courage et la force de caractère de ma peintre préférée lorsqu'elle manifeste ouvertement son homosexualité et/ou sa bisexualité. La société dans laquelle elle vit et qui la reconnaît comme artiste, est pourtant une société patriarcale et catholique pratiquante aux moeurs strictes, tout au moins officiellement. Frida s'en moque et n'en fait qu'à sa tête, qu'à son cœur plutôt, pour ne pas dire qu'à ses désirs sexuels.

Cette situation me rappelle mes boucs de Torreon qui sont d'une ardeur inaltérable et dont la très forte activité sexuelle induit des chaleurs chez les femelles et stimule aussi l'activité des autres mâles. Je me plais à les comparer au pouvoir de séduction et de conviction de Frida vis-à-vis des hommes ou des femmes sur lesquels elle a jeté son dévolu. Aucun(e) de lui ne s'échappe et lorsqu'elle l'a décidé, ils se retrouvent très vite dans son lit.

Puisqu'elle n'est plus là, les tableaux de Frida sont les seuls objets que je peux contempler. Aussi, lorsqu'Hélène, sous le sceau du secret, me révèle que Svante Dabôô travaille sur une hypothèse génétique qui pourrait expliquer l'apparition d'aptitudes artistiques extrêmes chez les plus grands peintres de l'histoire de l'humanité, je propose immédiatement que Frida Kahlo soit un des peintres inclus dans l'échantillon étudié.

Bien que Frida Kahlo soit une peintre reconnue internationalement, la bataille pour convaincre Hélène est difficile. Malgré son talent, la comparaison avec les autres peintres choisis par Dabôô, montre que les œuvres de Frida n'apportent pas la richesse, la variabilité et l'originalité absolument évidente chez Vinci, Picasso, Dali ou Bosch, sans parler des artistes anonymes des grottes de Lascaux ou Cosquer.

Elle a, incontestablement, une originalité dans le fait que ses autoportraits sont plus le reflet de son âme que de son corps torturé et que tous ont été peints, dès son plus jeune âge, par une force motrice irrésistible contre laquelle elle ne pouvait pas lutter. De retour en Europe, Hélène a du mal à convaincre Svante de l'inclure dans le protocole expérimental, ce d'autant plus que le corps de la peintre mexicaine a été incinéré après son décès en 1954. La seule possibilité, encore incertaine, de récupérer un échantillon de son ADN repose sur l'existence éventuelle, conservée dans le formol dans l'hôpital où elle a été opérée en 1953, de sa jambe droite amputée suite à la gangrène qu'elle avait développée.

Mais Hélène s'est montrée convaincante et Svante accepte finalement de me rencontrer lors d'un de mes voyages en Europe. J'ai dû me montrer persuasif également et Svante accepte d'inclure Frida Kahlo dans l'échantillon à la condition qu'on puisse retrouver le membre amputé peut-être conservé au moment de l'opération. Au Mexique il est fréquent que les chirurgiens conservent les parties sectionnées pour des raisons d'assurance. Par ailleurs, Frida étant une personnalité publique bien connue, il n'est pas impossible que sa jambe ait aussi été préservée pour des raisons proches du fétichisme.

La chasse commence dès mon retour au pays. Je plonge alors dans plusieurs biographies de l'artiste et dans sa correspondance afin d'identifier le lieu exact où elle a été hospitalisée et quel est le nom du chirurgien qui l'a opérée. C'est une tâche difficile tant les différents documents sur la vie de Frida sont dispersés. Il faut de nombreuses semaines prises sur mon temps libre pour explorer les différentes archives disponibles à la bibliothèque centrale de Mexico. Mais c'est pour moi un vrai bonheur que de me rapprocher de mon idole et de partager un peu de sa vie, même à titre posthume.

La lecture de sa correspondance et des différents articles de presse relatant sa vie personnelle à partir des années 1945 est une plongée nostalgique dans un monde disparu. Frida souffrait en permanence, jour et nuit, sept jours sur sept, de son dos à la suite de l'accident du tramway, de ses jambes et pieds, droit surtout, qui l'empêchaient de marcher correctement depuis sa poliomyélite enfantine. Sa douleur ne cède jamais, même lorsqu'elle se bourre de médicaments et se met à boire plus que de raison. Seuls la peinture et le sexe lui permettent d'oublier quelques brefs instants le calvaire qu'elle endure.

Assez curieusement, elle ne parle que très peu dans sa correspondance de l'opération d'amputation de sa jambe droite qu'elle a dû subir l'année précédant son décès. Peut-être est-ce la honte de perdre une partie d'elle-même ? Peut-être est-ce le dégoût de son corps désormais atteint par la gangrène ? Ou peut-être est-ce simplement le report qu'elle fait sur la prothèse d'un rouge vif qu'elle a dû porter après son opération ? Mais si elle mentionne le nom de ses chirurgiens ainsi que l'explication sommaire de ce qu'elle va subir, à mon grand dépit, elle ne dit pas où a eu lieu l'opération exactement. Pas trace non plus de l'hôpital qui l'a accueillie en 1953 pour cette opération, dans les articles de presse de l'époque, bien que ceux-ci mentionnent que la grande artiste nationale a un état de santé qui se dégrade sérieusement et qu'elle est atteinte de la gangrène, obligeant à une sévère opération chirurgicale.

Je termine ma tournée des sources possibles par la Maison Bleue de Coyoacan, désormais musée Frida Kahlo. C'est la maison où a vécu l'artiste pendant de nombreuses années. La discussion avec le conservateur du musée me permet de retrouver la piste de la fille d'une ancienne servante de Frida des dernières années de sa vie, qui avait une dizaine d'années à l'époque de son hospitalisation. Bien qu'âgée de plus de 80 ans aujourd'hui, elle se rappelle parfaitement avoir accompagné sa mère pour apporter à Frida ses repas à l'hôpital Parque de los Venados, tout près du marché de Coyoacan.

Fort de ma position de scientifique reconnu au Mexique, je réussis à retrouver la trace des compte-rendus d'opération et des collections de tissus déménagés de cet hôpital lors de sa rénovation complète dans les années 1980. Tous les compte-rendus ont été transférés aux archives du Ministère de la Santé et toutes les collections à l'Université Nationale Autonome du Mexique, à Mexico.

Je retrouve facilement le compte-rendu de l'opération de Frida qui a eu lieu le 25 avril 1953. Le détail des actes réalisés par les deux médecins est exposé sur une dizaine de pages pour une opération qui a duré plus d'une heure et se traduit par une amputation juste au-dessus du genou droit. L'état avancé de la gangrène ne laisse aucun doute sur la nécessité de l'opération. Dévoré par la curiosité et attristé par le côté morbide de cette lecture je saute tout de suite à la dernière page, espérant trouver une indication sur le devenir de la jambe coupée à l'issue de l'intervention.

Les chirurgiens indiquent tout à fait explicitement que la jambe a été placée dans un récipient contenant du formol pour d'éventuelles recherches ultérieures dans l'intérêt de la patiente, dont ils comprennent bien à la fois l'état de santé fort mauvais et le fait qu'elle est une personnalité extrêmement connue et populaire. Sans doute soucieux de ne pas donner prise aux critiques ultérieures toujours possibles, ils numérotent soigneusement le morceau et le transfèrent, dûment inscrit à l'inventaire du service d'anatomo-pathologie de l'hôpital Parque de los Venados, dans les collections du service.

Muni de ces précieux renseignements et poussé par les échanges quasi quotidiens avec Hélène Lucaux, je me rue à l'Université pour explorer sa collection d'organes. Il me faut batailler plusieurs jours pour savoir où elle est située parmi les très nombreuses implantations de l'université et avoir accès à la collection dispersée dans les sous-sols de plusieurs bâtiments de la plus grande université du monde.

Devant l'impossibilité de retrouver le livre d'inventaire correspondant à l'hôpital et à la période considérée, je dois arpenter chacun des cinq sous-sols contenants chacun des milliers d'échantillons de diverses natures, de tailles différentes et dans des bocaux de diverses formes. Ce n'est qu'après trois semaines de recherches que j'arrive enfin à localiser l'année 1953 du Parque de los Venados.

Mais ma déception est grande car parmi les 347 bocaux de formol contenant des restes chirurgicaux de cette année-là, il n'y a pas la jambe de Frida. Néanmoins, chacun de ces bocaux étant numéroté en séquence avec une date d'opération, je constate qu'il manque plusieurs numéros dont le numéro 27. Le numéro 26 date du 24 avril et le 28 du 26 avril 1953. La jambe de Frida a donc bien été plongée dans le formol à l'issue de l'amputation et le flacon qui la contenait bien enregistré dans la collection du service d'anatomo-pathologie de l'hôpital. Pour une raison inconnue le bocal a disparu depuis lors.

Cette disparition a-t-elle eu lieu au moment du déménagement de la collection dans les années 80 ? Le bocal a-t-il été subtilisé par un fétichiste de la grande artiste à ce moment-là ou tout de suite après l'opération ? La jambe a-t-elle été incinérée en même temps que le corps de Frida en Juillet 1954 ? Dans l'état actuel de mes recherches, impossible de savoir ce qui s'est réellement passé.

La déception est grande aussi bien pour moi qui me suis investi dans la recherche d'un morceau de mon idole, que pour Hélène et Svante qui avaient fini par se prendre au jeu et espéraient pouvoir faire entrer la peintre mexicaine dans l'étude génétique de l'origine de l'art.

Mais je ne m'avoue pas vaincu et décide de retourner interroger la fille de la servante qui a peut-être assisté aux funérailles de Frida aux côtés de sa mère en 1954. Elle en sait peut-être un peu plus sur les conditions de celles-ci et sur le devenir de la jambe manquante. Au cours d'un long et difficile entretien d'exhumation de ses souvenirs d'enfance, elle se souvient, en effet, que Diego Rivera avait absolument tenu à ce que l'incinération du corps de Frida se fasse dans son entièreté et avait exigé que sa jambe soit placée dans le cercueil avant sa fermeture pour l'incinération.

Mais pourquoi ne me l'avez-vous pas dit lorsque nous nous sommes rencontrés il y a quelques semaines avais-je dit ? Je ne m'en souvenais plus avait alors avoué la vieille dame, mais maintenant que cela m'est revenu, je me souviens comme si c'était hier de sa jambe avec ce pauvre petit pied déjà mutilé par une opération antérieure et qui avait été sorti de son bocal pour être replacé délicatement en dessous du genou de Frida avant l'incinération.

Comment ça déjà mutilé par une opération antérieure ? De quoi parlez-vous ? Son pied droit n'avait plus de doigts de pied depuis plusieurs années déjà me répondit-elle. Frida s'en était accommodée et sa claudication résultait sans doute autant de sa jambe droite poliomyélitique que de cette absence de doigts de pied, néfaste à l'équilibre du corps tout entier.

Après l'abattement dû à la découverte de l'incinération de la jambe droite de Frida, je reprends soudainement espoir et me précipite à nouveau au Ministère de la Santé pour lire *in toto* le compte-rendu d'opération chirurgicale. En effet, à la deuxième page, où figure la description précise du membre à amputer, les deux chirurgiens observent que les doigts de pied sont manquants et que l'amputation a certainement eu lieu il y a de nombreuses années puisque la cicatrice est ancienne.

Dès lors, une nouvelle piste se présente, celle de retrouver ces cinq doigts de pied manquants en espérant qu'ils aient été, eux-aussi, conservés dans du formol. La fille de la servante ne se souvenait pas qu'ils aient été placés dans le cercueil en Juillet 1954.

Ne connaissant ni la date ni le lieu, ni le chirurgien ayant procédé à l'ablation des doigts de pied, la seule solution était de retourner lire la correspondance de Frida avant 1945, année à laquelle j'avais commencé ma lecture il y a quelque mois. C'est plus facile que pour la première recherche. Je découvre, en effet, que Frida a subi, au cours de l'année 1934, une appendicectomie puis l'ablation des cinq doigts du pied droit dans un hôpital annexe de la banlieue de Mexico, l'hôpital San Angel, non loin de là où elle habitait avec Diego Rivera.

Cet hôpital est toujours existant. Il est tenu par une congrégation religieuse de manière beaucoup plus organisée que le Parque de los Venados. Le directeur de l'hôpital est plus difficile à convaincre, mais une fois que c'est fait, je peux me plonger dans les compte-rendus écrits par la belle écriture du chirurgien et découvrir que l'appendicectomie a eu lieu le 12 septembre et l'amputation des doigts de pied le 13 octobre 1934 alors qu'elle n'avait que 27 ans.

Pauvre Frida ! Sa vie a vraiment été un calvaire depuis son adolescence. Il n'est pas étonnant que la douleur l'ait accompagnée toute son existence. Je mesure alors combien elle était attachée à vivre intensément et pourquoi elle dévorait à pleines dents tous les plaisirs que lui offrait la vie. La découverte de son amour pour la peinture, activité qu'elle mettait en œuvre lors de ses longues périodes de convalescence a aussi été sans doute, un soutien inestimable pour elle. Je rends grâce à la mère et au père de Frida pour lui avoir construit ce « chevalet de lit » juste après ses opérations chirurgicales consécutives à l'accident de tramway. Lui faire aimer la peinture lui a certainement sauvé la vie.

Dans son compte-rendu opératoire le médecin mentionne qu'il a placé les doigts de pied dans un flacon de formol et que celui-ci a rejoint la collection du service d'anatomo-pathologie. L'hôpital San Angel n'a pas déménagé, la collection de tissus prélevés est encore là et le cahier d'inventaire me donne le numéro de l'échantillon que je retrouve rapidement dans les sous-sols de l'établissement.

C'est avec une merveilleuse émotion que j'observe alors à travers le verre du bocal les doigts de pied de l'artiste, incroyablement bien conservés, et qui portent encore le vernis à ongles rouge vif que Frida avait apposé avant leur ablation. Le directeur de l'hôpital San Angel, lui aussi fervent admirateur de Frida et qui ignorait complètement que l'un de ses services abritait ce trésor, accepte qu'un de ces doigts de pied soit extrait du flacon pour être immédiatement envoyé à Leipzig pour analyse de son ADN, à condition que celui-ci revienne rejoindre les autres doigts après le prélèvement.

L'analyse est faite dans le mois qui suit et c'est lors d'un voyage à Paris où je retrouve Hélène et Svante, que j'apprends que, malheureusement, Frida Kahlo ne possède pas les allèles des gènes identifiés chez tant d'autres grands artistes.

La déception est immense, à peine compensée, pour moi, par le bonheur vécu lors de l'enquête sur la vie de l'artiste et de ses difficultés. L'analyse que fait Svante de ce résultat négatif est que c'est la douleur permanente ressentie par Frida et le pouvoir apaisant de la peinture qui pourraient être à l'origine de son activité créatrice. Elle n'était sans doute pas poussée, comme l'ont été Bosch, Bashkirsteff, Hergé ou Le Caravage et plusieurs autres, par une irrépressible envie de peindre sans autre motif intérieur, mais par une intolérable douleur dont le seul remède était la peinture.

CHAPITRE 24. IL FAUT EXPLORER LA GROTTE CHAUVET

Pour Hélène, qui s'est maintenant investie complètement dans le projet de Svante, la découverte des dessins de la grotte Chauvet à Vallon Pont d'Arc, en Ardèche, est une incroyable révélation sur l'art pariétal. Elle ne connaissait vraiment que les Grottes de Lascaux et Cosquer. Sa visite incognito de la réplique moderne de la grotte lui permet de comprendre la fascination qu'ont exercé ces dessins sur les trois découvreurs de la grotte et sur les scientifiques qui les ont authentifiés tout de suite après la découverte. Elle parcourt la réplique avec un émerveillement d'enfant, tant la reproduction est d'une beauté à coupe le souffle.

Elle imagine et rêve de pouvoir un jour descendre dans la vraie grotte pour qu'à cette époustouflante vision de dessins vieux de plus de 36 000 ans, s'ajoute l'émotion d'arpenter les lieux où ont vécu et travaillé les artistes. C'est aussi pour elle la démonstration éclatante que, très probablement, l'hypothèse proposée par Svante d'une apparition assez soudaine de la capacité à être un grand artiste est la bonne, plutôt qu'une acquisition progressive et successive d'innovations techniques au cours des siècles. Ce qui ne veut pas dire, bien sûr, que ces acquisitions n'aient pas eu lieu, mais l'essentiel de l'art du dessin était déjà là. Il était présent dans plusieurs grottes il y a 360 siècles.

La déambulation au milieu de ces dessins, parmi les

bouquetins, les aurochs, les rhinocéros, les lions, les chevaux et autres mammouths, tous dégageant une force, une véracité mêlée à un imaginaire humain, tous empreints d'une poésie extrême qui saute aux yeux ébahis des visiteurs, change sa vie et la façon qu'elle a de regarder l'humanité. Le panneau des quatre chevaux alignés comme à la parade avec leurs crinières ébouriffées, leur petites oreilles bien alignées et leurs yeux délicats est un véritable délice. Le panneau des rhinocéros bien dodus et presque en mouvement, le combat des deux rhinocéros aussi vivants qu'on pourrait l'imaginer, tout ceci est vraiment une merveille.

Et que dire des têtes de lionnes, avec leurs airs concentrés et prêts à l'attaque, qui sont d'une délicatesse aboutie. Qui a pu faire ça ? Quels sont les artistes qui ont réalisé ces formidables dessins il y a si longtemps ? Qui étaient-ils vraiment ? Probablement des Homo sapiens, pense-t-elle compte tenu de la datation. Mais rien n'est complètement certain pour l'instant d'après les documents qu'elle a pu lire et selon les chercheurs présents sur le site. Etaient-ce des femmes, des hommes, les deux ?

Quelle est la signification exacte de ces représentations ? Là aussi, elle a lu que de nombreuses hypothèses étaient avancées par les historiens sans, pour l'instant, avoir vraiment d'éléments de preuve en faveur de l'une ou de l'autre. Etait-ce une préparation des chasses à venir pour pouvoir tuer plus facilement les animaux ? Etaient-ce des représentations totémiques qui placent les individus sous la protection de totems animaux ? Ou bien encore des visions chamaniques réalisées par les « chamans » eux-mêmes qui recherchaient des contacts avec le surnaturel ? S'agissait-il d'emblèmes du pouvoir accomplis par ceux qui le possédaient alors ou par leurs séides ?

S'agissait-il du mythe originel de l'émergence primordiale qui situe dans les grottes profondes l'origine du monde et la sortie continuelle du cœur de la terre des animaux et des hommes ? Il aurait existé un temps mythique où animaux et humains vivaient sous terre. Un jour une partie d'entre eux serait sortie à l'air libre et se serait dispersée pour peupler la planète, tandis que le reste demeurait dans le sous-sol. Les grottes profondes constitueraient alors un passage où se serait effectué cette sortie. L'art pariétal serait le moyen pour les hommes de solliciter les dieux pour que la vie continue.

Ou bien simplement était-ce de l'art pour l'art, mis sur ces parois afin de satisfaire les pulsions irrépressibles d'artistes déjà pleinement accomplis de cette époque lointaine ?

Une des choses sur lesquelles les historiens semblent s'accorder, c'est qu'on ne saura probablement jamais laquelle de ces hypothèses est la bonne. Ce n'est pas l'avis d'Hélène qui pense que, à condition qu'on puisse récupérer de l'ADN ancien des hommes ou des femmes qui ont réalisé ces œuvres immortelles, on pourrait au moins essayer de savoir si elles relèvent, ou non, de l'art pour l'art, tout simplement.

Après avoir fait une seconde visite de la réplique de la grotte, elle téléphone immédiatement à Svante pour lui faire part de son émerveillement. Elle veut partager avec lui le sentiment qu'ils ne peuvent pas passer à côté de cette œuvre magistrale. C'est la plus ancienne. Si elle relevait vraiment du même déterminisme, de toutes les œuvres des grands peintres qu'ils ont déjà étudiés, ce serait une étape particulièrement importante de la théorie défendue par Svante.

Hélène est convaincante et elle lui envoie quelques photos. Il lui donne immédiatement la mission de contacter les autorités scientifiques du site pour leur proposer une rencontre sur place dans les semaines à venir. Lorsqu'Hélène se dévoile auprès d'elles et propose à la directrice scientifique de rencontrer le grand spécialiste scientifique de l'ADN ancien qu'elle connaît de réputation et par ses articles déjà publiés, celle-ci donne son accord immédiat.

La rencontre est fixée deux mois plus tard et Svante se livre alors, comme il l'a fait dans plusieurs autres musées, à une présentation presque complète de leur hypothèse de travail tout en dévoilant une partie des résultats obtenus jusqu'à présent. Les scientifiques du site sont à fond sur le projet qui nécessite cependant, pour être réalisable, de disposer d'une source d'ADN ancien dans la grotte elle-même. Ce n'est pas le cas pour l'instant. Il faut aussi, bien sûr, les différents feux verts des autorités locales et nationales. Ces derniers sont rapides à obtenir puisque Svante est déjà connu du Ministre de la Culture lui-même. Le dynamisme d'Hélène permet ensuite la résolution des nombreux problèmes administratifs dont la Recherche française est particulièrement friande.

Néanmoins, la question de l'obtention d'ADN fossile sur le site même de Chauvet reste entière. Un séminaire de travail avec les responsables du site et les scientifiques nationaux qui explorent le site depuis sa découverte en 1994, est organisé sur place. Trouver des restes humains dans la Grotte Chauvet est un espoir que ne partagent absolument pas les spécialistes du site. Pas plus que les scientifiques extérieurs qui y ont travaillé depuis sa découverte. En effet, parmi les centaines d'échantillons analysés, aucun vestige humain n'a été retrouvé jusqu'à présent. Une majorité sont ceux de l'ours des cavernes et une minorité ceux d'autres espèces de petite taille, probablement beaucoup plus récents.

Cependant, du fait de l'effondrement de l'entrée il y a environ 32 000 ans, les scientifiques sont certains que ces restes d'ours datent de la première occupation humaine de la grotte, lorsque les premiers dessins y ont été réalisés. La conclusion à laquelle ils aboutissent, pour l'instant, est que cette grotte n'était pas un lieu d'habitation des hommes qui ont réalisé les œuvres murales. C'était plus probablement un endroit où ils se rendaient pour dessiner et peut-être se livrer à d'autres pratiques oubliées.

Prenant l'exemple du travail qu'ils ont déjà réalisé à Lascaux, Hélène et Svante font valoir qu'il a fallu de très gros efforts des archéologues pour, *in fine*, découvrir des restes humains mais que ceux-ci ont pu être analysés et donner des résultats allant dans le sens de l'hypothèse génétique de Svante.

Certains scientifiques, notamment ceux qui sont intervenus à Lascaux avec Hélène et Svante et ont découvert ces restes humains ignorés pendant plusieurs dizaines d'années, sont présents. Ils plaident pour qu'une exploration soit reprise à nouveau à Chauvet avec l'objectif de rechercher de manière plus ciblée des échantillons humains dans les parties non encore explorées de la grotte. La conservatrice de Chauvet fait remarquer qu'il existe, à proximité, un certain nombre d'autres grottes ornées qui donnent sur la rivière Ardèche et que dans certaines d'entre elles, en particulier celles dites des Points d'Alguèze et des Deux Ouvertures, on trouve des fresques datées de la même période que celles de Chauvet.

Peut-être, ces grottes n'étant qu'à quelques kilomètres de Chauvet, ont, elles aussi, reçu la visite des mêmes dessinateurs ? De surcroît, dans celle des Deux Ouvertures, un reste de fémur d'un humain adulte a été retrouvé récemment et daté d'environ 34 000 ans. Peut-être celui-ci pourrait-il être utilisé pour la recherche que Svante et Hélène souhaitent conduire sur l'ADN ancien ? Il est estimé à environ 2 000 ans plus jeune que les fresques de Chauvet, ce qui est un intervalle de temps considérable. Mais tout le monde sait bien que les méthodes de datations, même si elles ont formidablement progressé depuis une dizaine d'années, ont encore une marge d'erreur non négligeable. Du fait que l'effectif total de la population à cette époque est considéré comme très faible, l'hypothèse que le ou les dessinateurs de Chauvet soient les mêmes que ceux des Deux Ouvertures n'est pas si farfelue que ça, de l'avis de tous les spécialistes rassemblés.

Il est finalement décidé que les deux stratégies seront poursuivies. Un permis de fouilles sera lancé sur Chauvet tandis qu'Hélène se mettra en contact avec l'Unité d'anthropologie bio-culturelle de l'Université d'Aix-Marseille. Celle-ci a déjà travaillé et publié sur le fémur des Deux Ouvertures. A Chauvet, la même équipe d'archéologues qu'à Lascaux est mobilisée. Elle doit explorer les coins non encore fouillés de la grotte, en particulier les parties les plus larges et au sol le plus friable, à même d'avoir conservé des ossements humains.

Le fragment de fémur des Deux Ouvertures a été découvert à l'écart du cheminement, le long d'une paroi, dans une sorte de niche naturelle, juste avant le passage bas conduisant au

« secteur orné ». Il était disposé à même le sol, simplement recouvert d'une pellicule argileuse noirâtre identique à celle recouvrant le sol. Cela peut laisser penser qu'il s'agit d'un reste de sépulture grossière de l'individu adulte d'où il provient. Les mesures réalisées par les scientifiques et publiées dans une revue internationale, suggèrent que cet individu pourrait être un sujet de sexe masculin. Mais ces résultats sont à prendre avec une extrême précaution car l'équation de calcul à partir des dimensions de l'os a été établie à partir de populations européennes actuelles. Il est fort probable que ces déterminations soient biaisées par la robustesse des sujets.

L'analyse de l'ADN ancien du fémur des Deux Ouvertures s'avère plus complexe que prévu. L'échantillon a été manipulé de nombreuses fois et la méthode d'extraction de l'ADN nucléaire est délicate. De plus, l'âge de l'échantillon, environ 20 000 ans plus vieux que ceux de Lascaux, rend la tâche encore plus difficile.

Trois mois après le début de ces opérations d'extraction d'ADN, une bonne nouvelle arrive en provenance de Chauvet. Les archéologues, qui se sont focalisés sur l'entrée de la grotte, là où il n'y a pas de dessins mais où de nombreuses traces de feu ont été mises en évidence, ont peut-être découvert des restes humains. Ils sont enfouis dans les éboulis qui ont fermé la grotte il y a environ 32 000 ans, supprimant définitivement le porche d'entrée initial.

Aussitôt avertis, Svante et Hélène se rendent sur place et ont l'honneur de pénétrer pour la première fois dans la vraie grotte qui ne reçoit qu'un nombre extrêmement limité de visiteurs par an, tous scientifiques. Il s'agit d'éviter les mêmes problèmes d'apparition de champignons sur les peintures, qu'à Lascaux. Ils commencent par la visite de la totalité de la grotte et sont saisis par les merveilleux et véritables dessins qu'ils ont vu dans la réplique de Chauvet 2.

Comme ils s'y attendaient, ils sont emportés par la magie du site, par l'émotion de mettre leurs pas dans ceux de leurs lointains ancêtres et par la beauté incroyable des représentations. Ils pleurent de joie et d'émotion devant tant de beauté. Ils ressentent, en regardant le bestiaire, la véritable présence des artistes qui ont représenté les animaux sur les parois blanches de la caverne. Qui pouvaient-ils être ? Comment ont-ils fait pour que les traits représentant les animaux soient aussi parfaits ? Comment ont-ils pu inventer l'estompe et la réserve pour donner cette impression de relief à leurs dessins ? Nul doute que ces derniers montrent une incontestable maîtrise technique déjà présente il y a 36 000 ans, 20 000 ans avant Lascaux.

Nos deux chercheurs sont muets devant tant de perfection et de beauté cachées au plus profond de la terre. Ils examinent avec les archéologues les restes humains trouvés en dégageant une partie des éboulis de l'entrée et décident d'extraire deux os longs qui semblent assez bien préservés par la gangue de terre et de calcite qui s'est déposée depuis des millénaires après l'effondrement du porche.

Sur l'échantillon des Deux Ouvertures, il faut plusieurs mois au laboratoire de Svante pour enfin obtenir un résultat utilisable et pour que celui-ci puisse se lancer dans l'analyse bio-informatique permettant d'aboutir à une conclusion. Compte tenu des progrès faits sur le fémur des Deux ouvertures, l'extraction puis l'analyse d'un des deux échantillons de Chauvet est plus rapide et les résultats tombent sensiblement en même temps. Ils laissent Svante pantois ; même dans ses plus beaux rêves, il n'aurait pas pensé à aboutir à un tel résultat.

La conclusion est claire et l'excitation des deux scientifiques est extrême lorsqu'ils découvrent deux résultats majeurs, identiques pour les deux échantillons des deux grottes. Les deux échantillons contiennent tous les deux 50% d'ADN d'Homo sapiens et 50% d'ADN de Homo neandertalensis, ce qui veut dire que l'individu à qui appartenait ce fémur était un descendant direct de l'accouplement entre un parent Sapiens et un parent Néandertal. De plus, ils retrouvent dans les deux génomes la même combinaison génétique que dans les génomes de Léonard de Vinci, de Picasso et de Jérôme Bosch !

De la même façon, à Cussac, cinq corps sur six contiennent à peu près la même quantité d'ADN Néandertalien, mais le sixième, est le seul à posséder simultanément la combinaison génétique concernée.

Ce résultat vient conforter l'hypothèse générale que ces allèles, dont la présence simultanée chez le même individu est un événement statistique extrêmement rare, pourrait leur conférer une aptitude particulière dans le domaine du dessin et de la peinture, ou même la gravure, comme à Cussac et à Chauvet. Mais ce faible nombre d'individus porteurs des allèles n'est pas encore la preuve indiscutable qu'ils sont à l'origine d'un « phénotype artistique » particulier.

Pour les responsables de Chauvet, c'est une véritable bombe préhistorique !

Svante et Hélène ont beaucoup de mal à les convaincre de ne pas diffuser ces résultats pour l'instant, tant que la démonstration scientifique ait été faite sur des animaux modèles et, si possible, sur des individus vivants. Ce sont les deux étapes que Svante souhaite encore franchir pour que la démonstration de son hypothèse soit véritablement éclatante.

CHAPITRE 25. Y A-T-IL DES SOURIS ARTISTES ?

Après l'obtention des derniers résultats issus de la Grotte Chauvet, l'excitation scientifique est à son comble dans l'équipe de Svante. Ce dernier propose à ses collaborateurs de tenir un séminaire de deux jours pour réexaminer l'ensemble des résultats obtenus.

Il faut déterminer quelle serait désormais la suite du programme. Svante invite plusieurs scientifiques qu'il souhaite impliquer dans le projet et notamment deux neurobiologistes spécialistes du comportement, de la conscience de soi et de la créativité dans l'espère humaine. Hélène a, de son côté, convié des spécialistes des nouveaux modèles animaux, en particulier ceux qui maîtrisent les modifications ciblées du génome chez la souris.

Svante et Hélène font le point des résultats devant l'ensemble des participants. Parmi les douze grands artistes pour lesquels l'équipe a pu récupérer et analyser de l'ADN ancien, neuf ont une association d'allèles des deux gènes issus de Néandertal et de Sapiens. Cela leur confèrerait une aptitude spécifique à la création artistique, si l'hypothèse de Svante est bonne. Il s'agit des artistes des grottes Chauvet, Cosquer et Lascaux, de Jérôme Bosch, Léonard de Vinci, Le Caravage, Picasso, Bashkirsteff et Hergé.

Svante propose d'y ajouter le deuxième artiste de la Grotte Chauvet qui possède aussi cette association d'allèle, établissant à dix le nombre d'artistes porteurs de l'association. En revanche, on ne la retrouve ni dans le génome de Salvador Dali ni dans celui de Frida Kahlo. L'ADN d'Elisabeth Vigée Le brun n'a pas pu être prélevé.

La base de données de l'institut de Leipzig détient près d'un million de séquences d'hommes et femmes contemporains pour lesquels une analyse détaillée des gènes de Néandertal a été faite depuis plusieurs années. Son analyse montre que l'association détectée y est extrêmement rare, puisqu'elle n'a été retrouvée que chez quelques dizaines individus de ce très vaste ensemble. L'identité de ces derniers n'est pas connue du fait de la confidentialité de la base de données, ce qui ne permet pas d'apprécier s'ils disposent d'aptitudes particulières dans le domaine artistique.

A ce stade du projet, les résultats produits par l'équipe sont enthousiasmants, notamment ceux issus des prélèvements des grottes ornées du Sud de la France. Ils montrent, en effet, que quelle que soit l'origine de cette activité artistique exceptionnelle, celle-ci était présente il y a plus de 35 000 ans.

Une vive discussion s'engage entre les scientifiques. Il s'agit de savoir si le projet est abouti dans son état actuel. Donc que les résultats obtenus sont suffisants pour espérer convaincre les meilleures revues scientifiques et, à travers elles, l'ensemble de la communauté, de l'existence d'un lien indiscutable entre la présence de ces allèles et la créativité scientifique. Ou, au contraire, de savoir s'il faut compléter le projet par des résultats supplémentaires et si oui, lesquels.

Svante et Hélène sont partagés. D'un côté ils estiment avoir fait une avancée considérable en identifiant et mettant en évidence cette relation entre créativité artistique exceptionnelle et association génétique. De l'autre, ils sentent bien la prudence des nouveaux scientifiques invités pour qui, malgré la qualité du travail réalisé et l'énorme effort fourni pour l'obtention des résultats, il ne s'agit, dans l'état actuel des choses, que d'une corrélation entre génome et comportement. La véritable preuve resterait à faire, pour eux, en démontrant la causalité du phénomène de manière indiscutable.

Un des deux gènes présents dans l'association a déjà été étudié dans des modèles animaux et chez Homo sapiens. Il fait l'objet de travaux très récents en neurobiologie et notamment en psychiatrie moléculaire. Son rôle potentiel dans l'établissement d'un réseau de gènes impliqués dans le bien-être, la modernité comportementale, y compris la créativité et le comportement social a été proposé par un groupe de scientifiques. Ceux-ci ont comparé le génome de l'Homme moderne, Homo sapiens, à ceux de l'Homme de Néandertal et du Chimpanzé, pour ce qui concerne les gènes impliqués dans les caractéristiques ci-dessus.

Ce réseau de gènes mobiliserait des fonctions supérieures, présentes chez Sapiens mais absentes chez Néandertal et chez le Chimpanzé. Ce réseau serait localisé dans des régions du cerveau impliquées dans la conscience de soi et la créativité, y compris la myélinisation tardive des neurones et également dans des régions phylogénétiquement récentes du néocortex frontal, pariétal et temporal. En revanche, dans l'état actuel des connaissances, le rôle potentiel du second gène, celui de Néandertal, présent dans le génome des dix artistes, n'est pas connu. Aucun scientifique n'a eu l'occasion d'explorer chez des individus possédant ces deux gènes et les allèles correspondants quelles pouvaient être leurs caractéristiques pour des fonctions supérieures telles que celles décrites chez Sapiens.

Plusieurs scientifiques, pour le moment extérieurs au projet, argumentent donc sur le fait que, jusqu'à présent, la démonstration n'est pas faite. Les résultats suggèrent très fortement une association entre caractéristiques génétiques et aptitude à la création artistique. Mais cela n'est pas une démonstration à proprement parler. Il faudrait, pour cela, disposer de trois éléments : avoir deux groupes d'individus ayant le même fonds génétique et ne différant que par la combinaison d'allèles, identifier une ou plusieurs structures cérébrales qui diffèrent entre les deux groupes et que ces deux groupes aient des aptitudes différentes en termes de création artistique. Tous les participants du séminaire reconnaissent que cette situation idéale n'existe pas mais qu'il faut essayer de s'en rapprocher le plus possible en utilisant une combinaison de modèles expérimentaux animaux et une exploration très large de populations humaines.

Comme souvent après de telles discussions les conclusions vont dans le sens d'un nouveau plan expérimental. Au bout de deux jours de discussions, le consensus se fait autour de deux directions principales.

La première est de mettre en œuvre un programme d'insertion expérimentale dans des souris de laboratoire de la combinaison génétique observée, en comparaison avec des souris non traitées. Cela permettra de connaître les effets propres de cette combinaison dans un même fonds génétique. Bien sûr, dans ces modèles animaux, on ne dispose pas de la possibilité d'exploration de la créativité artistique. Personne n'imagine que l'insertion de l'association génétique concernée va conférer aux animaux des aptitudes à la peinture. Mais, dans ce modèle il pourra être possible de développer des tests comportementaux spécifiques liés à l'exploration de l'environnement. Il faudra aussi réaliser une cartographie cérébrale d'abord *in vivo* en utilisant des outils d'imagerie désormais très au point chez ces modèles, puis *post-mortem*, de manière plus classique en neurobiologie, sur des coupes de cerveau.

La seconde direction sera d'explorer les bases de données d'ADN d'individus actuels, d'abord d'Europe de l'Ouest, du fait de la plus forte fréquence de gènes de Néandertal dans ces populations, pour identifier des individus vivants porteurs de l'association. Il faudra ensuite les contacter afin de savoir s'ils disposent d'une aptitude artistique exceptionnelle et s'ils possèdent des caractéristiques cérébrales particulières visibles en imagerie. Cette deuxième orientation, « ascendante », qui part du génome pour aller jusqu'à l'aptitude artistique, fait l'objet d'une discussion acharnée. Certains scientifiques proposent de parcourir le chemin inverse « descendant », comme, finalement, Svante et son équipe l'ont fait pour les grands artistes disparus. En effet, pourquoi ne pas identifier quelques grands artistes actuels, les contacter pour savoir s'ils sont d'accord pour participer à l'expérience puis séquencer leur ADN et les passer dans des dispositifs d'imagerie cérébrale ?

Cette proposition est séduisante sur le plan de la démarche intellectuelle. Il apparaît vite dans la discussion, lorsqu'il s'agit de commencer à donner des noms de grands peintres contemporains, qu'il n'y a absolument pas consensus ! L'appréciation varie beaucoup entre les individus. La reconnaissance d'un peintre comme étant un grand peintre de son temps à notre époque, semble plus difficile qu'à l'époque de Jérôme Bosch ou Léonard de Vinci. Les exemples ne manquent pas de peintres qui ont attendu leur mort et bien au-delà pour être reconnus comme de grands artistes. C'est le principal écueil de cette démarche descendante de l'artiste vers le génome.

Elle est finalement abandonnée, mais la discussion donne lieu à la nécessité d'une réflexion plus approfondie sur la mesure, dans la démarche ascendante, de ce qu'est exactement la créativité artistique et comment on peut l'objectiver, si cela est toutefois possible.

La première partie du programme sur les animaux modèles est entamée dès le retour d'Hélène en France. Pour ce faire, elle prend contact avec une équipe spécialisée qui maîtrise les tests de comportement et ont dans leur proximité immédiate des scientifiques capables de produire les lignées de souris modifiées génétiquement, porteuses de l'association génétique ciblée. Le directeur de cette équipe accepte de stopper des programmes en cours pour lancer ses collaborateurs dans ces deux directions. Cette unité regroupe des spécialistes du comportement animal et des spécialistes des transformations génétiques chez la souris. Ce sont les animaux modèles les plus utilisés dans le monde pour comprendre le rôle des gènes.

La mise au point, chez la souris, de tests comportementaux à même d'être interprétés comme relevant d'une activité artistique n'est pas vraiment facile sur le fond. Le raisonnement adopté, en accord avec Hélène et Svante, est le suivant : si cette association de gènes humains est exprimée chez la souris, elle doit l'être au niveau cérébral pour éviter toute interférence avec le métabolisme général et pour que leur action s'exerce sur le comportement des animaux.

Par ailleurs, les tests comportementaux devront être basés sur la capacité de ces animaux à « innover » lorsqu'ils sont placés dans une situation de choix multiple et sur leur « créativité » dans ces circonstances. Si la création d'une lignée de souris exprimant spécifiquement les deux gènes considérés dans des neurones du système nerveux central est longue et délicate, elle est faisable sur le plan théorique et pratique. Elle nécessite du savoir-faire en biologie et génétique moléculaires, de la patience et des efforts, mais on est certain d'aboutir si l'expression de ces deux gènes n'a pas de conséquences létales pour les animaux expérimentaux.

La mise au point des tests comportementaux pour apprécier la capacité à innover ou/et la créativité fait l'objet de nombreuses discussions. C'est la première fois que le laboratoire travaillant sur le comportement est confronté à ce genre de question. Après des jours de débats, ils décident de tester, dans une pré-expérience, cinq situations. Dans la première, il s'agit de mesurer la réactivité émotionnelle des animaux en utilisant un test classique, dit d'Open Field, déjà utilisé en laboratoire. Dans la seconde, de tester leur capacité de reconnaissance d'objets, là aussi à partir d'un test déjà utilisé au laboratoire. Dans la troisième, complètement nouvelle, les animaux ont à parcourir un labyrinthe dans lequel sont disposées des portes à ouverture conditionnelle, de difficulté croissante. Ce test nécessite de la part de l'animal une véritable mise en œuvre de ce qu'on pourrait appeler une innovation. La quatrième situation vise à tester les aptitudes sociales des individus dans un large groupe afin d'identifier quels sont les animaux les plus grégaires de ceux qui préfèrent rester à l'écart du groupe, ou dont les aptitudes à la grégarité sont les moins marquées face aux agressions des membres du groupe. Dans la cinquième enfin, de la même façon que cela a été réalisé sur le poulpe, les animaux ont à tester leur « conscience de soi » face à des couloirs de sortie de la boîte d'expérimentation de taille croissante. C'est un test qui n'a jamais été fait chez les mammifères.

Tous sont bien conscients que ces conditions sont très éloignées de la créativité artistique. Il s'agit ici de voir si la co-expression de ces deux gènes dans des neurones au niveau central est susceptible de modifier un comportement observable chez ces animaux expérimentaux et qui se rapprocherait de comportements humains. C'est une étape à franchir et un élément solide à apporter à la théorie de Svante, si l'on est capable d'observer des modifications.

Il faut plus de six mois à l'équipe pour créer les souris transgéniques porteuses, dans le système nerveux central, des deux gènes exprimés. C'est trois mois de plus pour multiplier la population nécessaire aux tests comportementaux, au passage en IRM et aux analyses histologiques post-mortem. Par comparaison avec la lignée « sauvage » (témoin) non porteuse de l'association génétique, la « lignée Chauvet », comme l'ont appelée Hélène et Svante, a des caractéristiques comportementales très différentes. Presque tous les tests sont significativement différents entre les deux lignées. Les souris Chauvet ont une réactivité émotionnelle beaucoup plus élevée que la lignée témoin. Elles sont quasiment paralysées par le placement en open field. La quasi-totalité d'entre elles restent tapies le long des parois et défèquent fréquemment. Au contraire, les souris témoins se déplacent dans l'ensemble du champ expérimental. Les souris Chauvet ont aussi une capacité très supérieure en ce qui concerne l'exploration face à un objet nouveau par rapport à un objet familier. Pendant le test elles passent la totalité du temps à explorer l'objet nouveau tandis que les souris témoin partagent leur temps également entre les deux objets.

Jamais, dans le passé, l'équipe n'avait observé une telle différence entre deux groupes dans ce type de test. Les résultats du troisième test, celui du labyrinthe dont les portes s'ouvrent de manière conditionnelle, sont décevants. Aucun des groupes ne manifeste d'aptitude à innover pour aboutir à l'ouverture de la deuxième porte. Il semble bien que ce test dépasse les capacités des deux lignées. En revanche, comme pour le test des objets nouveaux, celui des aptitudes sociales montre des différences considérables entre lignées. Les souris de la lignée Chauvet s'isolent dans un coin de la zone de test sans manifester aucun comportement grégaire et sans qu'aucune des souris de la lignée témoin n'ait manifesté d'agression envers elles.

Le cinquième test, enfin, le plus surprenant, révèle des résultats similaires à ceux obtenus sur le poulpe. Ce dernier est capable de « comprendre » que lorsque la dimension du tuyau de sortie est inférieure à sa plus petite dimension corporelle, il ne s'engage pas dans le tuyau. Les souris Chauvet explorent, avec leur système olfactif et leurs moustaches très sensibles, le périmètre d'entrée du tuyau et n'entrent pas dans celui-ci s'il est trop étroit pour leur gabarit. Au contraire, les souris de la lignée témoin font une exploration beaucoup plus succincte du tuyau et n'hésitent pas à s'engager dedans même si elles se retrouvent immédiatement coincées. Les comportementalistes sont stupéfaits de ce résultat.

Le passage des deux lignées en imagerie par résonance magnétique nucléaire (IRM) révèle des différences considérables. C'est un scanner sophistiqué, identique à ceux utilisés chez l'Homme mais adapté à la taille de l'animal, permettant de développer une puissance de 12 Tesla et, donc une excellente résolution. Deux fois douze souris sont choisies et anesthésiées avant passage dans le scanner. La résolution spatiale est excellente avec le type de matériel utilisé qui permet d'identifier des voxels *[Unité d'information graphique qui définit un point dans un espace tridimensionnel ; note de l'auteur]* d'un centième de millimètre de côté.

Le résultat est absolument stupéfiant : les douze souris de la lignée Chauvet montrent toutes, par rapport à la lignée témoin, deux zones supplémentaires qui ont une très forte densité de matière grise. Ces deux zones, d'environ un dixième de millimètre de diamètre chacune, sont situées pour l'une à la base de l'Amygdale et pour l'autre, au milieu de l'Hippocampe. Sont-ce deux noyaux cérébraux nouveaux qui sont apparus sous le contrôle de l'association génétique ? Devant l'énormité du résultat, complètement inhabituel, à nouveau deux fois douze souris des deux lignées sont passées en IRM. Le résultat s'avère absolument identique.

L'analyse histologique post-mortem sur six souris de chaque lignée est plus longue. Il faut abattre les animaux, fixer les cerveaux, réaliser des coupes fines des cerveaux congelés, les déposer sur des lames histologiques, puis les colorer et, enfin, les examiner sous le microscope.

Réalisant ce long et laborieux travail « en aveugle », la technicienne ne connaît pas les lots mais elle se rend compte très vite que, chez certains animaux, Hippocampe et Amygdale n'ont pas l'aspect habituel. Elle identifie au sein de chacun d'eux, chez ces animaux particuliers, un regroupement de neurones d'environ un dixième de millimètre de diamètre. Ces regroupements peuvent véritablement être désignés sous l'appellation de « noyaux » alors qu'aucun des atlas existants de cerveaux de souris ne les mentionnent.

La levée d'aveugle faite en fin de période de mesure confirme les intuitions de l'histologiste et il faut se rendre à l'évidence : les souris de la lignée Chauvet ont développé deux nouveaux noyaux cérébraux, inexistants chez les souris « sauvages ».

A l'instar des « Noyaux sexuellement dimorphiques » existants chez l'homme et non chez la femme, existe-t-il des « Noyaux artistiquement dimorphiques » présents chez les grands artistes et pas chez les autres ?

CHAPITRE 26. L'ART DE LA PEINTURE ET DU DESSIN SOUS CONTRÔLE GÉNÉTIQUE ?

Le centre de recherches de Svante, à Leipzig détient les bases de données d'ADN des populations mondiales contemporaines. C'est en partant de celles-ci que le chercheur et son équipe ont pu démontrer depuis plus d'une dizaine d'années maintenant, l'existence, dans les populations européennes, de séquences spécifiques de l'Homme de Néandertal, complètement disparu depuis environ 30 000 ans. Il a disparu, mais son ADN est toujours présent en nous !

Cette révolution dans la pensée scientifique et dans la vision que les historiens modernes avaient de cette lointaine espèce, ou sous-espèce, d'Hominidé du genre Homo, n'a pas été facile à faire. Il a fallu d'abord, pour Svante et son équipe, mettre au point la collecte, l'extraction, puis le séquençage de l'ADN ancien à partir d'échantillons existants et reconnus d'Homme de Néandertal.

La plupart de ces restes collectés depuis plus d'un siècle et demi après sa découverte en Allemagne, ont, en effet, été manipulés par de nombreuses mains d'historiens et, donc contaminés par de l'ADN contemporain. Comme dans les scènes de crime des « cold cases » il a fallu écarter tous ces contaminants et prélever au cœur des échantillons pour pouvoir retrouver de l'ADN non pollué. Mais celui-ci se détériore inexorablement avec le temps.

Ce long ruban, qui contient notre code génétique, est toujours coupé en de nombreux fragments lorsqu'il est dégradé. Svante a donc mis au point des méthodes d'amplification de cet ADN dégradé et des outils mathématiques et informatiques de calcul permettant de raccrocher les séquences les unes au bout des autres. Ce long et ingrat travail de mise au point d'outils de recherche spécifiques puis leur utilisation sur des restes de Néandertal a permis de reconstituer plus de 70% du génome de cet Homo disparu il y a si longtemps.

C'est l'ensemble de ce travail qui lui a valu le Prix Nobel de Médecine et de biologie. Ses formidables découvertes ont établi sur des bases plus solides que l'analyse des seuls restes fossiles la définition des différentes espèces et sous-espèces d'Homo existantes. Elles ont aussi précisé leur positionnement dans le temps et les relations qu'elles ont pu entretenir les unes avec les autres.

La première hybridation entre Homo sapiens et Homo Neanderthalensis s'est probablement produite il y a très longtemps. C'était aux alentours de 70 000 ans avant notre ère, au Proche Orient, lors de la sortie de Sapiens de son berceau africain. Mais des épisodes plus récents d'hybridation ont été également mis en évidence, notamment dans les derniers millénaires de la présence de Néandertal en Europe, entre 40 et 30 000 ans avant notre ère.

Les récentes découvertes de Svante et d'Hélène issues des prélèvements faits dans les grottes ornées les plus anciennes confirment de manière éclatante ces hybridations « récentes ». La présence, dans le génome des hommes modernes d'environ 3% de gènes de Néandertal provient à la fois des hybridations lointaines et plus récentes. Cependant, du fait d'hybridations multiples au cours du temps, ce ne sont pas les mêmes séquences qui constituent ces 3% détenus par Sapiens. Svante et son équipe estiment que nous détenons, à nous tous Hommes modernes, environ 70% du génome total de Néandertal.

Le gène de Néandertal identifié par Svante qui serait, associé à un gène de Sapiens, à l'origine d'un effet génétique induisant cette aptitude à une activité artistique exceptionnelle, fait partie de ces 70%. Ils sont donc largement répartis sur l'ensemble de la population européenne.

C'est dans cette population qu'Hélène se lance donc pour une analyse bio-informatique très pointue. Il faut trouver des individus vivants qui seraient porteurs de cette association génétique particulière. Elle décide de débuter par des humains actuels prélevés en Espagne et en France du fait de la présence simultanée des deux sous-espèces d'hominidés dans ces deux zones aux alentours de 35 000 ans avant notre ère.

Il y a eu, depuis cette lointaine époque, bien des migrations et des mélanges de populations, mais l'hypothèse qu'elle puisse plus facilement retrouver dans les deux populations espagnole et française ce qu'ils cherchent est assez plausible. C'est un travail long qui nécessite d'abord d'avoir accès aux grandes bases de données internationales détenant les séquences génétiques de millions d'individus, puis de réaliser une mise au point des algorithmes de recherche des séquences ciblées, puis des heures de calcul et des vérifications nombreuses.

Au bout de deux semaines de recherche elle découvre douze individus qui seraient porteurs des séquences recherchées, quatre en Espagne et huit en France.

C'est plus que le nombre issu de la première recherche faite par Svante il y a quelques semaines, sans doute à cause du perfectionnement de l'algorithme de détection. En France, cinq sont des femmes et trois des hommes.

Le fichier étant traité de manière confidentielle, l'état civil des personnes ayant donné leur ADN n'est pas connu des chercheurs de l'institut de Leipzig. Ce qui ne veut pas dire que leur identité ne soit pas présente dans la base. Le chercheur qui souhaite une levée de l'anonymat pour poursuivre sa recherche doit en faire la demande explicite à l'administrateur principal de la base. Celui-ci transmet la demande au Comité d'Ethique qui donne, ou non, son autorisation pour que l'individu concerné soit contacté par l'institut et donne, ou pas, son accord. Une fois acquis, le nom est alors transmis au chercheur demandeur qui peut le contacter. C'est une procédure lourde mais indispensable et imposée par le règlement européen de protection des individus et des données qu'ils ont contribué à produire.

Hélène, en bonne généticienne et aidée par le formidable logiciel mis au point par l'équipe de Svante, repère immédiatement qu'il y a un couple frère-sœur parmi les huit français ! C'est une information extraordinaire qui enthousiasme aussi Svante. Ils font immédiatement une demande de levée d'anonymat pour les huit français et les quatre espagnols. Ils espèrent qu'une bonne partie d'entre eux sont encore vivants ce que laissent espérer les dates récentes de prélèvements des échantillons sanguins qui sont à l'origine de l'ADN.

Le long processus de demande de levée de l'anonymat prend environ quatre semaines pour qu'Hélène dispose des noms des personnes ayant donné leur accord pour être contactés. Deux français et deux espagnols sont morts ou n'ont pas pu être retrouvés depuis le prélèvement d'ADN. Deux français et un espagnol refusent d'être contactés. Les cinq autres *[dont nous préserverons l'anonymat, les prénoms ont été changés ; note de l'auteur]* sont contactés immédiatement par Hélène qui parle espagnol aussi bien que français. Il ne lui faut pas longtemps pour découvrir que au moins deux d'entre eux sont des artistes déjà reconnus disposant d'une œuvre publique, ayant déjà fait l'objet de nombreuses expositions et ayant reçu des critiques abondantes de la part des experts de leur domaine.

L'artiste espagnol, Miquel, est né en 1957 aux Baléares. Il a déjà exposé ses peintures dans de nombreux musées en Espagne et à l'étranger. Il a réalisé le fameux plafond de la salle des droits de l'Homme de l'ONU à Genève. C'est un « furieux de peinture » mais aussi de sculpture et d'invention de techniques artistiques nouvelles lui permettant de réaliser des prouesses comme ce plafond genevois. Celui-ci est d'une originalité et d'une beauté qui laisse Hélène pantoise. Les effets combinés de volumes et de couleurs aboutissent à un ensemble qui semble presque vivant et dont le relief est absolument surprenant. Les autres œuvres de Miquel sont à l'avenant, alliant originalité et beauté. Là encore, comme pour les autres artistes présents dans le projet, l'observateur est saisi immédiatement par la beauté de l'œuvre et ressent une forte émotion dès le premier coup d'œil.

Assez curieusement Miquel est associé à la Grotte Chauvet. Il a été conseiller pour la réalisation de la réplique ouverte au grand public. Il explique à Hélène que la visite faite de la grotte authentique a été une véritable révélation. Elle a déclenché chez lui une des plus fortes émotions de toute sa vie. Il a réalisé plusieurs dessins issus de cette visite qui ont eu un grand succès dans le public et qui sont à la hauteur des dessins de la grotte en termes de réussite artistique. Ils échangent tous les deux sur cette formidable expérience qu'ils ont connue. Miquel dit à Hélène qu'il a eu l'impression que les artistes étaient juste partis boire un café et allaient revenir sous peu. Hélène partage ce sentiment et explique que pour elle, le fait de voir les outils des artistes encore au pied des dessins, lui avait donné la même impression de départ il y avait peu. Dès qu'Hélène présente le programme à Miquel celui-ci est absolument enthousiaste et donne son accord immédiat pour y participer et se soumettre aux différentes séances d'imagerie cérébrale proposées par les chercheurs.

L'artiste français, de son nom d'artiste Léoline, est un jeune auteur de bandes dessinées et qui vient de publier son septième album. C'est un dessinateur acharné qui a la bande dessinée dans le sang, dit-il, depuis son plus jeune âge. Ses parents ont encore ses cahiers de primaire et de collège parsemés de caricatures des enseignants et de personnages issus de son imagination. Découvert il y a plus de dix ans au Festival d'Angoulême par la prestigieuse maison Casterman, son premier album *Les Amis de Pancho Vila* est une saga au cœur de la révolution mexicaine. Il aurait certainement plu à Frida Kahlo et associe une course permanente de ces « bandits d'honneur » révolutionnaires à des dessins vifs et colorés, au cœur des magnifiques paysages du Mexique. Une partie des albums de Léoline traitent de « héros méconnus » ayant réellement existé comme Rodolfo Fierro, ami de Pancho Vila, ou *Julio Popper*, un aventurier franco-hongrois qui s'est cru *Le Dernier Roi de Terre de Feu* ou Alexandre Jacob qui, dans *Le travailleur de la nuit,* est le personnage qui a inspiré Maurice Leblanc pour Arsène Lupin.

Hélène apprécie vraiment ce neuvième art qu'est la bande dessinée. Elle comprend en lisant ses albums que cette nouvelle forme d'expression artistique s'est hissée à un niveau très élevé, sans doute équivalent à la peinture des siècles précédents. De grands artistes sont présents dans la BD et remportent un succès incroyable auprès du public qui plébiscite cet art nouveau de la fin du vingtième siècle.

Plus récemment, Léoline s'est associé à un scénariste de talent pour dessiner la saga de création de Cyrano de Bergerac dans *Edmond*, qui associe l'histoire véritable de la création de la pièce de théâtre la plus jouée en France, à une course permanente dans le Paris de la fin du 19ième siècle aux paysages urbains incroyablement beaux et colorés. Son avant- dernière BD est une formidable aventure de sauvetage des plus précieux livres de la bibliothèque de Cordoue avec une mule à la fin du dixième siècle de notre ère. D'un volume beaucoup plus important que les autres, cette œuvre est un délice absolu qui emmène le lecteur dans une déambulation hispanique superbe. La lecture de *La Bibliomule de Cordoue* fascine Hélène qui ne doute pas qu'elle a à faire à un grand dessinateur du monde de la BD. Les dessins sont originaux, fins et délicats. Ils allient des paysages de villes et de campagnes incroyablement bien faits à des personnages délectables, y compris la mule véritable héroïne de l'ouvrage, tant par leur aspect que pour les caractères qu'ils manifestent. Cette BD est un véritable plaisir pour les yeux mais aussi pour l'esprit qu'elle véhicule avec elle, plein de gaité mais aussi d'humanité et de tendresse.

Ce n'est qu'au bout de plusieurs dizaines de minutes de conversation avec Hélène, après qu'elle lui ait exposé le détail du projet, que Léoline mentionne sa deuxième BD *Les Premiers*, qui a eu moins de succès que les autres et qui traite de l'influence des gènes de Néandertal sur le comportement de l'Homme moderne dans notre société actuelle ! Ainsi, dit-il, je serai le sujet de l'expérimentation visant à connaître les effets des gènes de cet ancêtres sur mon activité artistique ! Comme Miquel il est enthousiaste à l'idée de participer à ce projet et de connaître l'équipe de généticiens et Miquel dont il admire les œuvres.

Au cours de la conversation avec Hélène il mentionne aussi son admiration pour Jérôme Bosch qu'il considère comme le précurseur de la Bande Dessinée. A son avis, les personnages créés par ce grand artiste sont entièrement nouveaux dans la peinture du 15ième siècle et sont d'une incroyable originalité pour l'époque. Ce grand peintre a toujours fasciné Léoline. Il considère que ses tableaux, par exemple le fabuleux *Jardin des Délices* du Prado à Madrid, sont des BD qui font figurer les différentes scénettes qui pourraient être dans des cases de BD séparées, sont toutes en même temps sur le même plan dans les tableaux de Bosch. Mais ce sont bien des tableaux qui racontent une histoire à des spectateurs en représentant plusieurs personnages faisant des choses différentes sur la même toile. Comme Hélène, il apprécie aussi beaucoup *Le Chariot de Foin* qu'il compare un peu à certaines aventures de Tintin ! Quand Hélène lui révèle que Bosch fait partie du même « lot expérimental » que lui, il est aussi estomaqué que fou de joie d'être ainsi mis par la Science sur le même plan que ce grand maître de la peinture.

La sœur de Léoline, aussi porteuse de l'association génétique, intéresse également l'équipe. Avant de la contacter directement, Hélène demande prudemment à son frère quelle est sa situation actuelle et si elle dispose de talents particuliers en matière artistique. La réponse la ravit puisqu'il lui confie qu'elle est médecin dans la vie mais qu'une des activités non-professionnelles qu'elle exerce depuis le plus jeune âge est la peinture. A son avis, elle pourrait envisager d'en vivre compte tenu du talent qu'elle manifeste. Très excitée, Hélène l'appelle quelques heures plus tard et recueille aussi son accord pour participer à l'expérimentation. Elle accepte de lui envoyer des photos des peintures, qu'elle réalise à un rythme soutenu.

Hélène et Svante sont séduits par la trentaine de tableaux à l'huile ou au pastel qui représentent des scènes familiales captées avec talent au milieu de la nature ou dans des intérieurs de maisons. Les dessins sont simples mais les personnages y sont incroyablement reconnaissables. Les touches de peinture sont choisies avec soin et mises en harmonie pour conférer aux tableaux un équilibre comme seuls les vrais talents savent le faire. Elle a un historique très ancien dans la peinture qui la fascine depuis son plus jeune âge. Elle n'a jamais cessé pendant ses études et sa vie professionnelle de dessiner et de peindre.

Au contraire de son frère, dit-elle, qui a développé son activité artistique seul et sans autre professeur que l'observation des dessins des autres, elle a suivi et suit encore des cours de peinture. Ils lui permettent également d'échanger avec d'autres artistes dans l'atelier parisien dans lequel elle est inscrite. Hélène ressent la même chose en voyant certaines de ses œuvres que ce qu'elle ressent en face d'œuvres reconnues des peintres de l'échantillon de Svante. Au premier coup d'œil la peinture l'émeut fortement et la séduit par son équilibre pictural simple mais extrêmement réussi.

Les discussions avec les deux autres porteurs de l'association génétique d'intérêt n'est pas aussi fructueuse. La première a moins de quinze ans et ne semble pas, d'après elle, disposer de qualités artistiques particulières, ni s'intéresser spécialement à la peinture. Le second est plus âgé et déjà engagé dans une activité professionnelle intense dans le monde de la finance. Il ne semble pas particulièrement motivé par le projet dont Hélène a du mal à lui faire comprendre l'intérêt. Quoi qu'il en soit, aucun des deux n'est prêt à participer à l'expérimentation et ne souhaite pas subir des séances d'imagerie cérébrale.

Une fois de retour à Leipzig, Hélène fait le point avec l'équipe. Ils sont absolument ravis, Svante en tête, de faire cette irruption dans le monde moderne de l'art via des auteurs contemporains. Hélène sait leur faire partager toute l'émotion qu'elle a ressentie en discutant avec ces artistes et en comprenant quelles étaient leurs motivations essentielles en termes artistiques. Elle ne pouvait, bien sûr, pas faire ça avec les précédents sujets expérimentaux ! Ils définissent ensemble la stratégie qu'ils vont suivre dans les prochaines semaines et décident de recontacter l'équipe qui a réalisé les IRM sur souris puisque celle-ci disposait aussi d'un imageur de plus grande dimension analogue à ceux utilisés dans les hôpitaux. Par ailleurs, c'est une équipe qui connaît particulièrement bien l'anatomie du cerveau des mammifères, notamment humains. C'est avec enthousiasme qu'elle accepte la proposition d'accueillir Hélène, Svante, Miquel, Léoline et sa soeur pour une séance d'imagerie.

Ce séjour est, pour tous, l'occasion non seulement de séances d'imagerie d'une demi-journée chacune, mais aussi de découvrir quelles sont les motivations profondes de ces trois artistes bien vivants et d'une créativité artistique impressionnante, dans des genres très différents. Les échanges montrent que tous les trois ont été saisis par la passion du dessin très jeunes. Ils n'ont cessé de se perfectionner constamment. Tous leurs moments de relative inactivité, dans les transports, dans des réunions professionnelles ennuyeuses, dans de brefs instants de repos familial, sont consacrés à des esquisses sur le petit carnet qui ne les lâche jamais. Pour Hélène c'est une révélation, pour Svante une confirmation que de voir la proximité entre eux, de comprendre que c'est une irrésistible force intérieure qui les pousse constamment à dessiner et dessiner encore, depuis leur plus jeune âge.

Il faut trois jours de travail pour passer nos trois artistes et trois témoins, dans l'IRM et pour faire l'analyse des images produites. Ayant travaillé « en aveugle » le chercheur ne connaît pas la correspondance entre les images collectées et les noms des sujets expérimentaux, mais il repère très vite que les résultats obtenus chez les souris se retrouvent parfaitement chez les humains.

Deux noyaux complètement inconnus jusque-là apparaissent, l'un dans l'Hippocampe et l'autre dans l'Amygdale. D'une dimension proche d'un millimètre, ils sont reliés entre eux par un faisceau de fibres, elles-mêmes reliées au néocortex frontal. Cette organisation est si complètement nouvelle qu'il est absolument époustouflé par cette découverte d'une nouvelle organisation cérébrale jamais décrite jusqu'alors dans la littérature scientifique. Il vérifie plusieurs fois qu'il ne s'agit pas d'un artefact de calcul et il annonce au matin du quatrième jour qu'ils sont les découvreurs de structures cérébrales complètement nouvelles chez l'Homme. La levée d'aveugle confirme que nos trois artistes disposent bien de cette nouvelle organisation.

Vouvray 15 avril 2024
(V6-K)

Liste des oeuvres citées et leur localisation

Peintres	Oeuvres	Chapitres	Musées	Villes
Inconnu(es)	Fresques murales	1, 5	Grotte de Lascaux	Montignac
Vinci	La belle ferronnière	2, 8	Musée du Louvre	Paris
	La Dame à l'hermine	2	Musée national	Cracovie
	La Joconde	2, 8	Musée du Louvre	Paris
	La Vierge à l'enfant avec Ste Anne	2, 8	Musée du Louvre	Paris
	St Jean Baptiste	2, 8	Musée du Louvre	Paris
	Léda et le cygne copie1	2, 8	Galerie des Offices	Florence
	Léda et le cygne copie2	2, 8	Galerie Borghèse	Rome
	La Madone à l'Oeillet	8	Alte Pinakothek	Munich
	L'Annonciation	8	Galerie des Offices	Florence
	La Cène	9	Eglise Della Grazie	Milan
Bosch	La pierre de folie	3	Prado	Madrid
	Les sept péchés capitaux	3, 7	Prado	Madrid
	La tentation de Saint Antoine	3, 7		Lisbonne
	Le jardin des délices	3, 7, 21, 26	Prado	Madrid
	Visions de l'Au-delà	3, 21	Galerie des Académies	Venise
	Le Chariot de foin	3, 7, 21, 26	Prado	Madrid
	L'Adoration des Mages	7	Prado	Madrid
	Le Tryptique des Ermites	7	Palazzo Ducale	Venise
	Le Tryptique de la Martyre crucifiée	7	Galerie des Académies	Venise
	Visions de l'Au-delà	7, 21	Galerie des Académies	Venise
	La Crucifixion	12	Musées Royaux des Beaux Arts	Bruxelles
	St Jérôme en prière	12	Musée des Beaux Arts	Gand
	Le Jugement dernier	21	Académie des Beaux Arts	Vienne
Picasso	La femme au vase (sculpture)	4	Château de Vauvenargues (privé)	Provence
	Le picador jaune	10	Collection privée famille Picasso	
	Guernica	10	Musée Reina Sofia	Madrid
Bashkirsteff	L'Atelier Julian	6, 9	Dnepropetrovsk State Art Museum	Dnepropetrovsk
	Un Meeting	6, 9	Orsay	Paris
	Autoportrait à la palette	6	Musée des Beaux-Arts Jules-Chéret	Nice
	Carnaval de Nice (esquisse et photo)	9	Musée de St Pétersbourg	St Pétersbourg
	Les Saintes Femmes au tombeau (inachevée)	9	Cimetière de Passy, tombe de MB	Paris
Inconnu(es)	Fresques murales	11, 14	Grotte Cosquer	Cassis
Hergé	Tintin au Congo	12	En librairie	
	Tintin chez les Soviets	12	En librairie	
	Les cigares du Pharaon	12	En librairie	
	Le Crabe aux Pinces d'Or	12	En librairie	
	Le Lotus Bleu	12	En librairie	
	Tintin au Tibet	15	En librairie	
Brueghel	La chute des anges rebelles	12	Musées Royaux des Beaux Arts	Bruxelles

Inconnu(es)	Fresques murales	13, 26	Grotte Chauvet	Vallon Pont d'Arc
	Fresques et gravures murales	24	Grotte des Deux Ouvertures	St Martin d'Ardèche
Vigée Le Brun	Le Prince de Naussau	16	Indianapolis Museum of Art	Indianapolis
	Joseph Vernet	16	Musée du Louvre (réserves)	Paris
	L'Archiduchesse Marie Antoinette, Reine de France	16	Musée d'Histoire de l'Art	Vienne
	La Paix ramenant l'Abondance	16	Musée du Louvre	Paris
	La Bacchante	16	Metropolitan Museum	New-York
	Hubert Robert	16	Musée du Louvre	Paris
	Marie-Antoinette, reine de France, et ses enfants	16	Château de Versailles	Versailles
David	Le Serment des Horaces	16	Musée du Louvre	Paris
Raphaël	La Sainte Famille	16	Prado	Madrid
Vigée Le Brun	Marie-Antoinette, reine de France	16	Château de Versailles	Versailles
	Charles Alexandre de Calonne	16	Metropolitan Museum	New-York
	Prince Henry de Lubomirski en Génie de la Renommée	16	Gemäldegalerie	Berlin
	La Duchesse d'Orléans	16	Musée d'Art Roger Quillot de Clermont-Ferrand ou Musée des Beaux Arts de Marseille (?)	Clermont-Ferrand ou Marseille (?)
Dali	La Persistance de la mémoire , *dit aussi* Les Montres Molles	17, 20	Museum of Modern Art	New York
Le Caravage	Garçon à la corbeille de fruits	18	Galerie Borghèse	Rome
	La Diseuse de Bonne Aventure	18, 19	Musée du Louvre	Paris
	Les Tricheurs	18, 19	Musée d'art Kimbell	Fort Worth
	La Vocation de St Matthieu	18, 19	Eglise St Louis des Français	Rome
	L'Amour Victorieux	18	Gemäldgalerie	Berlin
	La Décollation de Saint Jean Baptiste	18	Cathédrale St Jean	La Valette
	Judith et Holopherne	18	Galerie Nationale d'Art Ancien	Rome
	Judith et Holopherne (V2)	19	Collection privée	Toulouse
	Paul V (Portrait du Pape ...)	18	Galerie Borghèse	Rome
	Le Petit Bacchus malade	19	Galerie Borghèse	Rome
	Bacchus	19	Galerie des Offices	Florence
	Les Musiciens	19	Metropolitan Museum	New-York
	Le Joueur de Luth	19	Musée de l'Ermitage	St Pétersbourg
	La Madone du Rosaire	19	Musée d'Histoire de l'Art	Vienne
Kahlo	Le Cadre	21	Centre Georges Pompidou	Paris
Miquel	Plafond de la salle des droits de l'Homme	26	ONU	Genève
Léoline	Les Amis de Pancho Vila	26	En librairie	
	Julio Popper, dernier roi de Terre de Feu	26	En librairie	
	Le Travailleur de la Nuit	26	En librairie	
	Edmond	26	En librairie	
	La Bibliomule de Cordoue	26	En librairie	
	Les Premiers	26	En librairie	

Printed by Amazon Italia Logistica S.r.l.
Torrazza Piemonte (TO), Italy

70738437R00161